월인석보、
그대 이름은 한글 대장경

이 저서는 2020년 대한민국 교육부와 한국연구재단의 지원을 받아 수행된 연구임.
(NRF-과제번호)(NRF-2020S1A5B5A17087709)
This work was supported by the Ministry of Education of the Republic of Korea and the National Research Foundation of Korea (NRF-과제번호)(NRF-2020S1A5B5A17087709)

월인석보,
그대 이름은 한글 대장경

월인석보 제2권

●

정진원 지음

(주)박이정

프롤로그

월인석보 제2권 '월인석보, 그대 이름은 한글 대장경'의 머리말을 쓰는 날이 돌아왔다. 이생에 이런 날이 오다니 감개무량하다. 월인석보 제1권을 현대역으로 바꾸고 이야기처럼 풀어 쓴 '월인석보, 훈민정음에 날개를 달다'를 쓸 때만 하여도 머리말에 현재 전하는 25권 중 스무권을 모두 번역하겠다고 기염을 토하였다.

그러나 그 책을 내고는 병이 났다. 갑자기 바빠지며 여러 일정에 시달리다보니 한 달 사이 근 10킬로가 빠진 채 고열과 기침으로 고생하였다. 그 서원을 세운 것이 몹시 후회스러웠다. 그래서 번복했다. 그래 한 권만 써도 어디인가. 누군가 2권부터 쓸 사람이 있겠지 하며 그 책임을 벗어나고자 하였다.

그럼에도 불구하고 곰곰 생각하니 이 책으로 좋은 일이 많았다. 영화 '나랏말싸미' 조철현감독과 동반하여 특강도 하고 2019년 '올해의 불서' 우수상을 수상하였다. 또 세조가 잠든 광릉의 능침사찰 '봉선사'에서는 봉선사 불교대학의 정규강좌로 세조가 지은 조선 최초 대장경 '월인석보'반을 편성하여 강의도 하였다. 코로나 19로 어수선한 세상에서 외려 전화위복으로 발달한 '비대면 강의' 시스템으로 폴란드, 터키, 러시아 등 한국학과 학생들에게 월인석보 특강을 서울에 앉아서 할 수 있었다.

그렇게 월인석보 제2권 '월인석보, 그대 이름은 한글 대장경'을 책으로 만날 시절인연이 도래하였다. 월인석보는 말 그대로 조선 최초 훈민정음으로 쓴 한글 대장경이다. 세상 그 어느 경전보다 값지고 보배로운 경전이다. 생각만 해도 우리에게 이 보물이 있다는 것이 가슴 벅차오른다. 이생에 단 한 명이라도 이것을 공감하는 독자를 만나면 더 이상 바랄 것이 없겠다.

월인석보 제2권은 세종과 세조가 살았던 경복궁 옆 삼청동 법련사의 사보 '법련'지에 2019년 봄부터 연재하여 월인석보 2권이 2020년 가을에 끝났다. 그러나 조용한 3차대전이 벌어지는 코로나19 시대에 출간이 쉽지 않았다. 세상은 지금 소리없는 지각변동과 천지개벽이 이루어지는 와중에 있다. 경험상 모든 일은 늘 보이지 않는 손의 자정작용으로 결국은 전화위복의 결과로 돌아온다고 믿고 있다. '월인석보' 제1권을 풀어 쓴 '월인석보, 훈민정음에 날개를 달다'가 불교계 출판사에서 출간되어 일반 대중들이 쉽게 볼 수 없어 아쉬웠는데, 제2권 '월인석보, 그대 이름은 한글 대장경'을 일반출판사에서 출간하게 된 것이다. '월인석보'를 불교책으로만 한정짓기에는 훈민정음으로 지어진 조선 최초의 운문과 산문의 봉우리가 너무나 크다.

'월인석보' 제2권의 내용은 팔상도의 첫 번째 그림 '도솔래의'와 두 번째 그림 '비람강생'에 대한 이야기이다. 곧 석가모니 부처가 도솔천에 호명보살로 계시다가 어머니 마야부인의 태몽으로 등장하는 이야기부터 가비라국 룸비니 동산에 태어날 때 인도와 중국에서 일어난 상서로운 일들이 기록되어 있다.

월인석보 제1권이 총 108장인 것에 비하여 제2권은 79장에 불과하다.

그런데 제1권과 제2권은 함께 하나의 책으로 묶여있다. 그러니까 총 187장짜리 책을 두 권으로 나눈 셈이다. 사실상 제1권을 108장에 맞추어 책의 권수를 달리 한 것이다. 제1권의 내용이 2권에 계속 부연되고 있기 때문이다.

월인석보의 구성은 일종의 단편모음집이라고 할 수 있다. 석가모니의 일대기와 설법을 엑기스만 모아서 중요한 것은 상세히, 생략할 것은 과감히 줄여 편집한 팔만대장경 다이제스트라고 할 수 있다. 그러므로 월인석보 가운데 어느 책 어디서부터 읽어도 무방하다. 그렇다고 맥락이 없는 것은 아니어서 제1권의 내용은 제1권에서 끝나지 않음을 제2권에서 확인할 수 있다.

나는 이 무리한 권 차를 세조의 108배를 올리는 마음으로 해석하였다. 108가지의 발원을 담아 첫 권을 108배를 올리는 마음으로 사경하듯 쓴 책이라는 것이다. 세상을 떠난 부모 세종부부와 앞세운 아들 의경세자를 위하여 의관 정제하고 침식을 잊은 채 한 자 한 자 써내려갔을 모습을 떠올리는 것은 월인석보를 정독한 사람이라면 어렵지 않은 일이다.

그렇다고 79장으로 끝난 월인석보 2권을 쉽게 생각하면 큰 코 다친다. 장 수는 얇아졌지만 제2권에는 책 속의 책이 몇 권이나 들어 있는 것이다. '육입'에 관한 책 한 권, 32상 80종호에 관한 책 한 권, '십신, 십주, 십회향, 십지' 등 58지위에 대한 책 한 권이 독립적으로 들어있다고 해도 과언이 아니다.

더욱이 그 내용을 통해 '조선국어 대사전'과 '조선불교대사전'이 함께 수록되어 있다. 이 책을 읽고 있노라면 우리가 잊고 살았던 우리말의 뿌리와 토박이 말의 아름다움을 상기하게 되고 자연스레 언어 사유의 힘이 생긴다. 지혜를 사랑하는 일, 'Philo(사랑)+ Sophy(지혜)' 곧 철학을 하게 된다. 공부의 즐거움이자 희열이다.

이번에도 나의 스승이자 주례를 해주신 허웅선생님의 '역주 월인석보 제 1·2(1992)'에 힘입은 바 크다. 특히 '삼십이상 팔십종호'는 월인석보 1권 '월인석보, 훈민정음에 날개를 달다'의 추천사를 써주신 동국대 스승 김영배선생님의 '역주 법화경언해 제 2(2001)'에 의지하였다. 그밖에 '동국역경원'과 'cbeta' 등 여러 원문 사이트를 참고하고 불교 관련 서적들을 섭렵하였다. 이번에도 원본 이미지는 구결학회에서 연구자료로 제공받은 것을 최소한으로 활용하였다. 또한 연재의 성격상 고쳐 썼지만 내용의 반복이나 계절의 추이가 반영되기도 하였다. 모두 혜량해 주시기를 바란다.

그리하여 월인석보 제2권이 제1권보다 더 현학적이고 어려울 수 있다. 그럼에도 불구하고 우리는 이 책을 반드시 읽어야 한다. 이미 월인석보 등산로에 접어들었다. 걷다보면 평탄한 길은 자칫 지루할 수 있으나 작은 바위가 있고 오르막과 내리막을 집중해 걷다보면 기분좋은 성취감이 느껴질 것이다.

이 책이 나올 수 있게 도와주신 분들께 감사드린다. 월인석보 제2권의 연재를 위하여 '법련'지의 지면을 흔쾌히 제공해준 삼청동 법련사 주지 진경스님께 감사드린다. 그리고 '세조 어제 월인석보'의 중요성을 꿰뚫어보고 세조와 정희왕후의 능찰 봉선사에서 월인석보 강의를 개설한 주지 초격스님께도 감사드린다. 덕분에 봉선사 불교대학 교재 '월인석보 제2권'이 시절인연을 만나 게으른 내가 마음을 내어 출간할 수 있게 되었다.

그러므로 이 책을 함께 읽는 수강생과 독자가 제1권으로 족했을지 모를 나의 법공양을 확장시켜 준 공덕주들이다.

이제 월인석보 제2권에 이어서 석보상절 제3권을 '현대불교신문'에 연재 중이다. 아직 월인석보 제3권이 전해지지 않고 있는 지금 자연스럽게 '월인천강지곡' 관련 부분을 보충하여 시리즈로 출간할 마음을 내본다. 이 모든 일이 나의 일이 아니라 우리 고전인문학의 일임을 알고 흔쾌히 책을 만들어준 (주)박이정 박찬익 대표께도 감사의 마음을 전한다.

'회향(回向)'이라는 말이 있다. 돌이켜 향한다는 불교용어이다. 인문학을 한다는 것은 한평생 나자신에게 input만을 하는 작업인지도 모르겠다. 해도 해도 끝이 없고 갈수록 부족함을 느끼게 하는 나의 공부. 그러다 보니 60이 되도록 책 한 권 내기가 부끄럽기만 하였다. 이제 이 공부를 사랑할 시간이 많지 않다. output으로 여러분에게 돌이켜 미흡하기만한 지식이지만 독자에게로 향하여 나누고자 한다.

회향할 시간 또한 많지 않다. 이 책을 출간하고 나는 또 하나의 전공인 한국학 연구를 회향하고자 떠난다. 2000년부터 내 젊은 날을 들여 한국학 씨앗심기에 열정을 쏟은 터키 국립 에르지예스대학교 한국학과로 돌아간다. 이제 명실상부 터키 한국학의 메카로 성장한 에르지예스대학교 한국학과에서 내가 할 수 있는 일을 또한 돌이켜 향할 것이다.

한국학을 사랑하는 터키의 학생들에게 내가 할 수 있는 일은 지한파 전문가를 육성하는 일이다. 모두가 터키 한국학의 앰배서더로서 자신의 일을 사랑하고 한국에 관한 모든 것을 배워 민간 외교관으로서 자부심을 심어주는 일을 하고 싶다. 아프리카 남수단에서 57명의 의사를 배출한 이태석 신부처럼은 못 되어도 단 한 사람 한국을 사랑하고 터키의 문화를 객관적으로 전달하는 한터 전문가를 키우고 싶다. 그 바램으로 나는 또다시 새롭게 시작한다. 누군가 '그 나이에'라는 말을 한다. 나는 이렇게 대답한다. '지금이 나는 청춘이다. 오늘이 남은 날 중 제일 젊기 때문이다.'

2021년 7월
비내리는 여름에
일마다 공덕만리 아현글방에서
정 진 원

목차

목차

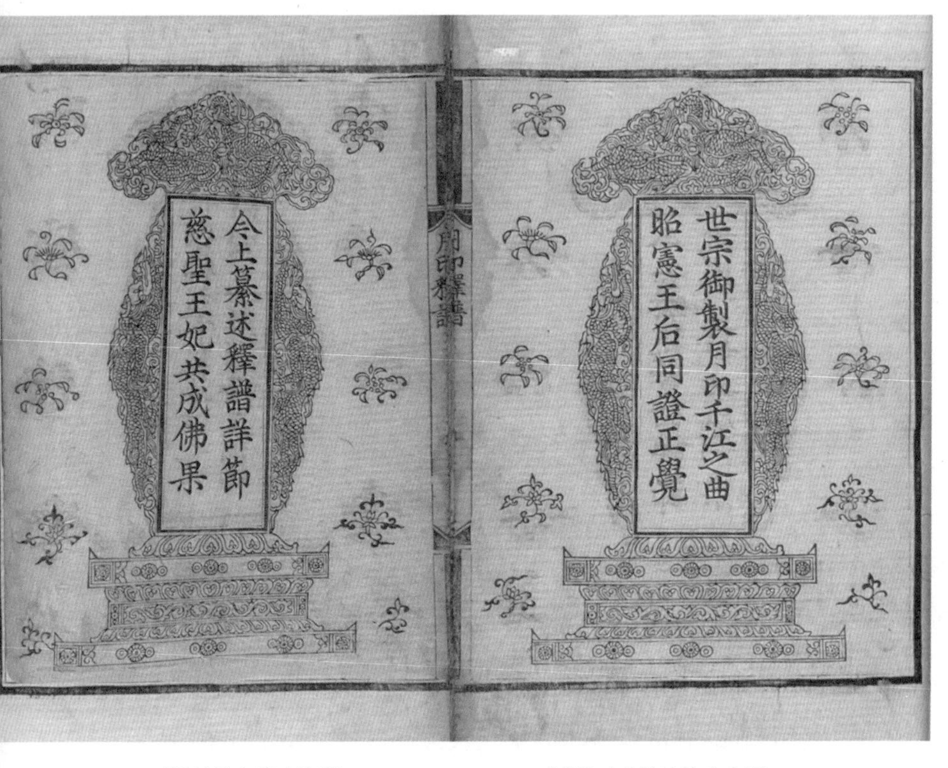

[금상찬술석보상절] [세종어제월인천장지곡]

월인석보,
조선대장경의 효시

●

월인석보는 조선대장경의 시작이라고 나는 감히 말한다. 물론 조선시대에 훈민정음 불경을 본격적으로 간행한 '간경도감'이 1461년 세조 7년에 설치되었다. 거기서 지금도 우리에게 가장 친숙하고 많이 회자되는 훈민정음 불경들이 간행되었다. 1462년 〈능엄경언해〉부터 1463년 〈법화경언해〉, 1464년 〈금강경언해〉·〈반야바라밀다심경언해〉·〈아미타경언해〉·〈선종영가집언해〉, 1465년 〈원각경〉, 1467년에 〈수심결〉·〈법어〉·〈몽산법어약록〉 등이 그것이다.

이 책들의 간행년도와 권수를 보면 놀라게 된다. 간경도감 설치 1년만에 10권짜리 〈능엄경언해〉를 만들어 낸다. '월인석보, 훈민정음에 날개를 달다'에서 〈석보상절〉 스물네권을 10개월만에 완성했다는 사실을 말한 바

있다. 조선시대 훈민정음 창제부터 불가사의한 일이지만 그 이후 새 문자를 운용하여 완성도 높은 책을 만들어내는 것 또한 정말 인간의 한계를 뛰어넘는 빠른 성과이자 업적이다.

이것은 무엇을 의미하는가. '훈민정음' 창제와 동시에 아니면 그 이전부터 이에 대한 기반이 탄탄하게 조성되어 있다는 것이다. 『능엄경언해』 발문을 보면 무려 10단계의 언해 과정을 거친다. 그것을 한 권도 아니고 두 권도 아니고 열 권을 1년만에 완성한 것이다. 물론 처음이라 오류가 있어 1462년 수정하여 간행한다. 그 이후에도 간경도감의 불경언해 업적들이 매년 나오고 있다.

나는 이 대단한 결과물이 월인석보를 기반으로 하고 있다는 점을 강조하고 싶다. 월인석보는 1447년 무렵 '월인천강지곡'이라는 운문 600수가량과 '석보상절' 24권을 합편하고 수정 보완하여 1459년 세조 5년에 세조가 지은 책이다. 두 책의 앞 두 글자 '월인+석보'를 따서 '월인석보'가 된 것은 주지의 사실이다.

'월인천강지곡'은 세종이 지은 찬불가이다. 세조가 왕자였던 수양대군 시절에 지은 '석보상절'을 읽고 감동하여 짧은 시간에 지었다고 한다. 그러니까 '월인석보'는 아버지 세종이 지은 운문 '월인천강지곡'을 앞세우고 아들 수양대군이 쓴 산문 '석보상절'을 뒤로 한 형식의 책이다. 일반적인 불경의 형식은 산문이 앞서고 그것을 요약한 운문 게송이 뒤에 나온다. 그리하여 이 형식을 나는 '조선대장경 스타일'이라고 부르는 것이다.

세종과 세조는 불교학자 이상의 불교 지식과 전문가 식견을 가지고 있음을 그들의 글을 읽어보면 쉽게 확인할 수 있다. 월인석보를 지은 세조가 불경의 형식을 몰랐을까. 이것은 아버지 세종을 높이고 아들 세조의 겸양을 나타낸 조선시대의 독특한 형식을 만들어낸 것이라 생각한다. 그리하여 세조의 월인석보를 조선대장경의 효시라 부르고 있는 것이다.

우리의 최초 조선대장경도 불교경전의 형식대로 하자면 제목이 '석보+월인'이 되어야 한다. 〈석보상절〉은 석가모니께서 태어나고 열반에 드실 때까지의 일생과 설법한 경전 내용을 자세히 할 것은 자세히 하고 간략히 할 것은 간략하게 편집한 조선시대 최초의 훈민정음 불경이다. 『월인천강지곡』은 불교의 진리를 상징하는 달이 하나이지만 지상에 있는 천개의 강에 똑같이 도장 찍히는 것처럼 부처의 진리가 온 세상에 두루함을노래한 것이다.

첫 번째 이야기

○

가비라국 정반왕의 맏아드님 석가여래

●

월인석보 2권을 시작하다

두근두근 설레는 마음으로 월인석보 2권을 시작한다. 1권 총108장의 효험은 '월인석보, 훈민정음에 날개를 달다'로 출간되어 끝없이 펼쳐졌다. 출간한 2019년 '올해의 불서' 우수상을 받았으며 코로나 19라는 세계 재앙을 뚫고 인도와 폴란드, 터키, 미국 등 대면과 비대면으로 특강과 인터뷰를 하게 되었다. 그야말로 '불법승' 삼보의 가피이다. 부처님 일대기인 '불', 그 조선대장경 월인석보의 '법', 법련사라는 승가의 '승'에 힘입어 읽고 쓰고 낭송한 우리들의 쾌거라 생각한다. 2권도 열심히 사경하는 마음으로 새기고 번역하여 조선불교 대장경 대중화와 세계화에 이바지하고자 하다. 이제 본격적으로 석가모니의 성씨의 유래와 족보 이야기가 펼쳐지는 그아말로 석가모니의 족보 석보상절(釋譜詳節)이 전개된다. 초록색 글씨는 본문이고 보라색 글씨는 협주이다.

월인천강지곡제2
석보상절제2

月印千江之曲第二

釋譜詳節第二

迦毗羅國 淨飯王ㅅ ᄆᆞᆮ아ᄃᆞ니ᄆᆞᆫ 釋迦如來시고 아ᅀᆞ 아ᄃᆞ니ᄆᆞᆫ 難陁ㅣ라 淨飯王ㅅ 아ᅀᆞ니ᄆᆞᆫ 白飯王과 斛飯王과 甘露飯王이라 白飯王ㅅ ᄆᆞᆮ아ᄃᆞᄅᆞᆫ 調達이오 아ᅀᆞ 아ᄃᆞᄅᆞᆫ 阿難이라 斛飯王ㅅ ᄆᆞᆮ아ᄃᆞᄅᆞᆫ 摩訶男이오 아ᅀᆞ 아ᄃᆞᄅᆞᆫ 阿那律이라 甘露飯王ㅅ ᄆᆞᆮ아ᄃᆞᄅᆞᆫ 娑婆ㅣ오 아ᅀᆞ아ᄃᆞᄅᆞᆫ 跋提오 ᄯᆞᄅᆞᆫ 甘露味라 如來ㅅ 아ᄃᆞ니ᄆᆞᆫ 羅睺羅ㅣ라 <月釋2:2ㄴ>

–

가비라국 정반왕의 맏아드님은 석가여래이시고 작은 아드님은 난다이다. 정반왕의 아우님은 백반왕과 곡반왕, 감로반왕이다.

백반왕의 맏아들은 조달이고 작은아들은 아난이다. 곡반왕의 맏아들은 마하남이고 작은아들은 아나율이다. 감로반왕의 맏아들은 사바이고 작은아들은 발제요 딸은 감로미이다.

여래의 아드님은 라후라이다.

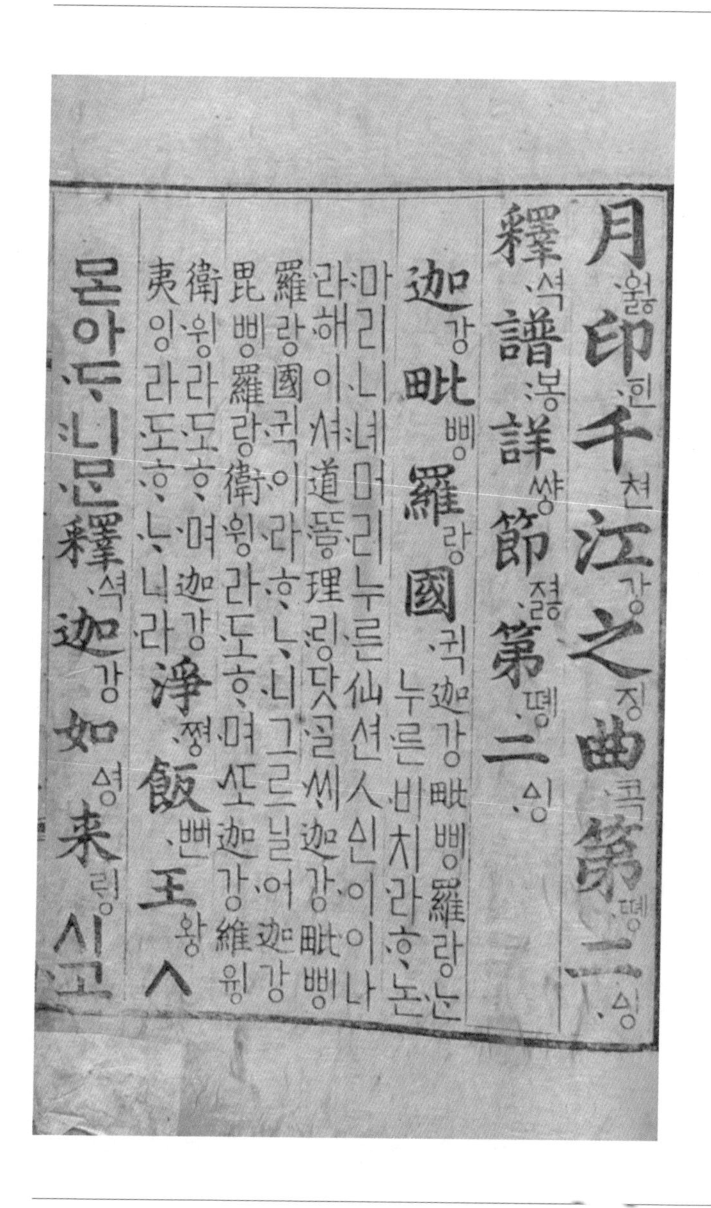
月ᅌᅯᇙ印ᅙᅵᆫ千쳔江강之징曲콕第똉二ᅀᅵᆼ
釋셕譜봉詳썅節졇第똉二ᅀᅵᆼ
迦강毗삥羅랑國귁 迦강毗삥羅랑ᄂᆞᆫ 누른 비치라 ᄒᆞ논
마리니 네 머리 누른 仙션人ᅀᅵᆫ이 이나
라해 이셔 道ᄯᅩᆼ理링 닷ᄀᆞᆯ씨 迦강毗삥
羅랑國귁이라 ᄒᆞᄂᆞ니 그르 닐어 迦강
毗삥羅랑羅랑衛윙라도 ᄒᆞ며 ᄯᅩ 迦강維윙
衛윙라도 ᄒᆞ며 迦강 淨쪙飯뻔王왕ㅅ
夷잉라도 ᄒᆞᄂᆞ니라
몬아ᄃᆞ님은 釋셕迦강如ᅀᅧᆼ來ᄅᆡᆼ시고

월인석보 2권 첫 장 가비라국 정반왕의 맏아드님은 석가여래이시고 석보상절의 본문만 직역한 것인데 눈썰미가 있는 독자라면 주목할 부분이 있다. 깍듯한 대우법이다. 정반왕의 가족만 '님'과 '시'를 붙이고 있다. '맏아드님'과 '석가여래이시고' 동생들의 아들들은 그저 '맏아들, 작은 아들'로 칭하고 있다. 월인석보에서 엄격한 존대의 잣대는 전체를 통해 한 치의 흐트러짐도 없다.

가비라국 정반왕의 맏아드님은 석가여래이시고

2권의 시작은 본격적으로 석가여래의 가계(家系)로 출발하고 있다. 그야말로 석가모니의 족보, 석보(釋譜)의 이야기로 시작한다. 석가여래의 아버지와 동생, 아버지의 형제와 그 자식들 그리고 석가여래의 아들까지 직계를 설명하고 있다.

이제 월인석보 사전이라 할 수 있는 가비라국과 정반왕, 라후라에 대한 주석을 보자.

> 迦毗羅ᄂᆞᆫ 누른 비치라 ᄒᆞ논 마리니 녜 머리 누른 仙人이 이 나라해 이셔 道理 닷ᄀᆞᆯ씨 迦毗羅國이라 ᄒᆞᄂᆞ니 그르 닐어 迦毗羅衛라도 ᄒᆞ며 ᄯᅩ 迦維衛라도 ᄒᆞ며 迦夷라도 ᄒᆞᄂᆞ니라 淨飯은 조타 ᄒᆞᆫ ᄠᅳ디라 <月釋2:1ㄴ>

–

가비라(कपिल)는 '누른 빛'이라고 하는 말이니 옛날에 머리가 황금빛

인 선인이 이 나라에 있어 도리를 닦으므로 '가비라국'이라고 하는 것이다.
잘못 일러 '가비라위'라고도 하며 또 '가유위', '가이'라고도 한다. 산스크리트를 음차하며 여러 비슷한 한자로 불리는 것을 다 적되 '가비라'를 표준으로 삼는다는 것으로 보인다.
정반왕(śuddhodana)의 정반(淨飯)은 깨끗하다는 뜻이다. 백정(白淨)이라고도 한다.

羅睺羅ᄂᆞᆫ 阿脩羅ㅅ 일후미니 ᄀᆞ리오다 ᄒᆞᆫ ᄠᅳ디니 ᄉᆞᇇ바다ᅌᆞᆯ 드러 ᄒᆡ ᄃᆞᄅᆞᆯ ᄀᆞ리와ᄃᆞᆫ 日月食ᄒᆞᄂᆞ니라 俱夷 이 아ᄃᆞᄅᆞᆯ 나ᄒᆞᇙ 時節에 羅睺羅 阿修羅王이 月食ᄒᆞ게 <月釋2:2ㄴ> ᄒᆞᆯᄊᆡ 釋種 아ᅀᆞᆷ돌히 모다 議論호ᄃᆡ 羅睺羅ㅣ 月食ᄒᆞᆯ ᄆᆞᄃᆡ예 이 아ᄃᆞ리 나니라 ᄒᆞ야 그럴ᄊᆡ 일후믈 羅睺羅ㅣ라 지흐니라
釋은 淨飯王ㅅ 姓이시고 種ᄋᆞᆫ ᄡᅵ라 ᄒᆞᆫ 마리니 釋種ᄋᆞᆫ 釋氏ㅅ 一門이라

그러면 라후라에 대한 설명은 어떠할까.

라후라는 아수라의 이름이니 '가리우다'는 뜻이다. 손바닥을 들어 해와 달을 가리거든 일식과 월식이 일어난다. 구이가 이 아들을 낳으실 시절에 라후라 아수라왕이 월식하게 하므로 석가씨 종족 친척들이 모여 의논하였다. 라후라가 월식을 할 때에 이 아들이 태어났다고 하여 이름을 라후라라고 지었다. 석(釋)은 정반왕의 성이고 종(種)은 씨라고 하는 말이니 석종은 석씨의 가문이다.

여기서 주목할 이름은 라후라의 어머니 이름을 '야수다라'로 부르지 않고 '구이'라고 칭하는 것이다. '구이'는 연등불 재세 시 과거세상의 이름이고 그때 석가여래는 '선혜'라는 이름이었다. 그러니까 현세의 야수다라와 과거세의 구이는 같은 인물이지만 월인석보 편찬자는 '구이'라는 이름을 쓰고 있는 것이 흥미롭다. 불교경전을 찾아 보니 〈불설중허마하제경〉에서는 '야륜타라'로, 〈근본설일체유부비나야파승사〉에서는 '야수다라'로 명명하고 있어 병용되고 있음을 알 수 있다.

정반왕의 100대 조상 고마왕의 이야기

그렇다면 정반왕의 조상은 어떻게 이루어져 있을까. 마치 성경책의 '누가 누구를 낳고...'하는 것과 같은 스토리텔링이 월인석보 2권에 펼쳐진다. 일단 정반왕의 가계도 중 선조 100대까지 올라 간다.

淨飯王ㅅ 우ᄒᆞ로 온 뉘짜히 鼓摩王이러시니

–

정반왕의 위로 100대째가 고마왕이시다.

그리고 주석에 100명의 선대왕 이름이 나열된다.

ᄆᆞᆺ 처섬 셔신 王ㅅ 일후믄 摩訶三摩多ㅣ오 摩訶三摩多ㅅ 아ᄃᆞᆯ 일후믄 珍寶

珍寶ㅅ 아ᄃᆞᆯ 好味 好味ㅅ 아ᄃᆞᆯ<月釋2:3ㄱ> 靜衰 靜衰ㅅ 아ᄃᆞᆯ 頂生 頂生ㅅ 아ᄃᆞᆯ 善行 善行ㅅ 아ᄃᆞᆯ 宅行 宅行ㅅ 아ᄃᆞᆯ 妙味 妙味ㅅ 아ᄃᆞᆯ 味帝 味帝ㅅ 아ᄃᆞᆯ 外仙 外仙ㅅ 아ᄃᆞᆯ 百智 百智ㅅ 아ᄃᆞᆯ 嗜欲 嗜欲ㅅ 아ᄃᆞᆯ 善欲 善欲 아ᄃᆞᆯ 斷結 斷結ㅅ 아ᄃᆞᆯ 大斷結 大斷結ㅅ 아ᄃᆞᆯ 寶藏 寶藏ㅅ 아ᄃᆞᆯ 大寶藏 大寶藏ㅅ 아ᄃᆞᆯ 善見 善見ㅅ 아ᄃᆞᆯ 大善見 大善見ㅅ 아ᄃᆞᆯ 無憂 無憂ㅅ 아ᄃᆞᆯ 洲渚 洲渚ㅅ 아ᄃᆞᆯ<月釋2:3ㄴ> 殖生 殖生ㅅ 아ᄃᆞᆯ 山岳 山岳ㅅ 아ᄃᆞᆯ 神天 神天ㅅ 아ᄃᆞᆯ 進力 進力ㅅ 아ᄃᆞᆯ 牢車 牢車ㅅ 아ᄃᆞᆯ 十車 十車ㅅ 아ᄃᆞᆯ 百車 百車ㅅ 아ᄃᆞᆯ 牢弓 牢弓ㅅ 아ᄃᆞᆯ 十弓 十弓ㅅ 아ᄃᆞᆯ 百弓 百弓ㅅ 아ᄃᆞᆯ 養枝 養枝ㅅ 아ᄃᆞᆯ 善思 善思王 後로 열 轉輪聖王이 나시니 伽㼡遮王ᄋᆞᆫ 子孫이 五轉輪聖王이오 多羅業王ᄋᆞᆫ 子孫이 五轉輪聖王이오 阿葉摩王ᄋᆞᆫ 子孫이<月釋2:4ㄱ> 七轉輪聖王이오 持地王ᄋᆞᆫ 子孫이 七轉輪聖王이오 迦陵迦王ᄋᆞᆫ 子孫이 九轉輪聖王이오 瞻婆王ᄋᆞᆫ 子孫이 十四轉輪聖王이오 拘羅婆王ᄋᆞᆫ 子孫이 三十一轉輪聖王이오 般闍羅王ᄋᆞᆫ 子孫이 三十二轉輪聖王이오 弥私羅王ᄋᆞᆫ 子孫이 八萬四千轉輪聖王이오 鼓摩王ᄋᆞᆫ 子孫이 一百轉輪聖王이시니<月釋2:4ㄴ>鼓摩王 後 아ᄒᆞᆫ네찻 王이 大善生이시고 大善生ㅅ 아ᄃᆞ님 懿摩王 懿摩王ㅅ 아ᄃᆞ님 烏婆羅 烏婆羅ㅅ 아ᄃᆞ님 淚婆羅 淚婆羅ㅅ 아ᄃᆞ님 尼求羅 尼求羅ㅅ 아ᄃᆞ님 師子頰王이시니 긔 淨飯王ㅅ 아바니미시니라

이제 월인석보 사전, 주석에 써있는 정반왕의 100대 조상의 이야기를 풀이해 보자.

가장 처음 왕위에 서신 왕의 이름은 ①마하삼마다(摩訶三摩多)요,

마하삼마다의 아들 이름은 ②진보(珍寶)이다. 진보의 아들은 ③호미(好味), 호미의 아들은 ④정쇠(靜衰), 정쇠의 아들은 ⑤정생(頂生), 정생의 아들은 ⑥선행(善行), 선행의 아들은 ⑦택행(宅行), 택행의 아들은 ⑧묘미(妙味), 묘미의 아들은 ⑨미제(味帝), 미제의 아들은 ⑩외선(外仙), 외선의 아들은 ⑪백지(百智), 백지의 아들은 ⑫기욕(嗜欲). 기욕의 아들은 ⑬선욕(善欲), 선욕의 아들은 ⑭단결(斷結), 단결의 아들은 ⑮대단결(大斷結), 대단결의 아들은 보장(寶藏), 보장의 아들은 ⑰대보장(大寶藏), 대보장의 아들은 선견(善見), 선견의 아들은 ⑲대선견(大善見), 대선견의 아들은 무우(無憂), 무우의 아들은 주저(洲渚), 주저의 아들은 식생(殖生), 식생의 아들은 산악(山岳), 산악의 아들은 신천(神天), 신천의 아들은 진력(進力), 진력의 아들은 뢰거(牢車), 뢰거의 아들은 십거(十車), 십거의 아들은 백거(百車), 백거의 아들은 뢰궁(牢弓), 뢰궁의 아들은 십궁(十弓), 십궁의 아들은 백궁(百弓), 백궁의 아들은 양지(養枝), 양지의 아들은 선사(善思)이다.

선사왕(善思王) 이후로 열 분의 전륜성왕(轉輪聖王)이 나시니 ①가누차왕은 자손이 오전륜성왕이요, ②다라업왕은 자손이 오전륜성왕이요, ③아섭마왕은 자손이 칠전륜성왕이요, ④지지왕은 자손이 칠전륜성왕이요, ⑤가릉가왕은 자손이 구전륜성왕이요, ⑥첨파왕은 자손이 십사전륜성왕이요, ⑦구라파왕은 자손이 삼십일전륜성왕이요, ⑧반사라왕은 자손이 삼십이전륜성왕이요, ⑨미사라왕은 자손이 팔만사천전륜성왕이오 ⑩고마왕은 자손이 일백전륜성왕

이시다.

> **고마왕(鼓摩王) 이후 아흔네 번째 왕이 대선생(大善生)이시고 대선생의 아드님은 아흔다섯 번째 의마왕(懿摩王), 의마왕의 아드님은 아흔여섯 번째 오바라(烏婆羅), 오바라의 아드님 아흔일곱 번째 루바라(淚婆羅), 루바라의 아드님 아흔여덟 번째 니구라(尼求羅), 니구라의 아드님 아흔아홉 번째 사자협왕(師子頰王)이시니 그 분이 백 번째 정반왕(淨飯王)의 아버님이시다.**

이상과 같이 서른세 번째 선사왕까지 순서대로 나열한 후 전륜성왕의 계보 열 분이 등장한다. 그런데 마흔네 번째 고마왕 이후 갑자기 아흔네 번째 '대선생왕'을 말하고 있다. 이후 여섯 분의 왕의 계보가 등장하고 마지막 백 번째 왕이 정반왕이라고 하여 헛갈린다. 본문에서는 분명히 100대가 고마왕이라고 하였기 때문이다. 〈불조통기(佛祖統紀)〉에도 '월인석보'와 같은 내용이 확인되고 있다. 앞으로 연구과제가 될 것이다.

〈석가보(釋迦譜)〉 1권에서 편찬자 승우는 다음과 같이 정리하고 있다.

> 승우가 살피건대, '겁초(劫初)에 천지가 개벽하던 어두운 세상에 처음 황극(皇極)이 세워지고 근원이 민주(民主)로부터 출발하여 선사(善思)에 이르기까지 부자(父子)가 왕업을 계승한 것이 33왕(王)이었다.' 선사로부터 이후에는 제1의 가누(伽㝹)로부터 제10의 의마(懿摩)에 이르기까지의 10종족의 전륜왕이 있었다. 혹 이들은 형과 아우가 후손으로 갈라지기도

하고 현자와 성인이 서로 번갈아 일어나기도 하였으며 다른 종족이 따로 일어나는 것을 용납하였다. 하늘에 응(應)하여 명(命)을 받았으니 기나긴 근원과 먼 단서들은 마음으로 헤아리기 어렵다. 그 세수(世數)는 통틀어 8만4천2백10의 성왕(聖王)이었다.

삼가 백정(白淨)이 이은 바를 찾아보면 의마(懿摩)로부터 나와 전륜왕이 서로 계승하면서 억(億)의 후손이 거듭 빛났으니 석가(釋迦)가 방편으로 응하여 강생(降生)을 나타내어 보이신 까닭이다. 의탁한 자취가 이미 드러났고 먼 자손들이 마침내 뚜렷해졌으나 경(經)에서는 그 큰 수(數)만을 든 것으로 또한 두루 드러내 보이지는 못한 것 같다. 옛날의 복희·신농·헌원·호소 조차도 오히려 그 나이가 상세하지 못하거늘, 하물며 비행성제(飛行聖帝:전륜성왕)의 수명은 만년 이상 살았다는 대춘(大椿)나무보다 많고 그 시대[年世]가 아득히 멀어 끊어진 것이겠는가? 어찌 평범한 식견으로써 헤아리겠는가?〈〈석가보〉1권(ABC, K1047 v30, p.690a01)〉

승우 또한 이 복잡한 내용은 먼 과거의 역사와 큰 줄가리를 중심으로 헤아렸으므로 평범한 사람들이 이해하기 어렵다고 견해를 정리하고 있다.

鼓摩王ㄱ 위두ᄒᆞᆫ 夫人ㅅ 아ᄃᆞᆯ 長生이 사오납고 녀느 夫人냇 아ᄃᆞᆯ 네히 照目과<月釋2:5ㄱ> 聽目과 調伏象과 尼樓왜 다 어디더니

尼樓는 淨飯王ㅅ 祖上이시니라

–

고마왕의 첫 번째 부인이 아들 장생이를 두었는데 사나웠다. 고마왕은 다른 부인들과의 사이에 아들 넷이 있는데 조목, 총목, 조복상, 니

루는 모두 어질었다.

이 중에서 니루가 정반왕의 조상이 된다.

夫人이 새와 네 아ᄃᆞᄅᆞᆯ 업게 호리라 ᄀᆞ장 비ᇫ어 됴ᄒᆞᆫ 양ᄒᆞ고 조심ᄒᆞ야 ᄃᆞ녀 王이 맛드러 갓가ᄫᅵ ᄒᆞ거시ᄂᆞᆯ ᄉᆞᆯᄫᅩᄃᆡ 情欲앳 이른 ᄆᆞᅀᆞ미 즐거ᄫᅥᅀᅡ ᄒᆞᄂᆞ니 나ᄂᆞᆫ 이제 시르미 기퍼 <月釋2:5ㄴ> 넘난 ᄆᆞᅀᆞ미 업수니 ᄒᆞᆫ 願을 일우면 져그나 기튼 즐거부미 이시려니와 내 말옷 아니 드르시면 ᄂᆞ외 즐거ᄫᅳᆫ ᄆᆞᅀᆞ미 업스례이다

王이 盟誓ᄒᆞ야 드로리라 ᄒᆞ신대 夫人이 ᄉᆞᆯᄫᅩᄃᆡ 뎌 네 아ᄃᆞᄅᆞᆫ 어딜어늘 내 아ᄃᆞ리 비록 ᄆᆞ디라도 사오나ᄫᆞᆯ씨 나라ᄒᆞᆯ 앗이리니 <月釋2:6ㄱ> 王이 네 아ᄃᆞᄅᆞᆯ 내티쇼셔

王이 니ᄅᆞ샤ᄃᆡ 네 아ᄃᆞ리 孝道ᄒᆞ고 허믈 업스니 어드리 내티료

夫人이 ᄉᆞᆯᄫᅩᄃᆡ 나랏 이ᄅᆞᆯ 분별ᄒᆞ야 ᄉᆞᆲ노니 네 아ᄃᆞ리 어디러 百姓의 ᄆᆞᅀᆞᄆᆞᆯ 모도아 黨이 ᄒᆞ마 이러 잇ᄂᆞ니 서르 ᄃᆞ토아 싸호면 나라히 ᄂᆞᄆᆡ그에 가리이다

<月釋2:6ㄴ> 王이 네 아ᄃᆞᆯ 블러 니ᄅᆞ샤ᄃᆡ 너희 디마니 ᄒᆞᆫ 이리 잇ᄂᆞ니 ᄲᆞᆯ리 나가라

네 아ᄃᆞ리 各各 어마님내 뫼ᅀᆞᆸ고 누의님내 더브러 즉자히 나가니 力士와 百姓ᄃᆞᆯ히 만히 조차 가니라

力士ᄂᆞᆫ 힘 센 사ᄅᆞ미라

–

첫 번째 부인이 시새워하여 다른 부인들의 네 아들을 없애버리겠다

하고 잘 꾸며서 좋은 척하고 조심하여 다녔다. 고마왕이 첫 부인에게 맛들려서 가까이 하시거늘 첫 부인이 말하였다.
'정욕의 일은 마음이 즐거워야 하는데 저는 이제 시름이 깊어 넘치는 마음이 없습니다. 하나의 소원을 이루면 적으나마 남는 즐거움이 있으려니와 제 말을 아니 들어주시면 다시는 즐거움이 없을 것입니다.'
왕이 맹세하며 들어주겠다 하시니 첫부인이 말하였다.
'네 아들은 어질거늘 제 아들이 비록 맏이라도 사나워 나라를 빼앗기리니 왕께서 네 아들을 내쫓으소서'
왕이 말씀하시기를 '네 아들이 효도하고 허물이 없으니 어찌 내치리오' 하셨다.
첫 부인이 사뢰기를 '나라의 일을 걱정하여 말씀드립니다. 네 아들이 어질어 백성의 마음을 다잡아서 무리를 이미 짓고 있으니 다투어 싸우면 나라가 남에게 넘어갈 것입니다.'
왕이 네 아들을 불러 말하였다. '너희가 소홀히 한 일이 있으니 빨리 나가거라'
네 아들이 각각 어머님들 모시고 누이들과 더불어 즉시 나가니 역사(力士)와 백성들이 많이 좇아갔다.
역사는 힘센 사람이다.

아주 긴박감 넘치는 전개와 그 옛날부터 왕권을 둘러싼 헤게모니 다툼을 눈앞에 보는 듯이 직접화법을 구사하며 서술하고 있다. 우유부단한 고마왕이 여러 부인 사이에서 고민하다 작은 부인들과 아들 딸을 내치는 장면은 현대의 막장드라마를 방불케 한다.

한편 '맛들리다'는 좋아하거나 즐긴다는 뜻이요, '소홀하다'는 '디만하다'를 번역한 것인데 '지망지망하다'는 뜻으로 '조심성이 없고 경박하게 촐랑대거나 어리석고 둔하여 무슨 일에나 소홀한 모양'을 말한다. 현대에 되살려 쓰고 싶은 말이다. 우리 부모 세대들에게 들었던 우리말 표현이요, 지망지망은 홍명희 임꺽정에 '자네는 말을 지망지망하게 하는 사람이 아니다'로 쓰이고 있다.

석가씨 종족의 유래

雪山 北에 가니

雪山ᄋᆞᆫ 山 일후미라

ᄯᅡ히 훤ᄒᆞ고 됴ᄒᆞᆫ 고지<月釋2:7ㄱ> 하거늘 그에셔 사니 百姓이 져재 가ᄃᆞᆺ 모다 가 서너 ᄒᆡᆺ ᄉᆞᅀᅵ예 큰 나라히 ᄃᆞ외어늘 王이 뉘으처 블리신대 디마니 호이다 ᄒᆞ고 다 아니 오니라

王이 ᄒᆞ샤ᄃᆡ 내 아ᄃᆞ리 어딜쎠 ᄒᆞ시니 글로 ᄒᆞ야 釋種이라 ᄒᆞ니라

釋ᄋᆞᆫ 어딜씨니 釋種ᄋᆞᆫ 어딘 붓기라 ᄒᆞᄂᆞᆫ 마리라

–

산 이름이 설산인 북쪽에 가니 땅이 훤하고 아름다운 꽃이 많거늘 그곳에서 사니 백성이 저자거리에 가듯 모두 가서 서너해 사이에 큰 나라가 되었다.

고나왕이 뉘우치며 부르시니 '소홀히 하였습니다' 하고 모두 돌아오

지 않았다.

고마왕이 말하되 나의 아들이 어질도다 하시니 그로부터 석종이라 하게 된 것이다. 석(釋)은 어질다는 뜻이니 어진 씨족이라 하는 말이다.

월인석보 권2 본론의 시작

월인석보 둘째 권의 내용은 이제 서론을 끝내고 본론에 진입하였다. 다음에는 석가여래가 도솔천에 계시다가 가비라국에 태어나 시방세계에 법을 펼치는 월인천강지곡 12장이 기다리고 있다. 갈수록 흥미진진한 월인석보의 세계, 굳이 '월인천강지곡' 11장의 연속인 내용을 권2로 나누어 정반왕과 석가여래로 시작한 한 이유를 생각해본다. 어쩌면 부처나 왕을 쓸 때 행을 달리해 높이는 것처럼 권을 달리하여 높인 것은 아닐까 생각해 본다. 월인석보의 주인공이신 석가여래의 등장이니 말이다. 월인석보를 정독할 때마다 까막눈이 한 꺼풀씩 벗겨지는 느낌은 비단 나만은 아닐 것이다. 이생에 서원한 대로 월인석보의 대중화와 세계화가 이루어질 때까지 여러분과 함께 하기를 빈다.

두 번째 이야기

○

부처님이 도솔천 보살로 계실 적에

●

조선대장경의 효시라 할 수 있는 월인석보를 정독하고 현대국어로 사경하는 일, 그리고 그것을 '간경(看經)'하는 독자를 만나는 일. 세종과 세조의 마음도 똑같이 머리 속에 그리며 흡족하셨을 것이다. 그 언저리 만분의 일이나마 헤아릴 수 있을까만 월인석보 권2 두 번째 이야기를 법공양하고 경복궁 경회루 앞 집무실 집현전(현 사정전)에서 우리를 헤아리셨을 두 임금을 추억해도 좋을 것이다.

본격적인 월인석보 2권의 시작이라고 할 수 있는 월인천강지곡의 12장의 노래는 도솔천에서 호명보살로 계실 적 노래로 시작한다.

월인천강지곡 12장 도솔천 보처(보살)이야기

其十二

補處ㅣ ᄃᆞ외샤 兜率天에 겨샤 十方世界예 法을 니ᄅᆞ더시니

釋種이 盛ᄒᆞᆯ씨 迦夷國에 ᄂᆞ리샤 十方世界예 法을 펴려ᄒᆞ시니<月釋 2:7ㄴ>

–

월인천강지곡 12장

석가모니께서 전생에 보처가 되셔서 도솔천에 계시며

시방세계에 법을 설하시니

석가씨가 번성하므로 가비라국에 내려오셔서

시방세계에 법을 펼치려 하시니

석보상절의 선혜보처 이야기

이 월인천강지곡에 대한 석보상절의 풀이를 들어보자.

釋迦如來 부텨 몯 ᄃᆞ외야 겨싫 젠 일후미 善慧시고 功德이 ᄒᆞ마 ᄎᆞ샤 補處ㅣ ᄃᆞ외샤 <月釋2:8ㄴ>

補ᄂᆞᆫ 보탤씨오 處는 고디니 부텻 고대 와 보탤씨라

兜率天에 겨싫 젠 일후미 聖善이시고 또 일후미 護明大士ㅣ러시니

護明은 아랫 사ᄅᆞ미 목수미 二萬 힛 時節에 迦葉波佛이 授記ᄒᆞ싫 젯 일후미시니 이 兜率天에 나샤 또 이 일후믈 ᄡᅳ시니라

통도사 영산전 팔상도 중 도솔래의상 兜率來儀相

–

석가여래께서 아직 부처가 되지 않으셨을 적에 이름이 선혜이시고 공덕이 이미 가득 차서 보처(補處)가 되셨다. '보(補)'는 보탠다는 뜻이고 '처(處)'는 자리이니 부처자리에 와서 도움을 보태는 것이다. 도솔천에 계실 때는 이름이 성선이시고 또 호명대사이셨다.
호명(護明)은 옛날에 사람의 수명이 2만살일 시절에 가섭파부처님이 수기하신 이름인데 이 도솔천에 태어나실 때도 이 이름을 쓰셨다.

석가모니의 전생이름이 '호명보살'이고 '도솔천'에 태어나실때부터 사용하고 계셨다는 소개이다. '보처'의 의미가 부처에게 도움을 보태는 자리라니 쉽고도 명료한 해석이 멋지지 않은가.

광치(廣熾) 질그릇도사의 석가모니 서원이야기

○디나건 오란 劫에 사ᄅᆞ미 목수미 온 ᄒᆡᆺ 時節에 부텨 겨샤ᄃᆡ 일후미 釋迦牟尼시고 어마님 일후믄 摩耶ㅣ시고 아바님 일후믄 淨飯이시고 아ᄃᆞ님 일후믄 羅怙ㅣ시고 뫼ᅀᆞᄫᆞᆫ 사ᄅᆞᄆᆞᆫ 阿難陁ㅣ러니 부텨 阿難陁ᄃᆞ려 니ᄅᆞ샤ᄃᆡ ᄃᆞᆼ을 알노니 廣熾陶師ᄋᆡ 지븨 가 ᄎᆞᆷ기름 어더와 ᄇᆞᄅᆞ라 廣熾 깃거 제 가져가아 ᄇᆞᄅᆞᅀᆞᄫᆞ니 됴커시ᄂᆞᆯ 부텨 인ᄉᆞᄒᆞ신대
廣熾 깃거 發願호ᄃᆡ 내 後에 부텨 ᄃᆞ외야 일후미며 眷屬이며 時節이며 處所ㅣ며 弟子ㅣ며 다 이젯 世尊ᄀᆞᆮ가지이다 ᄒᆞ니 그 廣熾ᄂᆞᆫ 우리 世尊이시니라
廣熾ᄂᆞᆫ 너비 光明이 비취닷 ᄠᅳ디오 陶師ᄂᆞᆫ 딜엇 굽ᄂᆞᆫ 사ᄅᆞ미라

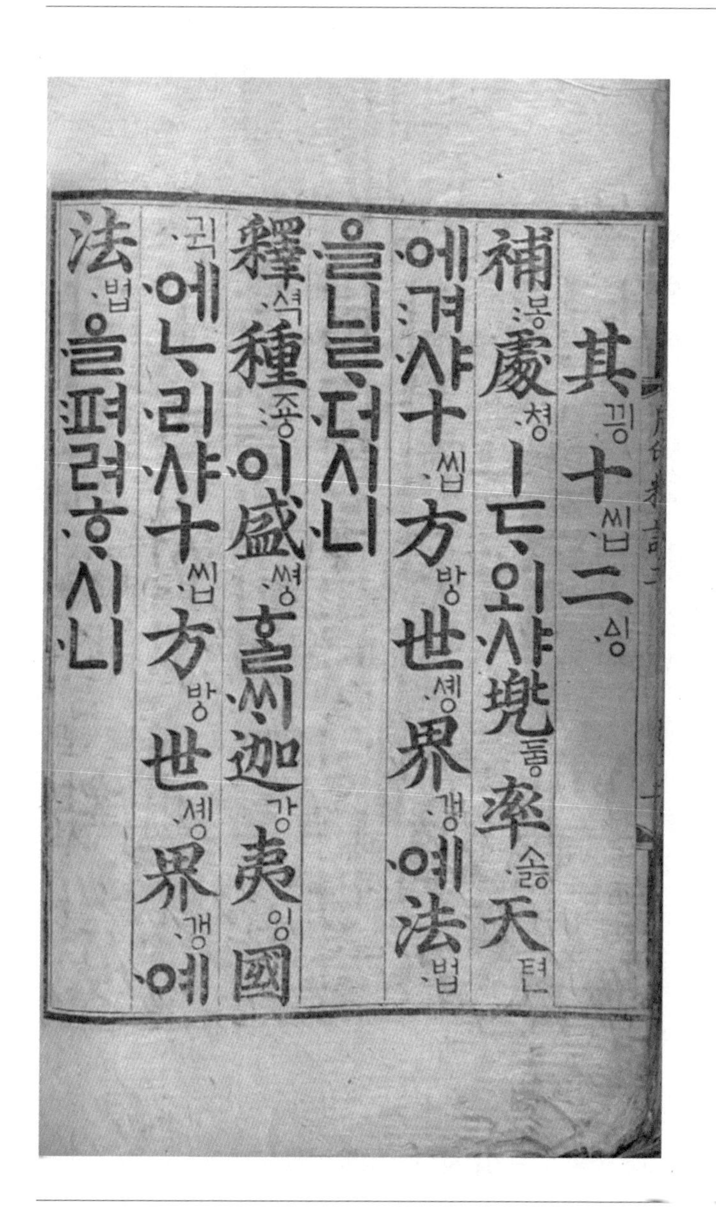
其끵十씹二ᅀᅵᆼ

補봉處쳥ㅣ ᄃᆞ외샤 兜ᄃᆞᇢ率솛天텬에 겨샤 十씹方방世솅界갱예 法법을 니ᄅᆞ더시니

釋셕種죵이 盛쎵ᄒᆞᆯᄊᆡ 迦강夷잉國귁에 ᄂᆞ리샤 十씹方방世솅界갱예 法법을 펴려ᄒᆞ시니

월인석보 12장 보처(보살) 되셔서 도솔천에 계시며 시방세계에 설법하십니다

–

지나간 오랜 시절에 사람의 수명이 100살인 시절에 부처께서 살고 계실 때 이름이 석가모니이시고 어머님의 이름은 마야이시고 아버님 이름은 정반이셨다. 아드님 이름은 라호(라후라)이고 석가모니를 모시는 사람은 아난다였다. 석가모니 부처께서 아난(아난다)에게 말씀하셨다.

'등이 아프니 광치도사(陶師)의 집에 가서 참기름을 얻어와 바르거라'

광치도사가 기뻐하며 자기가 가져가서 발라드리니 좋아지시거늘 부처께서 치하 인사를 하셨다. 광치가 기뻐하며 발원하였다. '제가 나중에 부처되어서 이름이며 가족, 시절, 처소, 제자들이 모두 세존 같아지이다' 하니 그 광치는 지금 우리의 세존이시다. 광치(廣熾)는 널리 광명이 비친다는 뜻이요 도사(陶師)는 질그릇 굽는 사람이다.

이렇게 월인천강지곡 12장과 석보상절 2권은 아주 먼 옛날 부처님의 보살 시절 이야기로 시작하고 있다. 그런데 이 이야기가 본문이 아니라 협주에서 시작하고 있다. 협주 안에 짧은 완성형 텍스트가 들어있는 것이다.

인간의 수명은 1권 '증감의 겁'을 설명할 때 보았듯이 무량수에서 줄어 10만살에서 10살로, 10살에서 8만살로 줄었다 늘었다 하는 세상에 살고 있는데 신기하게도 21세기엔 이 책의 나이처럼 100세 시대를 살고 있다. 지금의 우리 상식과는 좀 혼동되게 석가모니의 부모님과 자식, 제자까지 설명해 놓고는 갑자기 '광치도사'와의 일화를 꺼내 그것이 지금의 석가모니라고 설명하고 있다. 찾아보니 이 내용은 한글대장경 '대장일람집 인지품'에도 나온다. '비바사론'을 인용하며 같은 내용이 실려 있다. 우리의 석가모니는 과거세에도 같은 이름과 가계도를 가졌는데 광치라는 도공이 서원을 세워 우리가 알고 있는 현세 석가모니가 되었다는 것이다. 그 내용은 다음과 같다.

인지품 因地品
'멀리 삼대승기三大僧祇 인지因地를 다하고
최후의 한 생[一生]은 보처補處에서 머무누나.'

〈비바사론毘婆沙論〉에서 말하였다.

"아득한 과거 사람들이 백 살의 수명을 누렸을 때, 부처님이 계셨으니, 그의 명호는 석가모니釋迦牟尼였다. 그의 어머니는 마야摩耶였고, 아버지는 정반淨飯이었으며, 아들은 라호(羅怙:라후라)였으며, 시자侍者는 아난다阿難陀였다. 부처님께서 시자에게 말씀하셨다.

지금 내가 등에 병이 났다. 그대는 광치廣熾라는 도예공의 집에 가서 호마유胡麻油를 구해다가 나를 위해 발라다오.'

광치가 이 말을 듣고 기뻐하면서 스스로 기름을 가져 와 부처님께 발라드리니, 병이 깨끗이 다 나았다. 부처님께서 부드러운 목소리로 치하하고 가르침을 주시니, 광치는 기뻐하면서 즉시 소원을 일으켰다.

'제가 미래에 반드시 부처가 되기를 원하오니, 그 명호와 권속과 시기와 장소와 제자가 지금의 세존과 전혀 차이 없이 똑같기를 바라나이다.'

그대는 마땅히 알아야 한다. 그 도예공이 바로 나 석가이니, 본원本願

을 말미암았기 때문에 지금의 명호 등이 옛날과 똑같아서 차이가 없는 것이다(吾今背疾汝往廣熾陶師之家 求胡麻油 爲吾塗洗. 廣熾歡喜辦油自往 爲佛塗洗 釋然除愈. 軟音慰諭 廣熾踊躍卽發願言願我未來當得作佛 名號眷屬. 時處弟子如今世尊等無有異 當知彼陶師者卽我釋迦 由本願故 今名號等 如昔不異)〈〈대장일람집〉 1권 인지품(因地品)(ABC, K1504 v45, p.362a01)〉

여기서 재미있는 것은 '월인석보'에서 '참기름'이라 한 것이 '호마유(胡麻油)'로 기록되어 있는 것이다. 아주 작은 차이로 보이지만 얼마나 우리에게 친숙한 용어를 쓰려고 고심했는지를 엿볼 수 있는 장면이라 하겠다. '광치도사'도 널리 비추는 질그릇장인 정도의 뜻인데 애니메이션 콘텐츠로 만들면 썩 어울릴 캐릭터가 될 것 같다. 석가모니의 전생은 이렇게 질그릇만드는 옹기장이였던 시절도 있었다는데 옆집 이웃처럼 친숙하게 다가온다.

세 아승기겁 동안 만난 부처 이야기

우리 世尊이 ᄆᆞᆺ 처ᅀᅥ믜 釋迦牟尼佛로셔 閦那尸棄佛ᄉ ᄀᆞ장 七萬五千佛을 맛나ᅀᆞᄫᆞ시니 이 첫 阿僧祇劫이오 閦那尸棄佛로셔 燃燈佛ᄉ ᄀᆞ장 七萬六千佛을 맛나ᅀᆞᄫᆞ시니 이 둘찻 阿僧祇劫이오 燃燈佛로셔 毗婆尸佛ᄉ ᄀᆞ장 七萬七千佛을 맛나ᅀᆞᄫᆞ시니 이 세찻 阿僧祇劫이라

微妙ᄒᆞᆫ 相好 일우샴 닷ᄀᆞ샤ᄆᆞᆯ 아ᄒᆞᆫ ᄒᆞᆫ 劫 디나아 迦葉波佛을 맛나

셤기ᄉᆞᄫᆞ시니라

相好ᄂᆞᆫ 양ᄌᆞ 됴ᄒᆞ샤미라

–

우리 세존께서 가장 처음 석가모니로서 계나시기불까지 7만5천 부처를 만나셨는데 이것이 첫 아승기겁 시절의 일이다. 계나시기불에서 연등불까지 7만6천 부처를 만나시니 이것이 둘째 아승기겁이다. 연등불에서 비바시불까지 7만7천 부처를 만나시니 이것이 셋째 아승기겁이다. 미묘한 상호를 이루시도록 수행함이 아흔 한 겁을 지나 가섭파불을 만나 섬기셨다. 상호(相好)는 모습이 훌륭하신 것이다.

우리 세존 석가모니께서는 부처가 되실 때까지 세 아승기겁동안 계나시기불, 연등불, 비바시불을 만날 때까지 각각 75,000부처, 76,000부처, 77,000부처를 만난다. 그리고 91겁을 지나 가섭파불을 섬겨서 부처의 훌륭한 상호를 갖춘다. 세 아승기겁이 지나면 역사가 재순환된다는 것이다. 곧 제 1 아승기겁의 석가모니가 제 3 아승기겁을 마치고 현세의 석가모니가 된다는 것이다. 흥미로운 세계관이 아닐 수 없다. 또 3 아승기겁이 지나면 누가 서원을 세워 석가모니가 될까.

도솔천 보살에서 염부제 부처로 내려오시다

諸天 爲ᄒᆞ야 說法ᄒᆞ시며 十方애 現身ᄒᆞ야

十方ᄋᆞᆫ 東方 東南方 南方 西南方 西方 西北方 北方 東北方 우흐로 上方 아

래로 下方이라 現身ᄋᆞᆫ 모ᄆᆞᆯ 나토아 뵈실씨라

說法ᄒᆞ샤ᄃᆡ 運이 다ᄃᆞ라올씨

運은 時節이라 ᄒᆞᆫ 마리라

ᄂᆞ려가아 부텨 ᄃᆞ외요리라 ᄒᆞ시더라

–

제천을 위하여 설법하시며 시방에 현신하여 설법하시되 시절인연이 다가오므로 염부제 인간 세상에 내려가 부처가 될 것이다 하셨다. 시방은 동서남북과 동남, 서남, 서북, 동북, 상하를 말한다. 현신(現身)은 몸을 나투어 보이는 것이다.

우리가 불교에서 말하는 시방세계가 바로 이것이다. '시방세계 부처님께' 발원하는 문구가 많은데 동서남북 4방과 그 사이사이 간방까지 8방, 그리고 하늘과 땅 2방을 더하여 십방인데 발음 편의상 'ㅂ'이 떨어져 나가 '시방'이 된 것이다.

그제 六十六億 諸天이 모다 議論호ᄃᆡ 菩薩이 어느 나라해 ᄂᆞ리시게 ᄒᆞ려뇨 摩竭國은 王이 正티 몯ᄒᆞ고 拘薩大國은 父母宗族이

宗族ᄋᆞᆫ 아ᅀᆞ미라

正티 몯ᄒᆞ고 和沙大國은 王이 威嚴이 업서 ᄂᆞᄆᆡ 소내 쥐ᅘᅧ 이시며 維那離國은 싸홈 즐기고 조ᄒᆞᆫ 힝뎍 업스며 此鏺樹國은 擧動이 妄量ᄃᆞᄫᅵ오 셩시기 麤率ᄒᆞ니

麤率ᄋᆞᆫ 듧새ᄫᅡ 쳔쳔티 몯ᄒᆞᆯ씨라

게 가 몯 나시리라 ᄒᆞᆫ 하ᄂᆞᆯ 幢英이 菩薩ᄭᅴ 묻ᄌᆞᄫᅩᄃᆡ 어누 나라해 가샤

나시리잇고

–

그때 66억 제천이 모여 의논하되 보살을 어느 나라에 내려가게 할까. 마갈국은 왕이 바르지 못하고 구살대국은 부모의 친척이 바르지 못하고 화사대국은 왕이 위엄이 없어 남의 손에 쥐여 있으며 유나리국은 싸움을 즐기고 깨끗한 행적이 없으며 차발수국은 거동이 망녕되고 성품이 거칠고 찬찬하지 못하니 그곳에 가서 태어나지 못하시리라 하였다.

한 하늘의 당영(幢英)이 보살께 물었다. 어느 나라에 가셔서 태어나시겠습니까.

마갈국은 마가다국(Magadha)이요 구살대국은 코살라국을 말한다. 마가다국은 중인도의 동부 지방 지금의 비하르(Bihar)의 남쪽 지역에 있던 고대 국가로 수도는 왕사성이다. 기원전 6세기에 빔비사라왕이 앙가국을 점령하여 영토를 확장하였다. 그의 아들 아자타샤트루(Ajātaśatru)는 부왕을 죽이고 왕위에 올라 코살라국(Kosala國)과 카시국(Kāśi國)과 브리지국(Vṛji國)을 정복하였다. 아자타샤트루 왕의 아들 우다야바드라도 부왕을 죽이고 왕위에 오른다. 그 후 난다 왕조가 일어나고 기원전 320년경에 찬드라굽타가 마우리야 왕조를 세워 아쇼카(Aśoka) 왕이 인도를 통일하게 된다.

구살대국은 코살라(Kosala)의 음사로 교살라국이라고도 한다. 지금의 네팔 남서쪽에 인접해 있던 인도의 고대 국가로 수도는 사위성(舍衛城)인데 기원전 6세기에 마가다국에 멸망당하였다.

석가모니 출생 당시 십육대국(महाजनपद Mahājanapadas, 마하자나파다스)이 있었는데 고대 인도의 왕국들을 칭하는 것이다. 그 다음에 나오는 나라들도 16국들에 속할 것이다.

'화사대국'도 그 중의 하나인 것으로 보이는데 밧사(वत्स)로 추정된다. 카우샴비를 중심으로 형성된 십육대국 국가이다. 위치는 갠지스 강과 야무나 강의 합류점 근처이다.

유나리국(維那離國)은 바이샬리 또는 비사리국이 아니었을까 싶은데 정확하지 않다. 인도 비하르 주에 있는 고대 도시로, 십육대국 시기 리차비족과 밧지 동맹의 수도였다. 석가모니 붓다의 시대에 베살리는 매우 크고 부유하여 번영한 도시로 사람들로 붐비며 풍요로운 도시였다.

차발수국(此鏺樹國)은 찾지 못하였다. 여러분의 도움이 필요하다.

여기서 흥미로운 단어는 '추솔(麤率)'이다. 들까불어 찬찬치 못하다라고 풀이하고 있다. 현대국언어는 거칠고 찬찬하지 못하다로 나와 있다. 처음 들어보는 단어인데 들까불다의 어원을 만난 것 같아 살려 쓰고 싶다.

보살의 선택 염부제 가비라국

菩薩이 니ᄅᆞ샤ᄃᆡ 이제 釋種이 ᄆᆞᆺ 盛ᄒᆞ니 녀름 ᄃᆞ외오 快樂이 그지업고 百姓도 만ᄒᆞ며 有德ᄒᆞ고 釋種ᄃᆞᆯ히 다 부텻 法을 울월며 王도 어

디ᄅᆞ시며 夫人도 어디ᄅᆞ시고 아래 五百世예도 世ᄂᆞᆫ 뉘라 菩薩母ㅣ ᄃᆞ외시니 그 나라해 가 나리라

母는 어마니미라

ᄯᅩ 衆生ᄋᆡ 發心이 니거 淸淨ᄒᆞᆫ 法을 어루 ᄇᆡ호리어며

淸淨은 ᄆᆞᆰ고 조ᄒᆞᆯ씨라 迦毗羅國이 閻浮提ㅅ <月釋2:12ㄴ> 가온ᄃᆡ며 家門ㅅ 中에 釋迦氏 第一이니 甘蔗氏ㅅ 子孫이며 淨飯王도 前生앳 因緣이 겨시며

–

보살이 말씀하셨다.

"이제 석씨 가문이 제일 번성하니 농사가 잘 되고 쾌락이 그지없고 백성도 많으며 덕이 있고 모두 부처의 법을 우러른다. 왕도 어질고 부인도 어질고 과거 500세 전에도 보살의 어머니가 되시니 그 나라에 가서 태어나리라. 또 중생이 발심이 성숙하여 청정한 법을 가히 배울 것이며 가비라국이 염부제 가운데에 있으며 가문 중에 석가씨가 제일이니 고타마(감자씨)의 자손이며 정반왕도 나와 전생에 인연이 있었다."

가비라국은 카필라바스투(कपिलवस्तु)의 음사이다. 석가모니께서 태어난 나라이다. 당시에는 가장 이상적인 국가인 것으로 묘사되고 있다.

이상에서 보는 바와 같이 작은 이야기들이 독립적으로 이어지고 있다. Book in book 또는 액자구조의 이야기 구성이라 볼 수 있다. 그래서 갈피를 잘 잡고 따라가지 않으면 이게 무슨 비약인가 또는 중간에 다른 내용이 빠진 것인가 혼란스러울 수 있다. 징검다리 건너듯 차분히 또 다른 이야기 속으로 들어가보자.

액자구조, 이야기 속 이야기 석가모니의 앵무새 전생이야기

녜 雪山애 ᄒᆞᆫ 鸚鵡ㅣ 이쇼ᄃᆡ 어ᅀᅵ 다 눈멀어든 菓實 ᄠᅡ 머기더니 그저긔 ᄒᆞᆫ 받 님자히 ᄡᅵ 비흟 저긔 願호ᄃᆡ 즁ᄉᆡᆼ과 어우러 머구리라 ᄒᆞ야ᄂᆞᆯ 鸚鵡ㅣ 그 穀食ᄋᆞᆯ 주ᅀᅥ 어ᅀᅵᄅᆞᆯ 머기거늘 받 님자히 怒ᄒᆞ야 그믈로 자ᄇᆞᆫ대 鸚鵡ㅣ 닐오ᄃᆡ ᄂᆞᆷ 주ᇙ ᄠᅳ디 이실ᄊᆡ 가져가니 엇뎨 잡ᄂᆞᆫ다 받 님자히 무로ᄃᆡ 눌 爲ᄒᆞ야 가져간다 對答호ᄃᆡ 눈먼 어ᅀᅵᄅᆞᆯ 이받노라 받 님자히 과ᄒᆞ야 즁ᄉᆡᆼ도 孝道ᄒᆞᆯ써 일록 後에 疑心 마오 가져가라 ᄒᆞ니 그 鸚鵡ᄂᆞᆫ 如來시고 받 님자ᄒᆞᆫ 舍利弗이오 눈먼 어ᅀᅵᄂᆞᆫ 淨飯王과 摩耶夫人이시니라

–

옛날에 설산에 앵무새 한 마리가 있었는데 부모가 다 눈이 멀었거든 과실을 따서 먹였다. 그때 어떤 밭의 임자가 씨 뿌릴 때에 원하기를 짐승과 어울려 먹으리라 하거늘 그 앵무가 곡식을 주워 부모를 먹였다. 밭 임자가 화를 내며 그물로 앵무새를 잡았다.

앵무새가 말하였다. '남에게 줄 뜻이 있어서 가져갔는데 어찌 잡으시오.'

밭 임자가 묻기를 '누구를 위하여 가져가느냐' 하였다.

앵무가 대답하기를 '눈먼 어버이를 이바지하고 있소' 하였다.

밭 임자가 칭찬하기를 짐승도 효도를 이렇게 하는구나 하며 이로부터 의심말고 가져가라 하였다. 그 앵무새가 여래이시고 밭 임자는 사리불이고 눈먼 어버이는 정반왕과 마야부인이시다.

석보상절에서 석가모니 전생의 이야기를 하다가 정반왕과 마야부인의 전생 스토리텔링을 주석으로 풀어놓아 마치 액자 속의 작은 액자를 보는 듯하다. 이렇게 옛날의 이야기 구조는 단락이나 띄어쓰기, 화제를 전환하는 장치가 없이 바로 이어지기 때문에 자칫 길 없는 산 속을 헤매는 것 같은 기분이 들 때가 많다.

그러나 이 '네버엔딩 스토리'의 묘미를 알게 되면 아라비안 나이트보다 더욱 재미있는 글읽기가 될 것이다.

세 번째 이야기

○

부처님이 염부제에 내려오실 제

●

세 번째 이야기는 월인천강지곡 13장의 석보상절 이야기가 펼쳐진다. 우리가 천수경을 재미로 읽지 않고 기도하고 염불하듯이 독경하듯이 월인석보도 그렇게 읽고 염불해 주셨으면 좋겠다. 그런데 가끔 뜻도 알겠고 이야기도 재미있어 유익하다면 조선대장경의 시작 월인석보를 만든 이의 보람이 클 것이다. 현대어로 번역하는 나의 기쁨은 일러 무삼하리오. 집안이 구순하고 이것을 번역할 동안 아프지 않고 건강한 것, 하는 일마다 잘 풀리는 것이 월인석보의 가피라고 굳게 믿어 의심치 않는다. 여러분도 이 가피 함께 누리시기를!

월인천강지곡 13장
인간세상 염부제에 태어나신 석가모니

월인천강지곡 13장의 이야기이다.

其十三

五衰五瑞롤 뵈샤 閻浮提 나시릴씨 諸天이 다 츠기너기니

法幢法會롤 셰샤 天人이 모두릴씨 諸天이 다 깃스ᄫᆞ니<月釋2:8ㄱ>

–

월인천강지곡 13장

다섯 가지 흥망성쇠 조짐을 보이고 염부제에 태어나시려 하매 제천이 모두 측은히 여기시니

법당과 법회를 세우셔서 천인이 모이므로 제천이 모두 기뻐하시니

이 노래의 내용은 석보상절의 스토리텔링으로 풀어보면 다음과 같다.

마야부인의 다섯 가지 쇠약한 모습

夫人도 목수미 열 둘ᄒᆞ고 닐웨 기터 겨샷다 ᄒᆞ시고 그저긔 五衰相올 뵈시고

<月釋2:13ㄴ> 五衰相은 다ᄉᆞᆺ 가짓 衰ᄒᆞᆫ 相이니 머리옛 고지 이울며 겯 아래 ᄯᆞᆷ 나며 뎡바기옛 光明이 업스며 누늘 ᄌᆞ조 곰ᄌᆞ기며 座롤 즐기디 아니ᄒᆞᆯ씨라

–

其끵十씹三삼
五옹衰쉉五옹瑞쒱ᄅᆞᆯ 뵈샤 閻염浮
뿧提똉 나시릴ᄊᆡ 諸졍天텬이 ᄃᆞᆺᄌᆞ
ᄫᅡ 기니
法법幢땅法법會ᅘᅬᆼᄅᆞᆯ 셰샤 天텬人
신이 모ᄃᆞ릴ᄊᆡ 諸졍天텬이 ᄃᆞ깃ᄉᆞ
ᄫᆞ니

마야부인의 목숨이 열 달과 이레(7일)동안 남아 계신다 하였다. 그때 다섯 가지 쇠약해지는 모습을 보인다. 오쇠상은 ①머리의 꽃이 시들고 ②겨드랑이 밑에 땀이 나고 ③이마에 광명이 없으며 ④눈을 자주 깜빡이고 ⑤자리(座)를 즐기지 않는 것이다.

마야부인이 석가모니를 잉태하시고 출산한 지 이레만에 돌아가시는 이야기를 하고 있다. 석가모니가 인간 세상에 내려올 때 그 어머니의 수명도 알고 있었다니 정독할수록 놀랍다.

번역하다 보니 나는 몇 년전부터 눈을 자주 깜빡이는 증세가 있는데 이것이 쇠약해져 가고 있는 증세였나보다. 또 이마는 꺼지고 언제부터인가 사람 만나는 저녁 약속을 멀리하고 살고 있음을 확인하게 된다. 필자의 목숨은 얼마나 남은 것인가 문득 궁금해진다. 또 인도 사람들은 꽃으로 머리를 장식하는데 필자도 인도여행에서는 사원이나 시장에서 실에 꿴 말리화를 사서 꽂거나 땋아서 치장하고 다녔다. 은은한 향기가 지나갈 때마다 풍겼다. 그런데 몸이 쇠약하면 그 꽃이 빨리 시들고 겨드랑이에선 식은땀이 난다는 것이다. 십여년전 1년정도 아팠을 때 집에서 기르던 화분이 다 시들고 어항의 물고기와 아이가 기르던 햄스터가 거의 동시다발적으로 죽었던 일도 생각난다. 그때 집주인의 나쁜 기운을 그들이 대신 지고 가서 나았다는 생각을 하였다. 이 오쇠상은 당시의 의학적 소견이지만 여전히 유효한 건강의 상식이다. 독자들도 한 번 체크해 보시기 바란다.

부처 태어나실 다섯 가지 상서로운 모습
광명 대천세계와 대지의 육종진동

ᄯᅩ 五瑞ᄅᆞᆯ 뵈시니

五瑞ᄂᆞᆫ 다ᄉᆞᆺ 가짓 祥瑞라

光明이 大千世界ᄅᆞᆯ 비취시며 ᄯᅡ히 열여듧 相ᄋᆞ로 뮈며

ᄯᅡ히 ᄀᆞ장 뮈면 열여듧 가짓 이리 잇ᄂᆞ니 動과 起와 踊과 振과 吼와 擊과 여ᄉᆞᆺ 가짓 이ᄅᆞᆯ 各各 세 양ᄌᆞ로 닐어 두루 뫼화 열여들비니 動ᄋᆞᆫ 뮐씨오 起ᄂᆞᆫ 니ᄅᆞ와ᄃᆞᆯ씨오 踊ᄋᆞᆫ 봄뇔씨오 振ᄋᆞᆫ 떨씨오 吼는 우를씨오 擊은 다이즐씨라 動ᄋᆞᆯ 세 가지로 닐옳딘댄 뮈다 호미 ᄒᆞᆫ가지오 다 뮈다 호미 두 가지오 ᄒᆞᆫ가지로 다 뮈다 호미 세 가지니 起踊振吼擊도 다 잇골로 닐어 세코미라 ᄒᆞᆫ갓 뮈다 ᄒᆞᆯ ᄲᅮᆫ ᄒᆞ면 世界옛 ᄯᅡ히 다 뮈윤 ᄠᅳ디 업고 ᄒᆞᆫ갓 뮈다 ᄒᆞ면 잢간 뮌 ᄃᆡ 업시 다 골오 ᄀᆞ장 뮈윤 ᄠᅳ디 업스릴씨 모ᄃᆡ 세 가지로 닐어ᅀᅡ ᄀᆞᄌᆞ리라 이 여ᄉᆞᆺ 가짓 動起踊振吼擊을 六種震動이라도 ᄒᆞᄂᆞ니 六種ᄋᆞᆫ 여ᄉᆞᆺ 가지오 震動ᄋᆞᆫ 드러칠씨라

–

또 부처가 염부제에 내려오실 때 다섯 가지 상서를 보이셨다.

첫째 광명이 대천세계를 비추시고, 둘째 땅이 열여덟가지 모양으로 움직인다.

땅이 가장 크게 움직일 때는 열여덟 가지 일이 있다. 동(**動**)과 기(**起**), 용(**踊**), 진(**振**), 후(**吼**), 격(**擊**)의 여섯 가지가 다시 각각 세 가지로 세분되는 모습을 띤다. 동(**動**)은 움직이는 것이요 기(**起**)는 일으키는 것이고 용(**踊**)은 뛰노는 것이요 진(**振**)은 떨림이 있는 것이

다. 후(吼)는 울부짖는 것이요 격(擊)은 다그치는 것이다.

동(動)을 다시 세 가지로 말하자면 움직인다, 다 움직인다, 다 함께 움직인다로 나뉜다. 기용진후격(起踊振吼擊)도 다 이와 같은 모습으로 세 가지씩 이루어져 있어 그냥 '움직인다'고 하면 세계의 땅이 다 움직인다는 뜻이 없다. 그저 '다 움직인다' 하면 잠깐 움직인 데 없이 다 고루 끝까지 움직이는 뜻이 없기 때문에 반드시 세 가지로 말해야 갖춘 뜻이 된다. 이 여섯 가지를 육종진동(六種震動)이라고 한다. 6종은 여섯 가지요 진동은 드러친다는 것이다.

우리는 땅이 움직이는 것은 지진밖에 모른다. 그러나 땅이 18가지로 한바탕 춤을 추듯이 꿈틀대고 포효하고 파도처럼 넘실대는 상서로운 모습이다. '육종진동'한다는 표현이 불경에 많이 나오는데 이렇게 구체적으로 알게 되니 속이 다 시원하다. 이렇게 땅이 들고 일어나 춤추는 모습을 애니메이션으로 만들면 근사할 것 같다.

마왕궁의 네 가지 마구니 막기

魔王宮이 ᄀᆞ리며

魔ᄂᆞᆫ ᄀᆞ릴씨니 道理 닷ᄂᆞᆫ 사ᄅᆞ미그에 마ᄀᆞᆯ씨라 魔ㅣ 네 가지니 煩惱魔와 五陰魔와 死魔와 天子魔왜니 五陰은 色受想行識이니 煩惱ㅅ 젼ᄎᆞ로 눈과 귀와 고콰 혀와 몸과 ᄠᅳᆮ과 ᄃᆞ외요미 色陰이오 한 煩惱 바도미 受陰이오 그지업시 스쵸미 想陰이오 됴ᄒᆞ며 구즌 ᄆᆞᅀᆞᄆᆞ로 貪ᄒᆞ며 怒ᄒᆞᆫ ᄆᆞᅀᆞᆷ과 맛당ᄒᆞ며 몯

맛당ᄒᆞᆫ 法 니르와도미 行陰이오 누네 빗 보며 귀예 소리 드르며 고해 내 마ᄐᆞ며 혀에 맛보며 모매 다히며 쁘데 法 貪著호ᄆᆞ로 그지업시 ᄀᆞᆯᄒᆞ야 아로미 識陰이라 눈과 귀와 고콰 혀와 몸과 쁟과ᄅᆞᆯ 六根이라 ᄒᆞᄂᆞ니 根은 불휘라 빗과 소리와 香과 맛과 다흠과 法과ᄅᆞᆯ 六塵이라 ᄒᆞᄂᆞ니 塵ᄋᆞᆫ 드트리라 死魔ᄂᆞᆫ 주기ᄂᆞᆫ 魔ㅣ오 天子魔ᄂᆞᆫ 他化自在天이니 世間ㅅ 樂애 ᄀᆞ장 貪著ᄒᆞ야 邪曲ᄒᆞᆫ ᄆᆞᅀᆞᄆᆞ로 聖人ㅅ 涅槃法을 새오ᄂᆞ니라

ᄒᆡ와 ᄃᆞᆯ와 별왜 다 ᄇᆞᆰ디 아니ᄒᆞ며 八部ㅣ 다 놀라더니

–

셋째 마왕궁(魔王宮)이 네 가지 마구니를 가린다.

마(魔)는 가린다는 뜻이니 도리 닦는 사람에게 막히는 것이다. 마(魔)는 네 가지가 있다. 번뇌마(煩惱魔)와 오음마(五陰魔)와 사마(死魔)와 천자마(天子魔)이다.

오음(五陰)은 색수상행식(色受相行識)인데 번뇌의 원인이 되는 눈과 귀, 코, 혀, 몸, 뜻이 색음(色陰)이다. 많은 번뇌를 받는 것이 수음(受陰)이요, 그지없이 생각함이 상음(相陰)이요, 좋고 궂은 마음으로 탐하고 노한 마음, 마땅하고 못마땅한 법 일으키는 것이 행음(行陰)이요, 눈으로 빛을 보고 귀에 소리 들으며 코로 냄새 맡고 혀로 맛보며 몸에 닿으며 마음으로 법(가르침) 탐착하는 것으로 끝없이 분별하며 알음알이 내는 것이 식음(識陰)이다.

눈과 귀, 코, 혀. 몸, 생각을 육근(六根)이라 하는데 근은 뿌리이다. 빛, 소리, 향, 맛, 닿음, 법(法)을 육진(六塵)이라 하는데 진은 티끌이다. 사마(死魔)는 죽이는 마구니요, 천자마(天子魔)는 타화자재

천(他化自在天)이니 세간의 즐거움에 끝까지 탐착하여 삿된 마음으로 성인의 열반법을 시샘하는 것이다.
넷째 해와 달, 별이 다 밝지 아니 하고, 다섯째 천룡팔부가 다 놀라는 것이 오서(五瑞)이다.

세 번째는 마구니의 왕궁들이 진리를 닦는 사람이 출현하니 숨고 가려져서 나타나지 않았다는 뜻이다. '제마궁택은폐불현(諸魔宮宅隱蔽不現)'이라는 내용이 〈과거현재인과경〉 1권에 기록되어 있다. 네 번째는 석가모니가 출현하니 '일월성신(日月星辰)'이 빛을 잃었다는 것이고 다섯 번째 천룡팔부도 저절로 몸이 진동하였다는 것이다. 이와 같이 '월인석보'는 여러 경전에서 가려 뽑은 텍스트를 저본으로 하고 있음을 알 수 있고 간략한 월인석보 내용으로 이해가 잘 되지 않을 때 서로 상호보완적인 역할을 하고 있다. 한문 불교경전과의 대조는 교차 점검을 할 수 있는 큰 장점이 있다.

제천의 걱정과 호명보살의 적멸 설법

그저긔 諸天이 뎌 두 想ᄋᆞᆯ 보ᅀᆞᆸ고 모다 츠기 너겨 ᄂᆞ리디 마ᄅᆞ시고 오래 겨쇼셔 ᄒᆞ거늘 菩薩이 니ᄅᆞ샤ᄃᆡ 살면 모ᄃᆡ 죽고 어울면 모ᄃᆡ 버으는 거시니 一切ㅅ 이리 長常 ᄒᆞᆫ가지 몯 ᄃᆞ욀ᄊᆡ 寂滅이ᅀᅡ 즐거ᄫᅳᆫ 거시라

寂滅은 괴외히 업슬씨니 佛性ㅅ 가온ᄃᆡ ᄒᆞᆫ 相도 업슬씨라 相이 업서 ᄒᆞᄂᆞᆫ 이

리 업서 죽사릿 큰 시르미 다 업슬씨 즐겁다 ᄒᆞ시니라 寂滅은 사도 아니ᄒᆞ며 죽도 아니ᄒᆞᇙ씨니 衆生ᄋᆞᆫ 煩惱ᄅᆞᆯ 몯 ᄡᅳ러 ᄇᆞ려 이리 이실씨 됴ᄒᆞᆫ 일 지ᅀᅮᆫ 因緣으로 後生애 됴ᄒᆞᆫ 몸 ᄃᆞ외오 머즌 일 지ᅀᅮᆫ 因緣으로 後生애 머즌 몸 ᄃᆞ외야 살락 주그락 ᄒᆞ야 그지업시 受苦ᄒᆞ거니와 부텨는 죽사리 업스실씨 寂滅이 즐겁다 ᄒᆞ시니라

–

그때 제천이 저 두 가지 오쇠 오서의 상을 보고서 모두 측은히 여겨 '염부제에 내려오지 마시고 오래 도솔천에 계십시오.' 하였다.

호명보살이 말씀하셨다. '살면 반드시 죽고 합하면 반드시 벙그는 것이니 일체의 일이 항상 한 가지로 되지 못하므로 적멸이야말로 즐거운 것이다.'

적멸은 고요히 소멸하는 것이니 불성의 가운데 한 가지 상(相)도 없는 것이다. 상이 없어 하는 일이 없고 생사(生死)의 큰 괴로움이 다 없으므로 즐겁다 하시는 것이다. 적멸(寂滅)은 살지도 아니 하며 죽지도 아니 하는 것이다. 중생은 번뇌를 쓸어버리지 못해 일이 있으므로 좋은 일 지은 인연으로 후생에 좋은 몸이 될 것이요, 나쁜 일 지은 인연으로 후생에 흉한 몸이 되어 죽을 둥 살 둥하여 끝없이 괴로움을 받는 것이다. 부처는 죽고 사는 일이 없으므로 적멸이 즐겁다 하신 것이다.

측은히 여기다라고 번역한 '츠기 너기다'는 '한(恨), 혐(嫌)'의 의미로 나와 있는데 '가엾고 불쌍하게 생각하다'이다. 여기서는 '안타깝게 생각하

다’정도로 풀이하고자 한다. 〈과거현재인과경〉에서는 ‘오뇌, 연모’로 나와 있다(爾時菩薩, 見諸天子悲泣懊惱, 又復聞說戀慕之偈).

한편 ‘어울다’는 합하다라는 뜻으로 ‘어울리다, 아울러’ 등에 남아있다. ‘벙을다’는 ‘꽃이 벙글다’에 남아 있는데 꽃봉오리가 활짝 피어나는 모습을 표현할 때 쓴다. 사이가 벌어진다는 의미로 여기서는 이별하다라는 의미로 쓰였다.

곧 석가모니가 호명보살로 도솔천에 잘 계시다가 인간세상에 태어나고자 하시니 하늘에 사는 여러 하늘 신들이 안타깝게 여겨 말리고 호명보살은 ‘누구든지 삶을 살게 되면 모두 죽고 함께 어울리면 모두 이별이 있는 것이다’라고 이야기하고 있는 것이다(凡人受生無不死者；恩愛合會，必有別離〈과거현재인과경〉). 우리가 ‘적멸’을 추구해야하는 까닭이다. ‘츠기’, ‘어울다’, 벙글다‘와 같은 아음다운 우리 말을 되살려 쓰고 싶다. 이것이 ’월인석보‘ 사전의 위엄이다.

내 釋種애 가 나아 出家ᄒᆞ야 부텨 ᄃᆞ외야 衆生 爲ᄒᆞ야 큰 法幢 세오

幢ᄋᆞᆫ 부텻 威儀예 蓋 ᄀᆞᄐᆞᆫ 거시니 부텨씌 브튼 거실씨 法幢이라 ᄒᆞᄂᆞ니라

幢 셰샤ᄆᆞᆫ 어딘 將軍이 旗 셰오 魔軍 降伏히욤과 부톄 煩惱 바ᄅᆞᆯ 여위우샤미 ᄀᆞᆮᄒᆞ니라

큰 法會 ᄒᆞᇙ 저긔

會ᄂᆞᆫ 모ᄃᆞᆯ씨니 부텨씌 사ᄅᆞᆷ 모도ᄆᆞᆯ 法會라 ᄒᆞᄂᆞ니라

天人ᄋᆞᆯ 다 請ᄒᆞ리니 너희도 그 法食ᄋᆞᆯ 머그리라

食ᄋᆞᆫ 바비라

諸天이 듣ᄌᆞᆸ고 다 깃거ᄒᆞ더라

–

내가 석가씨 문중에 가서 태어나 출가하여 부처 되어서 중생을 위한 큰 법당(法幢)을 세울 것이다. 그리고 큰 법회를 할 적에 천인(天人)을 모두 청할 것이니 너희도 그 법식(法食)을 먹으리라.

제천이 그 말씀 듣사옵고 모두 기뻐하였다.

여기서 당(幢)은 부처 위의를 위한 개(蓋)와 같은 것이니 부처께 항상 붙어 있는 것이므로 법당이라 한다. 당을 세우심은 어진 장군이 깃발을 세우고 마군을 항복시키는 것처럼 부처께서 번뇌 바다를 여의게 하는 것과 같은 일이다. 법회의 회는 모이는 것이니 부처께 사람이 모임을 법회라 한다. 식(食)은 밥이다.

여기서는 '당(幢)'과 '개(蓋)'를 자세히 설명하고 있다. 부처의 위의를 상징하는 당은 '번(幡)'과 함께 쓰여 '당번(幢幡)'이라고 하기도 한다. 부처의 진리인 법(法)을 나타내므로 법당(法幢)이라고 부른다. 당(幢)은 장대 끝에 용머리 모양을 만들고 깃발을 달아 드리운 것으로, 부처 보살의 위신과 공덕을 표시하는 장엄구(莊嚴具)이다. 모양은 다음과 같고 탱화에서도 확인할 수 있다.

'개(蓋)'는 해를 가리는 일산(日傘)과 같은 것이다. 천개(天蓋) 또는 보개(寶蓋)라고도 하며 '닫집'의 형태로도 나타난다. 불좌(佛座) 또는 좌대(座臺)를 덮는 장식품이다.

도솔천의 호명보살로 계시다가 인간들이 사는 사바세계 염부제에 부처로 내려오실 적에 어머니 마야부인의 수명이 열 달하고 7일이 남아 있었다는 기록이 필자는 놀라웠다. 부처의 탄생과 어머니의 죽음, 생과 사의 모습이 뚜렷이 대비되는 오서와 오쇠의 모습으로 적멸(寂滅)을 설명하고 그것을 알리기 위한 진리의 깃발과 법회의 방편을 설명하고 있는 월인

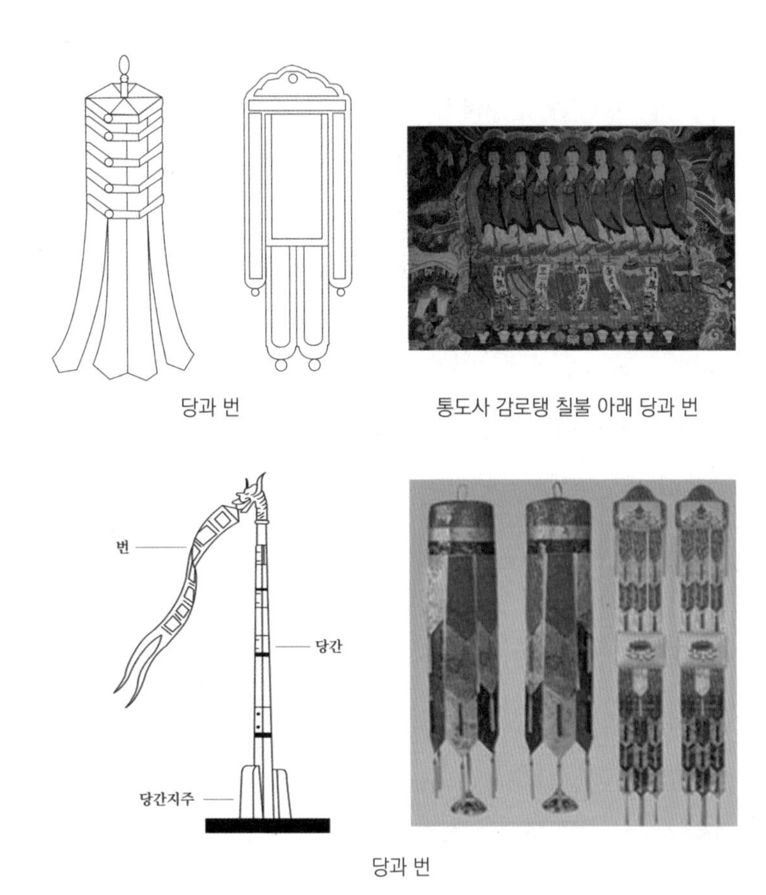

당과 번

통도사 감로탱 칠불 아래 당과 번

당과 번

천강지곡 13장. 이 두 구절의 댓구에 함축되어 있는 석보상절의 스토리텔링, 이 완벽한 궁합에 새삼 15세기 '월인석보' 형식에 감탄하게 되는 것이다. 아울러 한 글자씩 번역해 새기며 왜 사경(寫經)이 주요한 수행법이 되었는지 어렴풋이 짐작하는 요즘이다. 이 현대어 사경의 공덕으로 여러 독자들이 간경(看經)하시고 그 눈길마다 서원하는 모든 일이 이루어지이다.

고구려 수산리 고분벽화의 일산

일본 아스카 다치바나절(橘寺)의 개

완주 화암사 극락전 닫집

감은사 사리탑 천개

네 번째 이야기

○

부처님의 팔상도 첫 번째 도솔래의상(兜率來儀相)

●

도솔래의상(兜率來儀相)

월인석보에는 부처의 일대기를 여덟장의 그림으로 요약한 팔상도(八相圖)가 그려져 있다.

첫 번째 도솔래의상 그림은 마야부인이 앉아서 잠시 잠들어 태몽을 꾸는데 도솔천에서 호명보살이 코끼리를 타고 제천(諸天)의 위호를 받으며 인간세계의 석가모니 부처로 내려오는 것이다.

그 이야기가 그야말로 '장광설'이요, 월인석보의 특징을 보여주는 깨알같은 주석과 그 주석을 다시 풀이하는 더 작은 좁쌀같은 주석의 향연이 펼쳐진다. 새로운 문자 훈민정음으로 1447년에 지은 첫 작품 석보상절에서는 마음껏 풀어내지 못한 불교 지식의 향연이 본격적으로 펼쳐지는 세계를 맛볼 수 있다. 그 장이 월인천강지곡 14장과 15장이 실린 월인석보의 석보상절 부분이다.

여기서 풀이하는 십이인연을 보면 조선시대에 어느 누가 이보다 더 자세히 설명할 수 있을까 싶게 구체적이다. 훈민정음으로 풀이한 불교학개론이 궁금하지 않은가. 자 그럼 우리에게 훈민정음으로 나투시는 부처님의 시대로 시간여행을 떠나보자.

其十四

沸星 도ᄃᆞᇙ 제 白象 ᄐᆞ시고 ᄒᆡᆺ 光明을 ᄐᆞ시니이다

天樂ᄋᆞᆯ 奏커늘 諸天이 조ᄍᆞᆸ고 하ᄂᆞᆶ 고지 드르니이다<月釋2:17ㄴ>

樂ᄋᆞᆫ 풍ᄅᆔ라 奏는 풍류ᄒᆞᆯ씨라

其十五

摩耶ㅅ ᄭᅮᆷ 안해 右脇으로 드르시니 밧긧 그르메 瑠璃 ᄀᆞᆮ더시니

右脇은 올ᄒᆞᆫ 녀비라

淨飯이 무러시ᄂᆞᆯ 占者ㅣ 判ᄒᆞᅀᆞᄫᅩᄃᆡ 聖子ㅣ 나샤 正覺<月釋2:18ㄱ>

일우시리

占者ᄂᆞᆫ 占卜 ᄒᆞᄂᆞᆫ 사ᄅᆞ미라

–

십사장

불성이라는 상서로운 별이 돋을 때 흰 코끼리를 타시고 해의 광명을 타시나이다

하늘 음악이 연주되거늘 제천이 따르시고 하늘 꽃비가 내리나이다

십오장

마야부인의 꿈 속에서 오른쪽 옆구리로 들어오시니 밖의 그림자 유리 같으시더니

정반왕이 물어보시니 점쟁이가 판단하되 성자께서 태어나시어 정각을 이루시리

팔상도의 그림과 대조해보면서 이 노래를 음미해 보시라. 부처께서 상서로운 별이 돋는 시간 여섯 개 상아를 가진 흰 코끼리에 타고 인간세계에 내려오실 제 햇빛 광명이 두루 비치고 하늘의 음악이 연주되는 스펙터클한 장면을. 그리고 거기에 꽃비까지 내리는 아름다운 7월의 보름날을 말이다.

음악은 풍류이고 연주는 풍류를 하는 것이라고 친절한 설명을 덧붙인다. 석보상절 권13에는 풍류를 노래와 춤을 추는 재주라고 하고 풍류의 소리를 북치는 마디며 시우대 지금의 관현악기를 말한다고 한다. 곧 풍류는 노래와 춤 악기를 하는 사람들이 함께 어우러진 종합예술을 총칭하는 것이라 여겨진다.

<도솔래의상> 마야부인이 태몽을 꾸는 모습

도솔천궁에 흰코끼리를 타고 내려오는 모습

석보상절에 나타나는 도솔래의

월인천강지곡 14장, 15장 노래의 석보상절 내용은 좀더 구체적이다.

七月ㅅ 열다쐣 날

東土앤 周昭王 스믈다ᄉᆞᆺ찻 ᄒᆡ 癸丑 七月이라 周ᄂᆞᆫ 代ㅅ 일후미라

沸星 도ᄃᆞᇙ 時節에

沸星은 西天 마래 弗沙ㅣ니 正히 닐옳딘댄 富沙ㅣ라 ᄯᅩ 勃沙ㅣ라 ᄒᆞᄂᆞ니 더 盛타 ᄒᆞᆫ ᄠᅳ디라 ᄯᅩ 說度ㅣ라 ᄒᆞᄂᆞ니 說法ᄒᆞ야 사ᄅᆞᆷ 濟度ᄒᆞᄂᆞ다<月釋2:18ㄴ> ᄒᆞᆫ ᄠᅳ디라 이 二十八宿ㅅ 中에 鬼星 일후미니 如來 成道 出家ᄅᆞᆯ 다 二月八日鬼宿 어욿 저긔 ᄒᆞ시니 福德 잇ᄂᆞᆫ 祥瑞옛 벼리라

여ᄉᆞᆺ 엄 가진 白象 ᄐᆞ샤 ᄒᆡ ᄐᆞ샤 兜率宮으로셔 ᄂᆞ려오싫저긔 世界예 차 放光ᄒᆞ시고

放ᄋᆞᆫ 펼씨라

諸天이 虛空애 ᄀᆞᄃᆞ기 ᄢᅧ 좃ᄌᆞ바오며 풍류ᄒᆞ고 <月釋2:19ㄱ> 곳 비터니

菩薩이 諸天ᄃᆞ려 무르샤ᄃᆡ 엇던 양ᄌᆞ로 ᄂᆞ려가료 ᄒᆞ샤ᄂᆞᆯ 션ᄇᆡ 양ᄌᆞ도 니ᄅᆞ며 帝釋梵王 양ᄌᆞ도 니ᄅᆞ며 ᄒᆡᄃᆞᆯ 양ᄌᆞ도 니ᄅᆞ며 金翅鳥 양ᄌᆞ도 니ᄅᆞ더니 ᄒᆞᆫ 梵天이 諸天ᄃᆞ려 닐오ᄃᆡ 象ᄋᆡ 양ᄌᆡ 第一이니 엇뎨어뇨 ᄒᆞ란ᄃᆡ 세 가짓 즁ᄉᆡᆼ이 므를 걷나ᄃᆡ 톳기와 ᄆᆞᆯ와ᄂᆞᆫ 기픠ᄅᆞᆯ 모ᄅᆞᆯᄊᆡ 聲聞 緣覺ᄋᆡ 法 根源 아디 몯ᄒᆞ미 ᄀᆞᆮ고 象ᄋᆞᆫ 믌 미트로 거러갈ᄊᆡ 菩薩ᄋᆡ 三界 ᄉᆞᄆᆞᆺ 아ᄅᆞ미 ᄀᆞᆮᄒᆞ니라

–

7월 열닷새날 불성(沸星)이 새로 돋는 시간에 호명보살이 어금니 여

섯 개 곧 상아가 여섯 개인 흰 코끼리를 타시고 도솔천궁에서 내려오신다. 그때 세계에 가득차게 방광하시고 제천이 허공에 가득히 끼어서 따라오며 음악과 노래 악기를 연주하고 꽃을 뿌렸다.

월인천강지곡 14장, 15장의 내용과 거의 비슷하다. 이 부분은 주석이 길어 먼저 석보상절 본문만 추려내어 번역한 것이다. 이제부터 월인석보의 진가를 발휘하는 주석의 신세계로 입장해보자.

7월 15일은 중국 주나라 소왕 25년 BC 934년 계축 7월이고 주는 나라 이름이라고 풀이하였다. 석가모니의 출생은 여러 설이 있지만 일반적으로 BC 563 ~ BC 483으로 보고 있어 시기의 차이가 나지만 아주 먼 옛날이라고 하는 점에서는 같다고 해두자.

그 다음 별이름 '불성(沸星)'에 대한 주석도 보통이 아니다. 인도 말에 '비사'라고 하는데 바르게 말하면 '부사'이다. 또 '발사'라고도 하는데 더 성하다는 뜻이다. 또 '설도'라고 하니 설법하여 제도한다는 뜻이다. 28수 별자리 중에 귀성의 이름이니 여래께서 성도하고 출가할 때가 다 2월 8일 귀성이 합해질 적에 하시니 복덕이 있는 상서로운 별이다. 이 별이 뜨는 시간에 내려오신 이유가 이렇게 상세하다. '법원주림'에는 불성이 나올 때 부처께서 태어나시고, 출가하고 성도하고 멸도하였다고 한다. 석가모니와 불성이라는 별은 이처럼 뗄래야 뗄 수 없는 상징적인 별이다.

다섯 번째 이야기

○

성문 연각과 12인연

●

석가모니의 일대기를 그린 여덟 장의 그림이 있다. 팔상도(八相圖)라고 부른다. 그 그림만 이해해도 석가모니의 탄생부터 열반까지를 공부한 셈이다. 그러나 세조는 거기에 그치고 마는 것이 안타까웠다. 그 한 장에 들어 있는 깊고 자세한 의미를 간절히 알려주고 싶었던 것이다. 그 안타까운 심정을 석보상절 서문에 밝혀 놓았다. 다시 상기해보면 이렇다.

> 世間애 부텻 道理 비호ᅀᆞᄫᆞ리
> 나아 ᄃᆞᆫ니시며 ᄀᆞ마니 겨시던 처섬 ᄆᆞᄎᆞᄆᆞᆯ 알리 노니
> 비록 알오져 ᄒᆞ리라도
> ᄯᅩ 八相ᄋᆞᆯ 넘디 아니ᄒᆞ야셔 마ᄂᆞ니라
> –

세상에 부처의 도리를 배우고자 하는 사람이

부처 태어나시고 다니시며 가만히 계시던 처음부터 끝까지를

아는 사람이 드무니

비록 알고자 하는 사람이라도

또 팔상을 넘지 아니하고 그만두느니라.

이제 그 첫 번째 팔상 그림인 도솔래의상에 대한 이야기를 어떻게 조곤조곤 하고 있는지 귀기울여 볼 시간이다. 석가모니께서 마야부인의 태 안에 들어가 우주 법계의 위호를 받아 태어나는 과정을 통해 우리 모두 이렇게 태어났음을 여기서 말하고 싶은 것이라고 필자는 생각하였다. 연각이 되기 위한 12인연에 대한 이야기를 들어보자.

○聲聞은 소리 드를씨니 ᄂᆞ미 말 드러ᅀᅡ 알씨라<月釋2:19ㄴ>
須陀洹과 斯陀含과 阿那含과 阿羅漢이 다 聲聞이니 須陀洹ᄋᆞᆫ 聖人ㅅ 주비예 드다 ᄒᆞᆫ ᄠᅳ디라 斯陀含ᄋᆞᆫ ᄒᆞᆫ 번 녀러 오다 ᄒᆞᆫ ᄠᅳ디니 ᄒᆞᆫ 번 주거 하ᄂᆞᆯ해 갯다가 ᄯᅩ 人間애 ᄂᆞ려오면 阿羅漢이 ᄃᆞ외ᄂᆞ니라 阿那含ᄋᆞᆫ 아니 오다 ᄒᆞᆫ ᄠᅳ디니 欲界예 이셔 주거 色 無色界예 나아 ᄂᆞ외야 아니 ᄂᆞ려오ᄂᆞ니라 阿羅漢ᄋᆞᆫ 殺賊이라 ᄒᆞᆫ ᄠᅳ디니 殺은 주길씨니 煩惱 盜賊 주길씨라 ᄯᅩ 不生이라 ᄒᆞᄂᆞ니 나디 아니탓 ᄠᅳ디니 ᄂᆞ외야 <月釋2:20ㄱ> 生死ㅅ 果報애 타 나디 아니ᄒᆞᆯ씨라 ᄯᅩ 應供이라 ᄒᆞᄂᆞ니 應은 맛당ᄒᆞᆯ씨니 人天ㅅ 供養ᄋᆞᆯ 바도미 맛당타 ᄒᆞ논 마리라

–

먼저 성문에 대한 설명으로 시작된다.

성문(聲聞)은 소리를 듣는다는 것이니 남의 말을 들어야 아는 것이다. 수다원(須陁洹)과 사다함(斯陁含), 아나함(阿那含), 아라한(阿羅漢)이 다 성문이다.

수다원은 성인(聖人)의 부류에 들다 하는 뜻이다. 사다함은 한 번 다니러 오다 하는 뜻이니 한 번 죽어 하늘에 가있다가 또 인간세상에 내려오면 아라한이 되는 것이다. 아나함은 아니 오다 하는 뜻이니 욕계(欲界)에 있다가 죽어 색계(色界) 무색계(無色界)에 태어나 다시 내려오지 않는 것이다. 아라한(阿羅漢)은 살적(殺賊)이라 하는 뜻이니 살(殺)은 죽인다는 것으로 번뇌 도적을 죽이는 것이다. 또 불생(不生)이라 하니 태어나지 아니한다는 뜻으로 다시 생사의 과보를 타서 태어나지 않는다는 것이다. 또 응공(應供)이라 하니 응(應)은 마땅하다는 뜻으로 인천(人天)의 공양을 받음이 마땅하다는 말이다.

그 12인연은 이렇게 이어진다.

緣覺ᄋᆞᆫ 열둘 因緣을 보아 道理ᄅᆞᆯ 알씨니 스승 업시 절로 알씨 獨覺이라도 ᄒᆞᄂᆞ니 獨覺ᄋᆞᆫ ᄒᆞ오사 알씨니 西天마래 辟支라 ᄒᆞᄂᆞ니라

열둘 因緣은 無明緣은 行이오 行緣은 識이오 識緣은 名色이오 名色緣은 六入이오 六入緣은 觸이오 觸緣은 受ㅣ오 受緣은 愛오 愛緣은 取ㅣ오 取緣은 有ㅣ오 有緣은 生이오 生緣은 老死憂悲苦惱ㅣ니 無明이 滅ᄒᆞ면 行이 滅ᄒᆞ고 行이 滅ᄒᆞ면 識이 滅ᄒᆞ고 識이 滅ᄒᆞ면 名色이 滅ᄒᆞ고 名色이 滅ᄒᆞ면 六

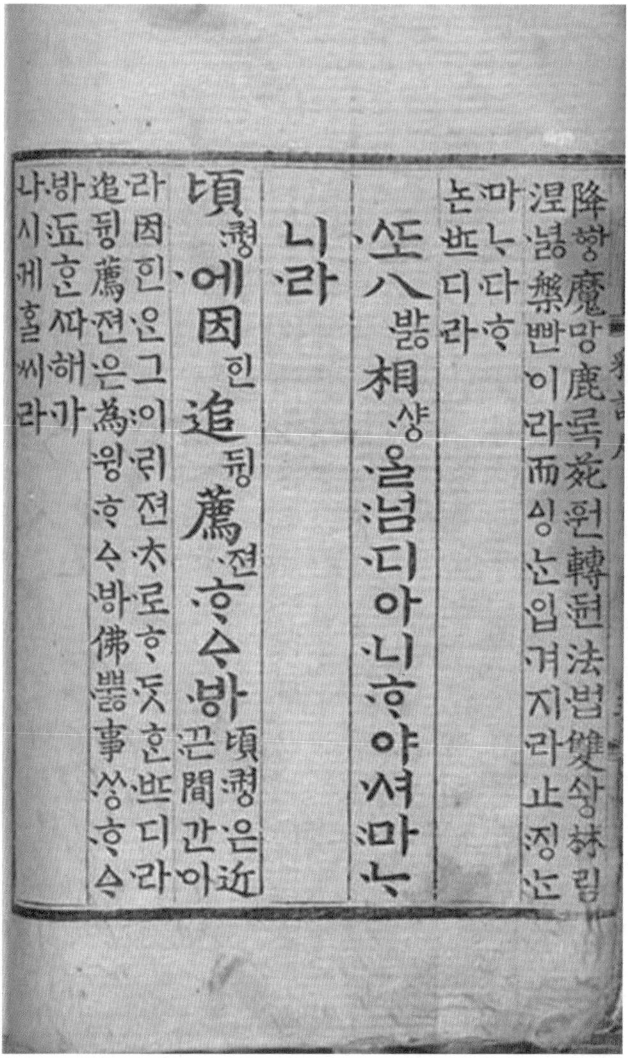

降항魔망鹿록苑원轉뒨法법雙상林림
涅녏槃빤이라 而싱눈 입겨지라 止징눈
마ᄂᆞ다ᄒᆞ논 ᄠᅳ디라

ᄯᅩ 八밣相샹ᄋᆞᆯ 넘디 아니ᄒᆞ야셔 마ᄂᆞ니라

頃큉에 因힌 追됭薦젼ᄒᆞᅀᆞᄫᅡ
頃큉은 近끈間간이라 因힌ᄋᆞᆫ 그 이리젼ᄎᆞ로 ᄒᆞᄃᆞᆺ ᄒᆞᆫ ᄠᅳ디라 追됭薦젼은 爲윙ᄒᆞᅀᆞᄫᅡ 佛뿛事ᄊᆞᆼᄒᆞᅀᆞᄫᅡ 됴ᄒᆞᆫ ᄯᅡ해 가나시게 ᄒᆞᆯᄊᆡ라

〈석보상절 서문〉 또 팔상을 넘지 못하고 마느니라

入이 滅ᄒᆞ고 六入이 滅ᄒᆞ면 觸이 滅ᄒᆞ고 觸이 滅ᄒᆞ면 受ㅣ 滅ᄒᆞ고 受ㅣ 滅ᄒᆞ면 取ㅣ 滅ᄒᆞ고 取ㅣ 滅ᄒᆞ면 有ㅣ 滅ᄒᆞ고 有ㅣ 滅ᄒᆞ면 生이 滅ᄒᆞ고 生이 滅ᄒᆞ면 老死憂悲苦惱ㅣ 滅ᄒᆞ리라

–

연각은 열두 가지 인연을 보아 도리를 아는 것이다. 스승 없이 저절로 알므로 독각이라고도 하니 독각은 혼자 아는 것이요 인도 말로 벽지라고 한다.

열 두가지 인연은 다음과 같다. ①무명(無明) 인연은 행이요 ②행연(行緣)은 식이요 ③식연(識緣)은 명색이요 ④명색연(明色緣)은 육입이요 ⑤육입연(六入緣)은 촉이요 ⑥촉연(觸緣)은 수요 ⑦수연(受緣)은 애요 ⑧애연(愛緣)은 취요 ⑨취연(取緣)은 유요 ⑩유연(有緣)은 생이요 ⑪생연(生緣)은 노사요 ⑫노사(老死)는 우비고뇌이다.

무명이 멸하면 행이 멸하고, 행이 멸하면 식이 멸하고, 식이 멸하면 명색이 멸하고, 명색이 멸하면 육입이 멸하고, 육입이 멸하면 촉이 멸하고, 촉이 멸하면 수가 멸하고, 수가 멸하면 취가 멸하고, 취가 멸하면 유가 멸하고, 유가 멸하면 생이 멸하고, 생이 멸하면 노사가 멸하고, 노사가 멸하면 우비고뇌가 멸하리라.

연각이 되기 위한 12인연을 설명하고 있다. 무명 · 행 · 식 · 명색 · 육입 · 촉 · 수 · 애 · 취 · 유 · 생 · 노사 등의 연기관계인데 ⑫'노사'가 한 번 더 쓰여 있어야 하는데 생략되어 있다. 가끔가다 실수처럼 보이는 이런 옥의 티를 찾는 재미도 정독자로서 쏠쏠하다.

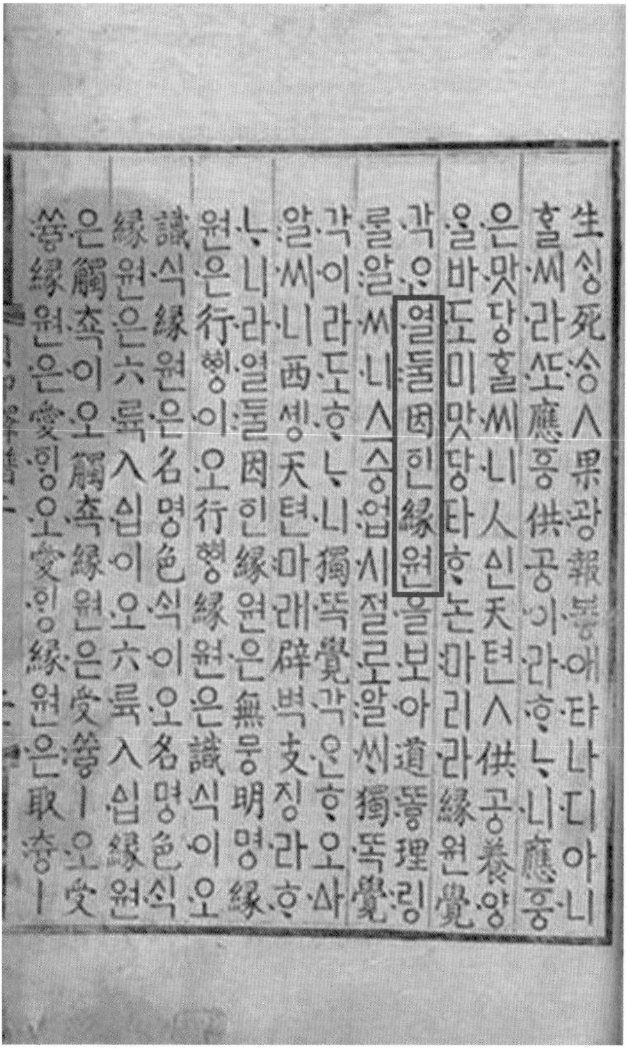

生싱死ᄉᆞᆼㅅ果광報봉애·타나디아니
ᄒᆞᆯ·씨라·ᄯᅩ應ᅙᅳᆼ供공·이·라ᄒᆞ·ᄂᆞ·니應ᅙᅳᆼ
은맛당ᄒᆞᆯ·씨니人신天텬ㅅ供공養양
·올바·도미맛당타ᄒᆞ논·마리·라緣원覺
·각·ᄋᆞᆫ·열두因ᅙᅵᆫ緣원·을보·아道ᄯᅩᇢ理링
·를·알·씨·니ㅅ승·업·시절·로·알·씨獨똑覺
·각·이·라·도ᄒᆞᄂᆞ·니獨똑覺·각·ᄋᆞᆫᄒᆞ오·사
·알·씨·니西솅天텬·마·래辟벽支징·라ᄒᆞ
·ᄂᆞ·니·라·열두因ᅙᅵᆫ緣원·은無뭉明명緣
원·은行ᅘᆡᇰ·이·오行ᅘᆡᇰ緣원·은識식·이·오
識·식緣원·은名명色·식·이·오名명色·식
緣원·은六륙入·ᅀᅵᆸ·이·오六륙入·ᅀᅵᆸ緣원
·은觸·쵹·이·오觸·쵹緣원·은受ᄊᆖᇢ·ㅣ·오受
ᄊᆖᇢ緣원·은愛ᅙᆡᆼ·오愛ᅙᆡᆼ緣원·은取츙·ㅣ

12연기 중의 근본 '무명, 행, 식'

性智 本來 ᄇᆞᆯ가 微妙히 ᄆᆞᆯ가 精커늘 精은 섯근 것 업슬씨라 거츤 드트리 ᄆᆞᆫ득 니러 어듭게 ᄒᆞᆯᄊᆡ 일후미 無明이니 無明은 ᄇᆞᆯ고미 업슬씨라 無明體예 ᄒᆞᆫ 念 처섬 뮈유미 일후미 行이니 行ᄋᆞᆫ 뮐씨라 흐리워 뮈우면 精을 일허 아로미 나ᄂᆞ니 그럴ᄊᆡ 智ᄅᆞᆯ 두르혀 일후믈 識이라 ᄒᆞᄂᆞ니 識ᄋᆞᆫ 알씨라

十二緣 中에 이 세히 根本이 ᄃᆞ외오 나ᄆᆞᆫ 아호ᄇᆞᆫ 枝末이 ᄃᆞ외ᄂᆞ니 根은 불휘오 本ᄋᆞᆫ 미티오 枝ᄂᆞᆫ 가지오 末ᄋᆞᆫ 그티라 서르 因ᄒᆞ야 三世緣이 ᄃᆞ외ᄂᆞ니라

–

성품의 지혜가 본래 밝고 미묘히 맑아 정미(精微)하다. 정(精)은 섞은 것이 없다는 뜻이다. 거친 티끌이 문득 일어나 어둡게 하기 때문에 이름이 무명(無明)이다. 무명은 밝음이 없는 것이다.
무명의 체(體)에 한 생각 처음 일어나는 것이 행(行)이다. 행은 움직이는 것이다. 흐려져서 일어나면 정미함을 잃어 알음알이가 생긴다. 그러므로 지혜를 돌이켜 이름을 식(識)이라 한다. 식은 아는 것이다.
12연기 중에 이 '무명, 행, 식' 셋이 근본이 되고 남은 아홉은 지말이 된다. 근은 뿌리요 본은 밑바탕이요 지는 가지이고 말은 끝이다. 서로 원인과 조건이 되어 삼세의 인연이 되는 것이다.

삼세 '과거 · 현재 · 미래'와 명색(名色)

三世ᄂᆞᆫ 過去와 現在와 未來왜니 過去는 디나건 뉘오 現在ᄂᆞᆫ 나다잇ᄂᆞᆫ 뉘오 未來ᄂᆞᆫ 아니 왯ᄂᆞᆫ 뉘라 智ᄂᆞᆫ 本來 아로미 업거늘 識 다ᄉᆞ로 얼구를 아라 妄心이 ᄃᆞ외ᄂᆞ니 妄心ᄋᆞᆫ 거츤 ᄆᆞᅀᆞ미라 名이라 ᄒᆞᄂᆞ니 六賊의 主人이라 六賊은 여슷 도ᄌᆞ기니 六根을 니ᄅᆞ니라 性이 本來 나미 업거늘 識 다ᄉᆞ로 얼구리나 幻質이 ᄃᆞ외ᄂᆞ니 色이라 ᄒᆞᄂᆞ니 四陰의 브튼 ᄯᅡ히니 幻質ᄋᆞᆫ 곡도 ᄀᆞᆮᄒᆞᆫ 얼구리오 四陰은 受想行識이라
<月釋2:21ㄷ>

名色ᄋᆞᆫ 識이 처ᅀᅥᆷ 胎예 브터 凝滑ᄒᆞᄂᆞᆫ 相이니 凝은 얼일씨라 凝滑ᄒᆞᆯᄊᆡ 六根이 ᄀᆞᆽᄂᆞ니 일후미 六入이라

그렇다면 12연기가 모여 삼세의 인연이 될 때 삼세는 무엇인가.

삼세는 과거와 현재, 미래이다. 과거는 지나간 세상이요 현재는 나타나 있는 세상이요 미래는 아직 오지 않은 세상이다. 지혜는 본래 알음알이가 없거늘 식의 탓으로 모습을 알아 망심이 되는 것이다. 망심은 거친 마음이라 명(名)이라고 하는데 육적(六賊)의 주인이다.
육적은 여섯 도적이니 육근을 말한다. 성품이 본래 생겨남이 없거늘 식의 탓으로 모습이나 환질(幻質)이 되니 색이라 한다. 사음에 의지한 것이니 환질은 꼭두각시(환상, 신기루)같은 모습이요 사음은 수상행식이다.
명색은 식이 처음 태에 붙어서 응활(화합)하는 것이다. 응은 엉기는

것이다. 응활하기 때문에 육근이 갓 생겨나니 이름이 육입이다.

명색(名色)은 심신 곧 정신과 육체를 말한다. 태에 들어가 7일동안 화합하여 정신과 육체가 만들어진다는 것이다. 불교에서 말하는 개체적 존재가 처음 생겨나는 것을 설명하는 말이자 우파니샤드에서 현상세계를 의미하는 말이다.

연각(緣覺)이 되기 위한 12연기를 월인석보로 공부하였다. 12연기 중 '무명, 행, 식'이 근본이 되어 남은 '명색. 육입. 촉. 수. 애. 취. 유. 생. 노사'가 가지를 쳐서 뻗어나간다는 것이다. 인간의 생각과 마음 자리를 꿰뚫어서 이토록 세세하게 분류를 하고 원인과 조건을 따져서 풀이하는 철학이다. 그 옛날에 이토록 정밀하게 분석하고 있다니 놀랍고 놀랍다. 연각이 될 수는 없지만 또한 그 전 단계인 성문(聲聞)도 성인의 경지라 다음 생에도 기약할 수 없지만 이렇게 그 경지를 간곡하게 설명하는 15세기 월인석보를 21세기에 읽고 번역할 수 있다니 진심으로 감동스럽다.

여섯 번째 이야기

○

협주의 세계, 책 속의 책 육입(六入)

●

'나랏말싸미'라는 영화가 나왔다. 훈민정음 창제의 비하인드 스토리를 다루고 있는데 세종과 신미대사가 주도적인 역할을 하였음을 깊이있게 보여주고 있는 수작이다. 신미대사가 나온다고 불교영화라고 생각할 수 있지만 우리 문자 한글의 원류 훈민정음에 대하여 상식이 높아지는 영화이다. 한글이 한류 파급에 얼마나 큰 역할을 하고 있는지 요즘 외국인이 등장하는 수많은 티비 프로그램만 보아도 알 수 있을 것이다. 필자도 자문역할로 이 영화 엔딩크레딧에 이름을 올렸다. 그러나 그 영화를 만든 이들이 월인석보를 읽었으면 얼마나 더 풍성하고 논리가 탄탄해졌을까 생각하게 된다. 지금부터라도 그 훈민정음으로 지은 금자탑 월인석보로 돌아와 부처께서 도솔천에서 내려와 탄생하시기까지의 이야기를 이어가 보자.

협주의 협주, 책 속의 책, 또 그 안의 책

소설에는 액자 구조라는 형식이 있다. 마치 액자 안의 그림을 설명하듯 액자바깥에 나레이터가 존재하는 것이다. 월인석보는 그렇게 말하자면 두 겹 세 겹의 액자구조를 가진 글이다. 석보상절은 월인천강지곡보다 한 칸 내려쓰기로 본문과 세주가 시작된다. 그런데 협주의 협주는 그보다 한 칸 더 내려서 쓴다. 곧 현대 가로쓰기로 예를 들면 두 칸 들여쓰기인 셈이다.

지금까지 석보상절 본문 내용은 월인천강지곡 14장과 15장 상서로운 별이 뜰 때 흰 코끼리 타고 호명보살이 마야부인 오른쪽 옆구리로 들어오는 태몽을 꾸는 것이다. 곧 도솔래의상의 마야부인과 석가모니 탄생에 대한 이야기로 시작하다가 거기서 파생되는 '제천'과 '성문', '연각'이 등장한다. 연각(緣覺)이 되기 위한 조건인 12인연 중 명색(名色)이 나오고 그 명색은 육입(六入)으로 이루어져 있다는 설명을 하고 있는 중이다. 액자 속으로 걸어 들어가니 또 따른 액자가 나타나는 이중 삼중 액자 구조의 스토리텔링이 이어진다.

여기까지가 보편적인 형식인데 이 글에서는 '육입(六入)'에 대한 새로운 작은 책을 하나 더 만든다고 생각하면 된다. 두 칸을 내린 '육입'의 '입(入)'부터 설명을 시작하고 있다.

> 入ᄋᆞᆫ 涉入호ᄆᆞ로 ᄠᅳᆮᄒᆞ니 涉은 버믈씨오 入ᄋᆞᆫ 들씨라 根塵이 서르 對ᄒᆞ면 識이 나ᄂᆞ니 識이 根塵ᄋᆞᆯ브터 能入이 ᄃᆞ외ᄂᆞ니 根塵이 곧 所入이라 이 十二ᄂᆞᆫ 所入ᄋᆞᆯ브터 일훔 어드니라 能은 내 잘ᄒᆞᆯ 씨오 所ᄂᆞᆫ 날 對ᄒᆞᆫ 境界라
> 六入이 두 ᄠᅳ디 잇ᄂᆞ니 ᄒᆞ나ᄒᆞᆫ 根塵이 서르 涉入호미오 둘흔 根境이 다 識의 드논 배니 이럴ᄊᆡ 經돌해 十二入이라 일훔 지ᄒᆞ니라 楞嚴에 오직 六根으로 入 사모ᄆᆞᆫ 根이 어딘 ᄠᅳ디 잇ᄂᆞ니 親히 能히 識ᄋᆞᆯ 내오 ᄯᅩ 根이 能히 境을 受ᄒᆞ야 알ᄧᅥᆺ 塵ᄋᆞᆯ ᄉᆡ라 자ᄇᆞᆯᄊᆡ ᄒᆞ오ᅀᅡ 일후믈 入이라 ᄒᆞ니라 그럴ᄊᆡ 六根을 닐오ᄃᆡ 賊媒라 ᄒᆞ니 제 제 집 보ᄇᆡ롤 도ᄌᆞᆨᄒᆞᆯᄊᆡ니라 媒ᄂᆞᆫ 재여리라 <月釋2:21d>

–

입(入)은 섭입(涉入)함을 뜻하는데 섭(涉)은 걸린다는 것이요, 입

이라 名명色ᄉᆡᆨ은 識식이 처ᅀᅥᆷ 胎팅예
브터 凝응滑ᅘᅘᆞᇙ ᄒᆞᄂᆞᆫ 相샹이니 凝응은
얼윌씨라 凝응滑ᅘᅘᆞᇙ ᄒᆞᇙ 씨 六륙根곤
이 곧ᄂᆞ니 일ᄒᆞ미 六륙入ᅀᅵᆸ이라
入ᅀᅵᆸ은 涉쎱入ᅀᅵᆸ ᄒᆞ모로 ᄠᅳᆮ ᄒᆞ니 涉
쎱은 버믈씨오 入ᅀᅵᆸ은 들씨라 根곤
塵띤이 서르 對됭ᄒᆞ면 識식이 나ᄂᆞ
니 識식이 根곤塵띤을 브터 能능入
ᅀᅵᆸ이 ᄃᆞ외ᄂᆞ니 根곤塵띤이 곧 所송
入ᅀᅵᆸ이라 이 十씹二ᅀᅵᆼ는 所송入ᅀᅵᆸ
을 브터 일훔 어드니라 能능은 내잘
ᄒᆞᇙ 씨오 所송는 날 對됭ᄒᆞᆫ 境경界갱
라 ○ 六륙入ᅀᅵᆸ이 두 ᄠᅳ디 잇ᄂᆞ니 ᄒᆞ
나ᄒᆞᆫ 根곤塵띤ᄋᆞ로 서르 涉쎱入ᅀᅵᆸ ᄒᆞ

<月釋 2:21ㄷ 협주의 협주는 두 칸을 내려 쓴다>

(入)은 들어가는 것이다. 육근과 육진(根塵)이 서로 대(對)하면 식(識)이 생긴다. 식(識)이 근진(根塵)의 능입(能入:주체)이 되고 근진(根塵)이 곧 식의 소입(所入: 대상)이 된다. 이 12인연은 소입(所入)에서 이름을 얻게 된다. 능(能)은 내가 잘한다는 뜻이요 소(所)는 나를 대하는 경계(境界)이다.

필자는 불교 공부하러 봉선사 불경서당에 다닐 때 이 '능소(能所)' 개념이 정말 어려웠다. 지금은 '주체와 대상' 정도로 이해하고 있다. 내가 '능'이고 나를 상대하는 대상, 언어로 말하면 '주어와 목적어' 정도 되겠다. 그러나 '능소'는 상대적으로 '육입'과 '육진'의 설명에 비하면 아주 쉬운 것이니 불교의 심오한 세계여. 이럴 때마다 필자가 주장하는 건 인도말을 다시 한자어로 바꾼 뜻모를 천수경 다라니와 능엄주 암송보다는 쉽다는 것. 그럴수록 이 차돌같은 불교개념을 화두처럼 되풀이하여 읽고 또 읽으라는 말씀을 드리고 싶다.

주석의 주석이라는 책 〈육입〉

이제 본격적인 육입의 세계로 시작한다는 전환의 표시 가 시작된다.

○六入이 두 뜨디 잇ᄂᆞ니 ᄒᆞ나ᄒᆞᆫ 根塵이 서르 涉入호미오 둘흔 根境이 다 識의 드논 배니 이럴씨 經돌해 十二入이라 일훔 지ᄒᆞ니라 楞嚴에 오직 六根으로 入 사모ᄆᆞᆫ 根이 어딘 뜨디 잇ᄂᆞ니 親히 能히 識을 내오 또 根이 能히 境

을 受ᄒᆞ야 알ᄑᆡᆺ 塵ᄋᆞᆯ ᄲᅡ라 자ᄇᆞᆯᄊᆡ ᄒᆞ오ᅀᅡ 일후믈 入이라 ᄒᆞ니라 그럴ᄊᆡ 六根을 닐오ᄃᆡ 賊媒라 ᄒᆞ니 제 제 집 보ᄇᆡᄅᆞᆯ 도ᄌᆞᆨᄒᆞᆯᄊᆡ니라 媒ᄂᆞᆫ 재여리라

육입(六入)은 두 가지 뜻이 있다. 하나는 근진(根塵)이 서로 섭입(涉入)하는 것이요 둘은 근경(根境)이 다 식(識)에 들어가는 것이다. 그러므로 경전에서 이 두 가지를 합하여 십이입(十二入)이라 이름지었다. 능엄경(楞嚴經)에 오직 육근(六根)으로 입(入) 삼는 것은 근(根)이 어진 뜻이 있는 것이다. 친히 능히 식(識)을 내고 또 근(根)이 능히 경(境)을 받아서 앞의 진(塵)을 빨아서(흡수) 잡으므로 홀로 이름을 입(入)이라 하였다. 그러므로 육근(六根)을 말하기를 적매(賊媒)라 하니 자기가 자기

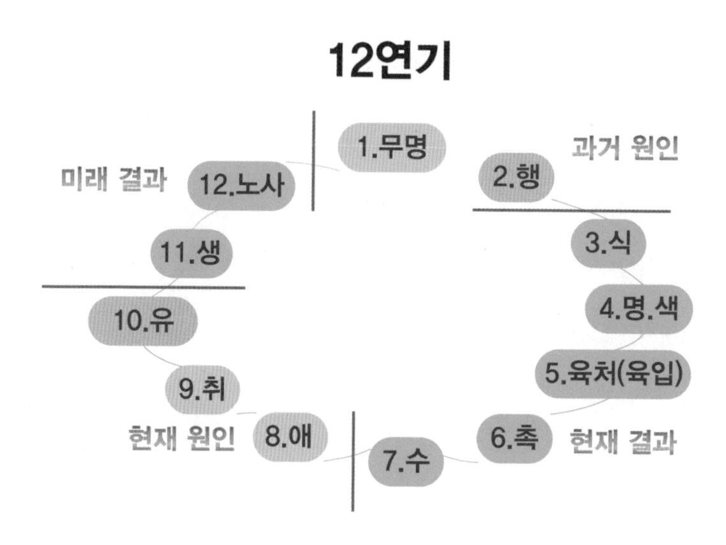

집의 보배를 도둑질 하는 것이다. 매(媒)는 중매이다.

육입 정말 어렵다. 제일 간단한 정의는 산스크리트 ṣaḍ-āyatana의 번역으로 대상을 감각하거나 의식하는 안(眼)·이(耳)·비(鼻)·설(舌)·신(身)·의(意)의 육근(六根), 또는 그 작용이라고 하는 것이다. 육처(六處)와 같다.

좀 더 자세히 설명해보면 부처는 존재와 세계에 대해 12인연설로 설명했다. 12인연설이란, 열두 가지의 요소들이 서로 인과 관계를 이루어 윤회 전생하는 존재의 삶을 지배한다는 이론이다. 열두 가지는 ①무명(無明), ②행(行), ③식(識), ④명색(名色), ⑤육입(六入), ⑥촉(觸), ⑦수(受), ⑧애(愛), ⑨취(取), ⑩유(有), ⑪생(生), ⑫노사(老死) 등이다.

이중에 여기서 설명하는 식(識)은 인식 주관으로서의 6식(識)이다. 6식은 여섯 가지 인식 작용을 뜻한다. 안(眼), 이(耳), 비(鼻), 설(舌), 신(身), 의(意)라는 6근(根)에 의존하여 각각 색(色), 성(聲), 향(香), 미(味), 촉(觸), 법(法)이라는 6경(境)을 지각하는 안식(眼識), 이식(耳識), 비식(鼻識), 설식(舌識), 신식(身識), 의식(意識)을 말한다.

각자의 근기만큼 또는 눈높이만큼 이해하고 다음 진도를 따라가 보자. 15세기 책에서 새로 시작한다는 표시인 ○가 나온다.

○內六을 入이라 일훔 지호ᄆᆞᆫ 이 六法이 親ᄒᆞᆯ씨 안해 屬ᄒᆞ니 識의 브툰 밸씨 일후믈 入이라

ᄒᆞ니라 ᄯᅩ 根이라 일훔 지호ᄆᆞᆫ 根은 能히 내요ᄆᆞ로 ᄠᅳᆮᄒᆞ니 이 여스시 다 識
내ᄂᆞᆫ 功이 이실씨 通히 일후믈 根이라 ᄒᆞ니라
外六入ᄋᆞᆫ 이 여스시 疎ᄒᆞᆯ씨 밧긔 屬ᄒᆞ니 識ᄋᆡ 노녀 버므리논 ᄯᅡ힐씨 일후믈
入이라 ᄒᆞ니라 ᄯᅩ 塵이라 일훔 지호ᄆᆞᆫ 塵ᄋᆞᆫ 더러부므로 ᄠᅳᆮᄒᆞ니 能히 情識을
더러빌씨 通히 일후믈 塵이라 ᄒᆞ니라 ᄯᅩ 十二處ㅣ 나 기논 ᄠᅳ디니 여ᄉᆞᆺ 가짓
識이 根塵ᄋᆞᆯ브터 나 기ᄂᆞ니라

–

○내육(內六)을 입(入)이라 이름 지은 것은 이 육법이(六法)이 친하므로 안에 속하여 식(識)이 붙은 것이어서 이름을 입(入)이라 한다.
또 근(根)이라 이름 지은 것은 근(根)이 능히 내는 것임을 뜻하니 이 여섯 가지가 다 식(識)을 내는 공(功)이 있으므로 통틀어 이름을 근(根)이라 한다.
외육입(外六入)은 이 여섯 가지가 성글어서(疎) 밖에 속하니 식(識)에 노닐어 섭(涉)하는 곳이므로 이름을 입(入)이라 한다.
또 진(塵)이라 이름 지음은 진(塵)이 더러움을 뜻하니 능히 정식(情識)을 더럽히므로 통틀어 이름을 진(塵)이라 하였다.
또 십이처(十二處)가 생겨서 자란다는 뜻이니 여섯 가지 식(識)이 근진(根塵)에서 생겨 자란다.

불교에서 가장 많이 외우는 짧은 경전 '반야심경'이 있다. 그 안에 지금 우리가 공부하고 있는 '공중무색 무수상행식(空中無色 無受想行識)', '무색성향미촉법(無色聲香味觸法)'이 나온다.

실체가 없음을 명백히 깨달은 이 자리(空)에서 보면, 확실한 것이라고 말할 수 있는 물질적 요소(色)나 정신적 요소(受想行識), 감각기관(눈(眼), 귀(耳), 코(鼻), 혀(舌), 신체(身), 의식(意))이나 감각(색채(色), 소리(聲), 냄새(香), 맛(味), 촉감(觸), 인식(法))의 대상도 사실은 없는 것이다. 다 실체가 없는 것이니, 따라서 확실한 듯 느껴지는 이 '나'라는 관념도 기실은 없다는 내용이다.

그에 대한 정밀한 내용을 월인석보로 배우는 중이다. 중세 한국어를 현대 한국어로 번역하는 것도 이렇게 어려운데 인도 말로 된 경전을 한자로 이렇게 상세하게 풀어낸 중국어 번역자들이 새삼 대단해 보인다. 그러나 이 알쏭달쏭한 한자로 된 불교철학의 세계를 어떻게든 새로 만든 훈민정음으로 담아내려 애쓰고 있는 600년 전 선조들의 노력을 생각해 보면 가히 눈물겹다. 1446년 반포한 지 13년밖에 안 된 1459년, 새 글자를 가지고 '쇠귀에 경 읽기'여도 좋으니 간곡하고 간절하게 이생에 인간으로 태어난 '백천만겁 난조우'의 세상에서 이 정도 철학은 한번쯤 들어보라는 선지식의 말씀이 가슴에 사무치는 것이다. '차돌 육입(六入)의 세계' 100번 읽어 뜻이 스스로 드러날 때까지 독서백편 의자현!

일곱 번째 이야기

12인연의 순서

삼청동 법련사 '법련'지에 연재해 온 월인석보 1권을 묶어 '월인석보, 훈민정음에 날개를 달다'(조계종출판사)를 2019년 8월 단행본으로 출간하였다. 월인석보 공부에 뜻을 두고 청춘을 보낸 인생의 쾌거이다. '석보상절' 서문은 1447년 7월 25일에, 월인천강지곡을 합하여 수정 보완한 '월인석보'는 1459년 칠월 칠석에 서문을 쓰고 있다. 필자의 책은 2019년 우란분절, 백중날 7월 보름에 출간되었다. 이 또한 숙겁의 시절인연이라 여긴다. 처음 며칠 동안은 감개무량하여 책을 쓰다듬고 이리 보고 저리 보고 뭐라 말할 수 없는 감정에 휩싸여 지냈다. 그동안 여러 권의 책을 냈지만 이렇게 뿌듯하고 애틋했던 적은 처음이다. 그것은 필자가 대학에 입학하여 훈민정음 불경을 만난 지 40년, 불교에 입문한 지 30년 만에 거북

이보다 느리게 달팽이 걸음으로 도달한 책이기에 그럴 것이다. 사실 오래 부끄러웠고 자신이 없었으며 여전히 어려운 중세국어와 불교의 깊이에 늘 압도되었다. 그럼에도 불구하고 심청이 인당수에 뛰어내리듯 백척간두 진일보한 결과물을 보노라니 만감이 교차하였다. 1권에 이어 2권도 낼 수 있게 된 지금 현재 발견된 마지막 25권까지 640년의 세월의 더께를 걷어내고 21세기 월인석보를 만날 수 있기를 바란다. 첫 고비라 할 이 육입의 세계를 묵묵히 함께 힘을 모아 걸어가 보자.

지난 이야기 12인연 중 다섯 번째 육입 중 내육입에 대한 이야기를 이어가 보자.

> 根이 이러 胎예 나 根과 境과 섯구미 일후미 觸이니 觸ᄋᆞᆫ 다ᄒᆞᇙ씨라 앒 境을 바다드료미 일후미 受ㅣ오 受호미 이실씨 愛心이 나 ᄃᆞ사 取ᄒᆞᄂᆞ니 愛心은 ᄃᆞᆺ온 ᄆᆞᅀᆞ미오 取ᄂᆞᆫ 가질씨라 愛取ᄒᆞᇙ씨 惑業이 서르 ᄆᆡ자 善惡이 얼굴 잇ᄂᆞ니 일후미 有ㅣ니 有는 이실씨라 ᄆᆡ조미 잇ᄂᆞᆫ 다ᄉᆞ로 三界예 나ᄂᆞᆫ 因이 ᄃᆞ외ᄂᆞ니 일후미 生이오 生곳 이시면 老死苦惱ㅣ 좃ᄂᆞ니 이ᄂᆞᆫ 生起相이라 老ᄂᆞᆫ 늘글씨오 死ᄂᆞᆫ 주글씨오 憂는 시름ᄒᆞᇙ씨오 悲ᄂᆞᆫ 슬ᄒᆞᇙ씨오 苦ᄂᆞᆫ 몸 알ᄑᆞᇙ씨오 惱ᄂᆞᆫ ᄆᆞᅀᆞᆷ 셜ᄫᅳᆯ씨오 老死ᄂᆞᆫ 苦ㅣ오 憂悲ᄂᆞᆫ 惱ㅣ오 生起ᄂᆞᆫ 니러날씨라 滅코져 ᄒᆞᇙ딘댄 므스 거스로 조ᅀᆞᄅᆞᄫᆡᆫ 거슬 사ᄆᆞ료
>
> –
>
> **근(根)이 이루어져 태(胎)에 생겨나 근(根)과 경(境)의 섞여짐이 이름을 촉(觸)이라 한다. 촉(觸)은 닿는 것이다. 앞의 경(境)을 받아들**

임이 수(受)요 수(受)함이 있기 때문에 애심(愛心)이 생겨 사랑하여 취(取)하게 되니 애심(愛心)은 사랑하는 마음이요 취(取)는 가진다는 것이다. 애취(愛取)하므로 혹업(惑業)이 서로 맺어져 선악(善惡)의 형체가 있게 되는 그 이름이 유(有)이다. 유(有)는 있다는 것이다. 맺음이 있는 탓으로 삼계(三界)에 생겨나는 인(因)이 되는 것이니 이름을 생(生)이라 한다. 생(生)이 있으면 노사고뇌(老死苦惱)가 뒤따르니 이것이 생기상(生起相)이다. 노(老)는 늙는 것이요 사(死)는 죽는 것이요 우(憂)는 시름에 젖는 것이요 비(悲)는 슬픈 것이요 고(苦)는 몸 아픈 것이요 뇌(惱)는 마음 서러운 것이다. 노사(老死)는 고(苦)요 우비(憂悲)는 뇌(惱)요 생기(生起)는 일어나는 것이다. 이들을 멸하고자 할진댄 무엇으로 중요한 것을 삼을까.

'육근'에 대한 이야기로 12인연의 순서를 소상하게 풀이하고 있다. 다시 정신을 단단히 차리고 열 둘을 셀 손가락에 집중하자.

먼저 육입은 주체와 대상 곧 능소(能所)의 관계로 구분되어 내육입과 외육입으로 나뉜다. 내육입은 '안이비설신의' 육근(六根)을 말하고 외육입은 '색성향미촉법' 육경(六境)을 뜻한다.

곧 내육입의 근(根)이 이루어져 태(胎)에서 생겨나 근(根)과 경(境)이 섞이는 것을 촉(觸)이라 이름한다. 12인연의 일곱 번째가 촉(觸)이다.

앞의 경(境) 촉(觸)을 받아들이는 것이 여덟 번째 수(受)요, 수(受)함이 있으므로 아홉 번째 애심(愛心)이 생겨 사랑하여 이홉 번째 취(取)하게 되는 것이다.

애심(愛心)은 사랑하는 마음이요 취(取)는 가진다는 것이다. 애취(愛取)하기 때문에 혹(惑)과 업(業)이 서로 맺어져 선악(善惡)이 형체가 있게 되어 열 번째 유(有)가 생긴다. 유(有)는 있다는 것이니 맺음이 있기 때문에 삼계(三界)에 생겨나는 인(因)이 되어 열한번째 생(生)이 있게 된다.

생(生)이 있으면 열두번째 노사(老死)의 고뇌(苦惱)가 따르니 이것이 생기상(生起相)이다. 노(老)는 늙는 것이요 사(死)는 죽는 것이요 우(憂)는 시름있는 것이요 비(悲)는 슬퍼하는 것이요 고(苦)는 몸이 아픈 것이요 뇌(惱)는 마음이 슬픈 것이다. 노사(老死)는 고(苦)요 우비(憂悲)는 뇌(惱)이다. 생기(生起)는 일어나는 것이다.

이 번뇌를 멸(滅)하고자 할진대 무엇으로 중요한 것을 삼을 것인가.

나는 무엇보다도 12연기의 용어 하나하나를 어쩌면 이렇게 쉽고 간결하게 그러나 지극정성으로 설명할 수 있을까에 감탄하게 된다. 촉(觸)은 닿는다, 수(受)는 받아들이다, 애심(愛心)은 사랑하는 마음이요 취(取)는 가진다, 유(有)는 있다 라고 하면서 마치 어린 아이들이 연상작용으로 부르며 신나 하는 '원숭이 똥구멍은 빨개, 빨가면 사과, 사과는 맛있어' 동요처럼 쉽게 걸음마를 시키는 것 같다.

요컨대 12연기의 ①무명, ②행, ③식, ④명색 다음에 ⑤육입에 대한 설명이다. 나도 내가 이해할 때까지 다시 말해 보겠다. 육입의 주체인 나의 육근과 대상인 육경을 ⑥촉(접촉)하여 ⑦수(느낀 것을 받아들임)하면 ⑧애(갈애)가 생겨 ⑨취(집착)이 생긴다는 것이다. 이 집착은 미혹과 업(행위)가 나타나 ⑩유가 되고 이 유형의 과보신(果報身)이 ⑪생하여(태어남) ⑫노사를 겪게 된다는 것이다.

이 중에서 고뇌에 대한 절묘한 해석! 고(苦)는 몸이 아픈 것이요 뇌(惱)는 마음이 슬픈 것임을 월인석보를 보고 알았다. 늙고 병드는 것은 몸이 아픈 고(苦)이고 마음이 슬픈 것은 뇌(惱)인 줄 이제야 알게 되었다. 같은 괴로움도 이렇게 몸과 마음을 분류해 썼던 선조들의 언어능력. 이즈음 '우울증'이 몸의 괴로움을 능가하는 마음의 병이 되었다. 문제없어 보이던 유명 인사들이 어느 날 우울증이라는 단어 한마디로 유명을 달리하는 일들이 잦아지고 있다. 우리는 눈에 보이는 고(苦)에만 집중하며 살았던 것이 아닌가. 이제 마음의 괴로움부터 살뜰히 보살필 일이다.

> 알라 뎌 無明이 實로 體 잇논디 아니라 처ᅀᅥᆷ ᄒᆞᆫ ᄆᆞᅀᆞᆷ 根源이 훤히 微妙히 ᄆᆞᆰ거늘 知見의 知ᄅᆞᆯ 셰여 妄塵이 믄득 니론 젼ᄎᆞ로 無明이 잇ᄂᆞ니 ᄒᆞ다가 知見의 見이 업스면 智性이 眞淨ᄒᆞ야 微妙히 ᄆᆞᆯ고매 도라가 ᄉᆞᄆᆞᆺ 精ᄒᆞ리니 일후미 無明滅이니 그러면 行ᄋᆞ롯 아래 아니 滅ᄒᆞ리 업스리니 미티 ᄒᆞ마 업슬씨 그티 브틇 ᄃᆡ 업스니 이ᄂᆞᆫ 修斷相이라 修斷ᄋᆞᆫ 닷가 그츨씨라 子細히 니ᄅᆞ건댄 十二因緣法이오 멀톄로 니ᄅᆞ건댄 四諦法이니 四諦ᄂᆞᆫ 苦集滅道ㅣ니 諦ᄂᆞᆫ 虛티 아니ᄒᆞ야 實ᄒᆞᆯ씨오 集ᄋᆞᆫ 모ᄃᆞᆯ씨니 受苦ㅣ 모댓거든 업긔 ᄒᆞ야 道理

닷ᄀᆞᆯ씨라 無明緣行ᄋᆞ로 老死憂悲苦惱ㅅ ᄀᆞ장ᄋᆞᆫ 苦集諦오 無明滅로셔 苦惱滅ㅅ ᄀᆞ장ᄋᆞᆫ 滅道諦라 <月釋2:22d>

\-

알지어다. 저 무명(無明)이 실로 체(體)가 있는 것이 아니라 처음 한 마음의 근원이 훤하게 미묘하게 맑거늘 지견(知見)의 지(知)를 세워서 망진(妄塵)이 문득 일어난 까닭에 무명(無明)이 있는 것이다.

만일 지견(知見)의 견(見)이 없으면 지성(智性)이 진정(眞淨)하여 미묘히 맑음에 돌아가 꿰뚫어 정(精)해질 것이니 이것을 무명멸(無明滅)이라 이름한다.

그러면 무명 다음 행(行), 그 아래에 있는 식(識) 등 멸하지 않는 것이 없을 터이니 근본이 이미 없으므로 지말은 붙을 데가 없으니 이것을 수단상(修斷相)이라한다. 수단은 닦아서 끊는 것이다.

이것을 자세히 말하면 십이인연법이요 성기게 말하면 사제법이다.

사제(四諦)는 고집멸도(苦集滅道)이다. 제(諦)는 허(虛)하지 아니하여 실(實)하다는 것이요, 집(集)은 모인 것이니 수고(受苦)가 모이면 없어지게 하여 도리 닦는 것이다.

12인연 중 무명연행(無明緣行)에서 노사우비고뇌(老死憂悲苦惱)까지는 고집제(苦集諦)요 무명멸(無明滅)에서 고뇌멸(苦惱滅)까지는 멸도제(滅道諦)이다.

알 듯 모를 듯한 불교의 철학적 세계. 무명(無明)에는 실체가 없다. 마음의 근원이 본래 맑은 것인데 지견이라는 알음알이를 내세워 번뇌가 일어나 무명이 생긴다는 것이다. 그래서 그 알음알이만 없애면 다시 지혜의 본모습이 깨끗해져 맑고 고요한 곳으로 돌아갈 터이니 그것이 무명이 소멸한 자리라는 것이다. 그것을 자세히 말하면 12연기법이고 대략적으로 말하면 사성제(四聖諦)이다.

이렇게 사성제를 새로이 말하며 12연기의 '노사(老死)'에 대한 우비 고뇌까지는 고제(苦諦)와 집제(集諦)에 해당하고 무명이 멸하는 고뇌의 소멸을 멸제(滅諦)와 도제(道諦)라고 한다는 것이다.

월인석보 편찬자는 간곡히 12인연을 풀이하며 잘 알아들으라고 당부하지만 솔직히 나도 석가모니 태어나는 경사스러운 날 꽃이 흩날리고 하늘 음악이 아름다운 시점에서, 갑자기 협주의 세계가 장광설로 펼쳐지는 이유를 잘 모르겠다. 그것도 첫 작은 액자 격에 해당하는 책 속의 책 '성문, 연각'을 자세히 설명하는 것도 모자라 두 번째 작은 액자를 만들어 연각이 알고 있는 도리 12인연의 철학적 사고를 왜 이리 자세하고 길게 펼쳐놓는 것인지 말이다.

쉽고 재미있는 에세이 월인석보를 쓰고 싶은 나를 당황하게 하는 월인석보 협주의 세계는 이렇게 여기서 일단락을 맺는다.

이제 드디어 마야부인의 재미있는 태몽이 기다리고 있으니 기대하시라.

여덟 번째 이야기

○

카필라국 룸비니, 비람강생(毘藍降生) 이야기

●

팔상도의 두 번째 그림 '비람강생(毘藍降生)'의 이야기가 시작된다. '비람(毘藍)'은 가비라국(迦毗羅國)의 '비'와 룸비니 동산을 '람비니(藍毘尼)'라고도 하는데 첫 글자 '람'을 따서 줄인 말이다. 곧 싯달타 태자가 '카필라바스투'라고 부르는 나라의 '룸비니' 동산에 내려와 태어나셨다(降生)고 하는 내용을 네 글자로 줄인 것이다.

처음에 불교 공부할 때 왜 룸비니의 '룸'을 '람'으로 쓸까 궁금하였다. 기실 '룸'이라는 한자는 없기 때문이기도 하겠지만 말이다. 대만의 불광산사를 간 적이 있다. 그곳의 정원 이름이 람비니원이었다. 유레카! 골똘히 생각하다보면 답이 문득 나타날 때가 있다.

▲ 불광산사

◀ 대만 불광산사 람비니원

마야부인의 꿈

이제 대망의 마야부인을 만날 시간이다. 마야부인께서 아기 부처를 낳기까지 우리는 성문과 연각, 그리고 12인연과 사성제를 이해하려고 애쓰며 육입에 관련된 작은 책 한 권 정도를 공부해 왔다. 이 정도 산 넘고 바다 건너는 어려움이 있어야 팔상도 두 번째 그림을 만날 자격이 있는 것이다.

> 그날 摩耶夫人ㅅ ᄭᅮ메 그야ᄋᆞ로 ᄒᆞ샤 올ᄒᆞᆫ 녀브로 드리니 그르메 밧긔 ᄉᆞᄆᆞᆺ 뵈요미 瑠璃 ᄀᆞᆮ더라
>
> 摩耶ᄂᆞᆫ 術法이라 ᄒᆞᆫ 마리니 처ᅀᅥᆷ 나ᄉᆞᆲ 저긔 端正호미 위두ᄒᆞ실씨 나랏 사ᄅᆞ미 모다 닐오ᄃᆡ 變化 잘 ᄒᆞᄂᆞᆫ 하ᄂᆞ리 ᄃᆞ외야 나 겨시다 ᄒᆞ야 일후믈 摩耶

ㅣ시다 ᄒᆞ니라

摩耶夫人이 善覺長者ᄋᆡ 여듧찻 ᄯᆞ리시니 相 봃 사ᄅᆞ미 닐오ᄃᆡ 이 각시 당다이 轉輪聖王ᄋᆞᆯ 나ᄒᆞ시리로다 ᄒᆞ야ᄂᆞᆯ 淨飯王이 드르시고 妃子 사ᄆᆞ시니라 長者ᄂᆞᆫ 위두ᄒᆞᆯ씨니 姓도 貴ᄒᆞ며 벼슬도 노ᄑᆞ며 가ᄉᆞ멸며 싁싁ᄒᆞ야 므싀여ᄫᅳ며 智慧 기프며 나틀며 힝뎍 조ᄒᆞ며 禮法이 ᄀᆞᄌᆞ며 님그미 恭敬ᄒᆞ시며 百姓이 브터 열 가짓 이리 ᄀᆞ자ᅀᅡ 長者ㅣ라 ᄒᆞᄂᆞ니라 <月釋2:23ㄴ>

–

그날 마야부인의 꿈에 그 모습으로 오른쪽 옆구리로 들어오시니 그림자 밖으로 꿰뚫어 보이는 것이 마치 유리와 같았다.

마야(摩耶)는 술법이라 하는 말이니 처음 태어나실 때 단정함이 으뜸이어서 나라의 사람들이 모두 말하기를 '변화 잘하는 하늘이 되어 태어나셨다'고 하여 이름을 마야라고 하였다.

마야부인은 선각장자의 여덟 째 딸이시니 관상 보는 사람이 말하였다. "이 아가씨 마땅히 전륜성왕을 낳으시리로다." 정반왕이 이 말을 들으시고 왕비를 삼으셨다.

장자(長者)는 으뜸이라는 뜻이니 ①성(姓)도 귀하며 ②벼슬도 높고 ③부유하며 ④위엄이 있어 ⑤무서우며 ⑥지혜 깊고 ⑦나이가 들었으며 ⑧행적이 깨끗하다. ⑨예법(禮法)을 갖추고 ⑩임금이 공경하시며 백성이 잘 따르는 열 가지를 갖추어야 장자라고 하는 것이다.

드디어 도솔천의 호명보살은 마야부인의 오른쪽 옆구리로 들어오는 태몽을 통해 인간 세상으로 내려오신다. 마야부인의 이름 '마야'는 변화를

그날 마야부인의 꿈에 그 모습으로 오른쪽 옆구리로 들어오시니 <月釋 2:23ㄴ>

〈月釋 2:2ㄱㄴ〉

잘 부리는 하늘이라는 뜻으로 '술법'이라고 풀이하였다. Mahāmāyā의 음역으로 '대환화(大幻化) · 대술(大術) · 묘(妙)'로 의역한다. 당시의 술법은 지금의 교묘한 기술이나 남을 현혹하는 수단 방법이 아닌 좋은 의미로 쓰이고 있다. 인도 '리그베다'에서는 '신의 경이적이고 신비한 창조력'으로 사용되었는데 불교에서 '환영'이나 사물에 실체가 없는 것에 비유된다. 〈대승기신론(大乘起信論)〉을 찬술한 마명존자(馬鳴尊者)는 마야부인을 다음과 같이 묘사하고 있다. "왕비는 제석천의 아내만큼 수려하고 아름다우며, 대지와 같이 인내심이 강하다. 왕비는 참으로 신비감을 갖추었는데, 사람들의 마음을 사로잡는 마야(Maya, 幻)처럼 보였다."

더욱이 관상쟁이는 마야를 전륜성왕을 낳을 인물이라고 예언한다.

장자의 의미도 열 가지 덕목을 갖춰야 하는 당시 리더십의 롤모델을 잘 보여주고 있다. 이 중에서도 지혜와 경륜이 나이에 비례함을 보여주는 대목이 인상적이다. 더욱 중요한 것은 그것을 실천한 행적과 그로 인한 존경과 신뢰가 바탕이 되는 부분이다. 살다 보면 말과 행동이 일치하기가 얼마나 어려운지 나부터 돌아보게 된다. 이생에 장자의 몇 가지 덕목이나 갖출 수 있을까.

태몽의 꿈풀이

> 이틄나래 王씌 그 쑤믈 ᄉᆞᆲ바시ᄂᆞᆯ 王이 占ᄒᆞᄂᆞᆫ 사ᄅᆞᄆᆞᆯ 블러 무르시니 다 ᄉᆞᆲ보ᄃᆡ 聖子ㅣ 나샤

聖子ᄂᆞᆫ 聖人엣 아ᄃᆞ리라

輪王이 ᄃᆞ외시리니 出家ᄒᆞ시면 正覺ᄋᆞᆯ 일우시리로소이다 그저긔 兜率陁諸天ᄃᆞᆯ히 닐오ᄃᆡ 우리도 眷屬 ᄃᆞ외ᅀᆞᄫᅡ 法 비호ᅀᆞᄫᆞ리라 ᄒᆞ고 九十九億이 人間애 ᄂᆞ리며 ᄯᅩ 他化天으로셔 ᄂᆞ리리 그지업스며 ᄯᅩ 色界 諸天도 ᄂᆞ려 仙人이 ᄃᆞ외더라<月釋2:24ㄱ>

–

이튿날에 왕께 그 꿈을 말씀드리니 왕이 점치는 사람을 불러 물으셨다. 모두 다 말씀드리기를 "성인의 아들이 태어나 전륜성왕이 되실 것입니다. 출가하면 정각을 이루실 것입니다."
그때 도솔천의 제천(諸天)들이 말하였다. '우리도 권속(眷屬)이 되어 진리를 배우리라' 하고 구십 구억이 인간 세상에 내려오며 또 타화자재천에서 내려오는 이들이 그지없으며 또 색계의 제천도 내려와 선인(仙人)이 되었다.

마야부인은 정반왕에게 태몽을 말하고 왕은 장차 전륜성왕이 되거나 부처가 될 왕자가 태어난다는 예언을 듣는다. 그러자 욕계 도솔천의 천신들과 타화자재천의 천신들, 색계의 천신들까지 인간 세상에 내려와 선인이 되었다는 것이다.

인간세상과 욕계 육천, 색계 사선천의 하늘신들이 자유로이 왕래하던 그 시절을 그려보면 생각만으로도 즐겁고 행복해진다. 진리를 위해서라면 하늘과 지상을 가리지 않고 배울 수 있는 도량의 넓이와 깊이에 새삼 감탄하게 된다.

월인천강지곡 15장 노래 한 곡조를 가지고 12연기의 '①무명, ②행, ③식, ④명색'을 시작으로 ⑤육입에 대한 이야기를 특히 '내 육입'과 '외 육입'으로 나누어 자세하게 공부하였다. 그 육입의 주체인 나의 육근과 대상인 육경을 ⑥촉(접촉)하여 ⑦수(느낀 것을 받아들임)하면 ⑧애(갈애)가 생겨 ⑨취(집착)가 생긴다는 것이다. 이 집착은 미혹과 업(행위)이 나타나 ⑩유가 되고 이 유형의 과보신(果報身)이 ⑪생하여(태어남) ⑫노사를 겪게 된다는 것이다.

그렇게 도도한 12연기의 세계를 풀어놓고서야 마야부인의 아들이 석가모니가 되실 태몽이 시작되고 여러 하늘의 천신들이 찬탄하는 것으로 일단락을 맺는다.

태중(胎中)의 아기 부처

월인천강지곡 16장에서는 그 태몽을 시작으로 태내의 부처 활동과 삼천대천 세계의 상서로움이 펼쳐진다.

其十六

三千大千이 ᄇᆞᆯᄀᆞ며 樓殿이 일어늘 안좀 걷뇨매 어마님 모ᄅᆞ시니

諸佛菩薩이 오시며 天과 鬼왜 듣즙거늘 밤과 낮과 法을 니ᄅᆞ시니

<月釋2:24ㄴ>

–

십육 장

삼천대천세계가 밝아지며 누각과 전각이 이루어지거늘

앉거나 걸어 다니시매 어머니 마야부인은 모르시니

여러 불보살이 오시며 하늘과 귀신이 듣잡거늘

밤과 낮에 法을 설하시니

菩薩이 ᄇᆡ예 드러 겨싫제 夫人이 六度ᄅᆞᆯ 修ᄒᆞ더시니

六度ᄂᆞᆫ 布施와 持戒와 忍辱과 精進과 禪定과 智慧니 布施ᄂᆞᆫ 제 뒷논 쳔량ᄋᆞ로 ᄂᆞᆷ 주며 제 아논 法으로 ᄂᆞᆷ ᄀᆞᄅᆞ칠씨오 持戒ᄂᆞᆫ 警戒ᄅᆞᆯ 디닐씨오 忍辱ᄋᆞᆫ 辱ᄃᆞᄫᆡᆫ 일 ᄎᆞᄆᆞᆯ씨오 精進은 精誠으로 부텻 道理예 나ᅀᅡ갈씨오 禪定은 ᄆᆞᅀᆞ믈 寂靜히 ᄉᆞ랑ᄒᆞ야 一定ᄒᆞᆯ씨오 智慧ᄂᆞᆫ 몯 아논 ᄃᆡ 업시 ᄉᆞᄆᆞᆺ 비췰씨라

度ᄂᆞᆫ 건날씨니 뎌 ᄀᆞᅀᅢ 건나다 ᄒᆞᆫ ᄠᅳ디니 生死ᄂᆞᆫ 이녁 ᄀᆞᅀᅵ오 煩惱ᄂᆞᆫ ᄆᆞ리오 涅槃ᄋᆞᆫ 뎌녁 ᄀᆞᅀᅵ라 修行ᄋᆞᆫ 닷가 行ᄒᆞᆯ씨라

–

아기 태자보살이 마야부인 뱃 속에 들어 계실 때 마야부인이 육도를 수행하셨다.

육도(六度)는 보시와 지계, 인욕, 정진, 선정, 지혜이다. 보시(布施)는 자기가 가지고 있는 재물로 남을 주며 자기가 아는 지식으로 남을 가르치는 것이다. 지계(持戒)는 경계(警戒)를 지니는 것이요, 인욕(忍辱)은 욕된 일을 참는 것이다. 정진(精進)은 정성으로 부처의 도리에 나아가는 것이요, 선정(禪定)은 마음을 적정(寂靜)히 하고 사유하여서 일정(一定)한 것이요, 지혜(智慧)는 알지 못하는 것이 없이

꿰뚫어 비추는 것이다.

도(度)는 건너는 것이니 저 언덕가(彼岸)에 건너가다 하는 뜻이다. 생사는 이쪽 언덕가장자리(此岸)요, 번뇌(煩惱)는 물이요, 열반(涅槃)은 저쪽 언덕가장자리이다. 수행(修行)은 닦아 행하는 것이다.

'육도(六度)'는 육바라밀이라고 한다. '육도(六道)' 윤회 등의 동음이의를 피하기 위하여 필자는 처음에 '육바라밀'로 번역하였으나 월인석보는 한자어를 협주에서 풀이하고 있어서 그대로 살려서 번역하였다. '보시'의 월인석보 풀이를 보라. 내가 가진 재물을 다른 이에게 줄 뿐만 아니라 내가 가진 지식과 지혜도 나누는 것이라고 깔끔하게 정리하였다. 현대에 사는 우리는 보시하면 그저 금전적인 것만 떠올리기 태반이 아니던가. 지식만이 금과옥조인 필자같은 인문학자에게 다시금 되돌아보게 하는 해석이다. 차안과 피안의 해석도 되살려 쓰고 싶다. 이쪽 가장자리와 저쪽 가장자리라니... 그 사이를 번뇌라는 물이 가로막고 있다. 번뇌의 바다를 건너면 해탈이로구나... 나는 거기에 통상적으로 쓰는 '언덕'을 덧붙여 이해를 도왔다. 들여다볼수록 아름다운 언어의 향연, 월인석보의 세계가 아닌가. 거듭 이 월인석보가 태어나게 된 소헌왕후와 세종, 그리고 세조 그 주인공들에게 고맙고 고마운 마음이 든다.

자 이제 하늘에서 내리는 상서를 오감으로 느끼고 받아보자.

하ᄂᆞᆯ해셔 飮食이 自然히 오나ᄃᆞᆫ 夫人이 좌시고 아모ᄃᆞ라셔 온 ᄃᆞᆼ 모ᄅᆞ더시니 그 後로 人間앳 차바ᄂᆞᆫ 뻐 몯 좌시며 三千世界 時常 ᄇᆞᆯ가

이시며

三千은 小千 中千 大千이라

病ᄒᆞ니 다 됴ᄒᆞ며 三毒이 업스며

三毒ᄋᆞᆫ 貪心과 瞋心과 迷惑괘라

菩薩ㅅ 相好ㅣ 다 ᄀᆞᄌᆞ시며 보ᄇᆡ옛 樓殿이 마치 天宮 ᄀᆞᆮ더니

樓는 다라기라

菩薩이 ᄃᆞᆮ니시며 셔 겨시며 안ᄌᆞ시며 누ᄫᅳ샤매 夫人이 아ᄆᆞ라토 아니ᄒᆞ더시니 날마다 세 ᄢᅵ로 十方諸佛이 드러와 安否ᄒᆞ시고 說法ᄒᆞ시며 十方同行菩薩이 다 드러와 安否ᄒᆞ시고 法 듣ᄌᆞᄫᆞ시며

同行ᄋᆞᆫ ᄒᆞᆫᄃᆡ 녀실씨라

또 아ᄎᆞᄆᆡ 色界諸天을 爲ᄒᆞ야 說法ᄒᆞ시고 나ᄌᆡ 欲界諸天을 爲ᄒᆞ야 說法ᄒᆞ시고 나조히 鬼神 爲ᄒᆞ야 說法ᄒᆞ시고 바ᄆᆡ도 세 ᄢᅳᆯ 說法ᄒᆞ더시다<月釋2:27ㄱ>

–

하늘에서 음식이 자연히 내려오거든 마야부인이 잡수시고 어느 곳에서 온 줄을 모르시더니 그 후로 인간세상의 음식은 써서 드시지 못하였다. 삼천세계가 항상 밝은 채로 있었는데 삼천은 소천, 중천, 대천세계를 말하는 것이다.

병이 든 사람은 다 좋아지고 삼독(三毒)이 없어졌는데 삼독은 욕심(貪心)과 성내는 마음(瞋心), 어리석음(迷惑)이다.

아기보살의 모습이 다 갖추어지시고 보배로 된 누각과 전각이 마치 하늘궁전 같았다. 여기서 누각의 루(樓)는 다락을 뜻한다.

아기보살이 다니시며 서 계시며 앉으시며 누우셔도 마야부인은 아무렇지도 않으셨다. 날마다 삼시세끼로 시방제불이 들어와 안부하시고 설법하시며 시방의 동행보살이 다 들어와 안부하시고 설법을 들으셨다. 여기서 '동행(同行)'은 함께 다닌다는 뜻이다.
또 아침에 색계의 제천을 위하여 설법하시고 낮에는 욕계의 제천을 위하여, 저녁에는 귀신을 위하여 설법하시고 밤에도 세 번 설법을 하셨다.

마야부인의 태 안에서부터 석가모니는 활동을 하고 설법을 한다. 그런데 어머니 마야부인은 전혀 알지 못하고 아무렇지도 않았다고 한다. 왠지 꿈에서라도 교감을 하여야 할 것만 같은데 말이다. 상서로움을 강조하기 위한 장치인가… 마야부인께 묻고 싶은 대목이다.

한편 내용 중 시방의 제불이 아기보살을 위하여 설법하는 것처럼 보이는데 그 이후 동행보살과 욕계와 색계, 귀신들까지 설법을 듣는 것을 보면 아기보살이 주체인 것 같기도 하다. 좀 더 앞뒤 문맥을 살펴 정독해야 할 부분이다. 15세기식 화법은 이렇게 종종 주어가 생략되거나 대우법이 지금과 달라서 세심하고 주의깊게 살펴야 한다.

석가씨보에서는 다음과 같이 이 장면에 대한 내용이 나와 있어 참조할 수 있지만 우리가 궁금해 하는 내용은 없어서 여전히 명확하지 않다.

〈본기(本起)〉에서 말하였다.
"보살이 태 안에 계셨을 적에 부인은 여섯 가지 바라밀을 수행하였고 하

여덟 번째 이야기
카필라국 룸비니, 비람강생 이야기

늘의 음식이 저절로 내려왔으며, 삼천세계는 언제나 광명으로 환히 밝았고 병든 자들은 나았으며 3독(毒)은 그치고 쉬었다. 보살 자신은 뼈 마디와 상호(相好)가 모두 다 완전히 갖춰졌으며 가고 서고 앉고 눕는 데에 아무런 장애가 없었다. 또 이른 아침에는 색계의 모든 하늘들을 위하여 설법하였고 한낮에는 욕계(欲界)에게, 저녁때에는 귀신(鬼神)에게 설법하셨으며, 밤에도 역시 세 때[三時]에 바른 법요(法要)를 설하여 중생을 이익되게 하셨다."〈석가씨보〉1권(ABC, K1049 v30, p.789a01)

삼독(三毒)은 인간 누구에게나 있는 마음이다. 욕심이 있고 그 욕심이 채워지지 않아 화가 나고 그리하여 어리석은 행동을 하고 마는 것이다. 그러나 한편으로 이 세가지를 지니고 살지 않으면 인생이 제대로 굴러갈까 생각해 본다. 무엇이든 가지고 싶고 되고 싶은 '바라는 마음'이 있어야 그 목표를 위해 노력을 하게 된다. 사랑하는 사람의 마음을 얻기 위해서, 내가 하고 싶은 일을 위해서 내가 가진 모든 능력과 노력을 쏟게 되지 않던가. 그게 잘 안 됐을 때 생기는 '분심은 나의 힘'이 되는 것이다. '질투는 나의 힘'이란 영화제목처럼 말이다. 그것이 극에 달했을 때 그 분노를 나 자신에게 겨누는 어리석음을 저지르는 경우를 얼마나 많이 보는가.

보통의 중생으로 살아갈 때 이 '삼독'은 어떻게 쓰느냐에 따라 '역경(逆境) 보살'이 되기도 한다. 나의 의지나 바램을 거스르는 역경(逆境)에서 더 큰 발심을 하게 되는 것이다. 늘 선지식과 순조로운 순경(順境)의 일상만이 자신을 성장시키지 않는다. 어쩌면 나자신을 키운 것은 팔 할이 이러한 악지식, 반면교사였을지도 모르겠다. 독(毒)도 잘만 쓰면 약이 되는 법이다.

믜도세뻘說숧法법ᄒᆞ더시다
其끵十씹七칧
날ᄃᆞᆯ이ᄎᆞ거늘어마님이毗삥藍람
園원을보라가시니
祥썅瑞쒱ᄒᆞ거늘아바님이無뭉憂
훙樹쓩에ᄯᅩ가시니
夫붕人신이나ᄒᆞ샳ᄃᆞᆯ거싀어늘王왕

아기 낳을 달이 차거늘 어머님이 비람동산을 보러 가시니

룸비니 동산에 가다

其十七

날 ᄃᆞᆯ이 ᄎᆞ거늘 어마님이 毗藍園을 보라가시니

祥瑞 하거늘 아바님이 無憂樹에 ᄯᅩ 가시니

–

월인천강지곡 십칠 장

아기 낳을 달이 차거늘 어머님이 비람동산을 보러 가시니

상서가 많거늘 아버님이 무우수에 또 가시니

夫人이 나ᄒᆞ싫 ᄃᆞᆯ 거싀어늘 王ᄭᅴ ᄉᆞᆯᄫᆞ샤ᄃᆡ 東山 구경ᄒᆞ야지이다 王이 藍毗尼園을 ᄭᅮ미라 ᄒᆞ시니

녜 藍毗尼라 ᄒᆞᇙ 天女ㅣ 이어긔 왯더니 글로 일후믈 사ᄆᆞ니라

곶과 菓實와 못과 ᄉᆡᆷ과 欄干階砌예 七寶로 ᄭᅮ미고

階砌ᄂᆞᆫ 서미라

鸞鳳이며 種種 새ᄃᆞᆯ히 모다 넙놀며

鸞ᄋᆞᆫ 鳳 ᄀᆞᆮᄒᆞᆫ 새라

–

마야부인이 아기 낳으실 달이 거의 되거늘 정반왕께 말씀하셨다.

"동산 구을 하고 싶습니다."

왕이 '람비니원을 꾸미라' 하셨는데 옛날에 '람비니'라 하는 천녀(天女)가 여기 있더니 그로부터 이름을 삼은 것이다. 꽃과 과실, 연못, 샘, 난간계체(欄干階砌)를 칠보로 꾸몄는데 계체는 섬돌이다. 난봉

(鸞鳳)이며 갖은 종류의 새들이 모두 넘나들어 놀았다. 난(鸞)은 봉황같은 새이다.

'카필라성 룸비니동산'의 한자어 줄임말이 '비람동산'이다. '룸비니' 동산의 이름을 '람비니'라 하는 것은 알고 있었지만 천녀가 살았던 곳이라서 이름 지어졌다는 것은 처음 알았다. 산스크리트 ṣaḍ-āyatana의 풀이와 유래까지 간결하게 정리된 내용이 있을까 하여 '불광대사전'과 자료를 검색해 보았지만 월인석보의 협주만큼 자세하지 않았다. 월인석보 협주가 다시금 빛나는 시간이다.

룸비니동산의 모습

이제 룸비니 동산이 구체적으로 어떻게 꾸며져 있는지 그 안으로 들어가 보자.

幡과 蓋와 풍류 花香이 ᄀᆞ초 ᄀᆞ독ᄒᆞ며 八萬四千童女ㅣ 花香 잡고

童女는 아ᄒᆡ 겨지비라

몬져 갯거늘 밧긔 十萬 보비옛 輦과 四兵이 다 ᄀᆞ자 왜시며

四兵은 象兵과 馬兵과 車兵과 步兵괘니 車는 술위라

–

번(幡)과 개(蓋), 풍류, 꽃, 향이 갖추어져 가득하며 팔만사천 동녀가 꽃과 향(花香)을 잡는다. 동녀는 여자 아이이다. 동녀가 먼저 가 있

거늘 밖에 보배로 된 십만 개의 연(輦)과 사병(四兵)이 모두 갖추어 와 있었다. 사병(四兵)은 코끼리 군대(象兵), 말 군대(馬兵), 수레 군대(車兵), 걷는 군사들의 군대 보병(步兵)을 의미한다. 거병의 거(車)는 수레이다.

여기서 '동녀(童女)'를 '아이 계집'이라고 풀이하고 있다. 우리가 보통 '계집 아이'라고 부르는 여자 어린아이를 지칭한다. 주로 '채녀(婇女)'가 궁 안에서 궁녀와 같은 성인의 역할을 하는 반면 '동녀(童女)'는 '청의(靑衣) 동자(童子)'와 함께 작은 심부름을 맡아 하는 역할을 하는 것으로 보인다.

八萬四千 婇女와

婇女ᄂᆞᆫ ᄭᅮ뮨 각시라

臣下ᄋᆡ 갓ᄃᆞᆯ히 다 모다 夫人 侍衛ᄒᆞᅀᆞᄫᅡ 東山애 가ᄉᆞᇙ 저긔 虛空애 ᄀᆞᄃᆞ기 八部도 조ᄍᆞᄫᅡ 가더라 그 東山애 열 가짓 祥瑞 나니 좁던 東山이 어위며 ᄒᆞᆰ과 돌쾌 다 金剛이 ᄃᆞ외며

金剛ᄋᆞᆫ 쇠예셔 나 ᄆᆞᆺ 구든 거시니 현마 ᄉᆞ라도 ᄉᆞᆯ이디 아니ᄒᆞ고 玉 다ᄃᆞᆷᄂᆞᆫ 거시라

보ᄇᆡ옛 남기 느러니 셔며 沈香ㅅ ᄀᆞᆯᄋᆞ로

沈香ᄋᆞᆫ ᄆᆞ레 ᄌᆞᆷᄂᆞᆫ 香이라

種種 莊嚴ᄒᆞ며

莊嚴ᄋᆞᆫ 싁싁기 ᄭᅮ밀씨라

-

팔만 사천명의 예쁘게 꾸민 각시인 채녀(婇女)와 신하의 부인들이 모두 모여 마야부인 모시고 룸비니 동산에 가실 적에 허공에 가득한 팔부신중도 뒤따라 가셨다.

그 동산에 열 가지 상서로운 일이 생겼다. 좁았던 동산이 넓어지며 흙과 돌이 다 다이아몬드로 되었다. 금강석은 쇠에서 생겨 가장 굳은 것이니 아무리 불태워도 타지 않고 옥(玉)을 다듬는데 쓰는 것이다. 보배로 된 나무가 나란히 서며, 침향 가루로 여러 가지를 장엄하였다. 침향(沈香)은 물에 잠기는 향이다. 장엄(莊嚴)은 위엄있고 늠름한 모습으로 꾸미는 것이다.

월인석보 주석은 '장엄'을 씩씩하게 꾸민다고 풀이하였다. 그래서 '씩씩하다'를 찾아보니 '굳세고 위엄스럽다'라는 의미이다. 우리는 현재 이 말을 언제 주로 쓰는가. '씩씩한 어린이', '군인의 기상이 씩씩하다' 등으로 활달하고 행동이 용감할 때 많이 쓰는 반면, 조선시대에는 궁전을 꾸미거나 이렇게 부처가 태어나는 장소를 꾸밀 때 씩씩하다는 표현을 쓴다. 참 시대에 따라 달라지는 흥미로운 언어의 세계이다.

花鬘이 ᄀᆞ독ᄒᆞ며

西天에셔 고ᄌᆞᆯ 느러니 엿거 남진 겨지비 莊嚴에 ᄡᅳᄂᆞ니 긔 花鬘이라

보ᄇᆡ옛 ᄆᆞ리 흘러나며 모새셔 芙蓉이 나며

芙蓉은 蓮ㅅ 고지라

天龍夜叉ㅣ와 合掌ᄒᆞ야 이시며
合掌ᄋᆞᆫ ᄉᆞᆫ바당 마촐씨라
天女도 와 合掌ᄒᆞ며 十方앳 一切佛이 빗보ᄀᆞ로 放光ᄒᆞ샤 이 東山애 비취더시니
즉자히 각시 ᄇᆞ리샤 이런 ᄀᆡ벼를 王ᄭᅴ ᄉᆞᆯᄫᆞ시ᄂᆞᆯ 王이 깃그샤 無憂樹 미틔 가시니라
無憂는 나못 일후미니 시름 업다 ᄒᆞ논 쁘디니 ᄀᆡ 菩薩 나싫 제 夫人 자바 겨시던 남기라 樹는 즘게라 <月釋2:30ㄱ>

—

화만(花鬘)이 가득하였는데 화만이란 서천(西天)에서 꽃을 나란히 엮어 남자와 여자가 꾸미는 데 쓰는 머리 장식이다. 보배로 된 물이 흘러나오며, 연못에서는 연꽃 부용(芙蓉)이 피었다. 천룡과 야차가 와서 손바닥을 마주하며 합장하고 있으며, 천녀(天女)도 와서 합장하였다. 시방의 모든 부처가 배꼽에서 방광(放光)하여 이 동산에 비추었다.
즉시 심부름하는 각시를 시켜서 이런 소식을 정반왕께 말씀드리니 왕이 기뻐하시며 무우수(無憂樹) 밑으로 가셨다. 무우(無憂)는 나무 이름인데 시름없다 하는 뜻이다. 이것이 아기태자 낳으실 때 마야부인께서 잡았던 나무이다. 수(樹)는 큰 나무이다.

석가모니 부처가 가비라국 룸비니 동산에 태어나시는 날 칠보로 꾸민 동산에 하늘나라 팔만사천 동녀와 곱게 꾸민 채녀들 그리고 팔부신중과 코끼리, 말, 수레, 군사들이 가득하게 호위하며 천룡과 야차가 합장하고

부처들은 배꼽에서 방광한다. 약간 코믹하게도 느껴진다. 우리는 보통 부처님은 양미간에서 백호광명을 비추는 것으로 알고 있는데 가끔 이렇게 상식의 허를 찌르는 반전의 표현들이 유쾌하다.

석가보에서 말하는 10가지 상서로운 일은 다음과 같다.

> 〈대화엄경(大華嚴經)〉에서 말하였다.
>
> "보살이 도솔천으로부터 강신하여 내려올 때에 이 숲 안에는 열 가지 상서로운 조짐이 있었다. 첫째는 갑자기 숲이 매우 넓어졌고, 둘째는 흙과 돌이 변하여 금강(金剛)이 되었으며, 셋째는 보배 나무들이 줄지어 섰고, 넷째는 침수향(沈水香)·말향(末香)으로 장엄하였으며, 다섯째는 꽃다발이 가득 찼고, 여섯째는 온갖 보배들이 흘러나왔으며, 일곱째는 못에 연꽃이 피어났고, 여덟째는 천·용·야차 등이 합장하고 섰으며, 아홉째는 천녀(天女)들이 합장하고 공경하였으며, 열째는 시방의 온갖 부처님께서 배꼽 가운데서 광명을 놓아 이 숲을 널리 비추어 부처님께서 태어나심을 나타내셨다."(一者忽然廣博 二者土石變爲金剛 三者寶樹行列 四者沈水末香種種莊嚴 五者花鬘充滿 六者寶水流出 七者池出芙蓉 八者天龍夜叉合掌而住 九者天女合掌恭敬 十者十方一切佛臍中放光 〈석가보〉 1권(ABC, K1047 v30, p.695b07-b13)

다음 18장에는 석가모니 부처 탄생에 또 어떤 상서가 펼쳐질지 눈에 보이는 듯 그려지는 판타지의 세계를 기대하시라.

아홉 번째 이야기

○

비람강생(毘藍降生), 마야부인 무우수 가지 잡으시매

●

월인석보를 대중화하고 세계화하겠다는 나의 발원이 이제 싹을 틔우기 시작하고 있다. 월인석보 1권을 풀이하고 에세이로 쓴 '월인석보, 훈민정음에 날개를 달다'를 출간하고 여러 번의 북 토크와 라디오 대담, 서울시에서 하는 강좌를 하였다. 무엇보다 조계종의 스님들께 강의한 것이 뿌듯하다. 세종과 세조임금도 몸소 열과 성을 다한 조선대장경 '월인석보'를 600년이 지나서야 스님들이 맛보기라도 할 수 있게 돼서 흐뭇하셨을 것이다.

석가모니 부처님 이 세상에 태어나시던 날

드디어 오늘 석가모니 부처께서 태어나시는 날이다. 설레는 마음으로 그 비람강생의 장면을 그리시며 보기를 권한다.

其十八

本來 하신 吉慶에 地獄도 뷔며 沸星 별도 ᄂᆞ리니이다

本來 ᄇᆞᆯᄀᆞᆫ 光明에 諸佛도 비취시며 明月珠도 ᄃᆞᅀᆞᄫᆞ니이다 <月釋2:30ㄴ>

–

십팔 장

본래 크신 길한 경사에 지옥도 비어 있으며 상서로운 불성(沸星) 별도 내리나이다

본래 밝은 광명에 여러 부처님도 비추시며 명월주(明月珠)도 다시나이다

그ᄢᅴ 天帝釋과 化自在天괘 各各 天宮에 가 花香이며 풍류며 차반 가져와 夫人ᄭᅴ 供養ᄒᆞᅀᆞᄫᆞ며 病ᄒᆞᆫ 사ᄅᆞ미 잇거든 夫人이 머리ᄅᆞᆯ ᄆᆞᆫ지시면 病이 다 됴터라 菩薩이 나싫 저긔 ᄯᅩ 祥瑞 몬져 現ᄒᆞ니 東山 남ᄀᆡ 自然히 여르미 열며 무틔 숤읫 바회맍 靑蓮花ㅣ 나며 이운 남ᄀᆡ 고지 프며 하ᄂᆞᆳ 神靈이 七寶 술위 잇거 오며 ᄡᅡ해셔 보ᄇᆡ 절로 나며 됴ᄒᆞᆫ 香내 두루 퍼디며 雪山앳 五百 獅子ㅣ 門의 와 벌며 白象이 ᄠᅳᆯ헤 와 벌며

楚國 越國엣 象ᄋᆞᆫ 다 프르고 오직 西天나라ᄐᆞᆯ해 ᄒᆡᆫ 象이 하니라

ㅡ

그때 하늘의 제석(帝釋)과 타화자재천이 각각 하늘궁전(天宮)에 가서 꽃과 향(花香)이며 풍류며 음식을 가져와 마야부인께 공양 바치시며 병든 사람이 있을라치면 부인이 머리를 만지시면 병이 다 좋아지는 상서가 일어났다.

석가모니의 전생 모습이신 도솔천의 호명보살이 태어나실 때 또 상서가 먼저 나타나니 동산의 나무에 저절로 열매가 열리며 땅에는 수레바퀴만한 청련화가 피어나며 시든 나무의 꽃이 피고 하늘의 신령이 칠보수레를 이끌고 오며 땅에서 보배가 저절로 나며 좋은 향내가 두루 퍼지며 설산(雪山)의 오백 마리의 사자가 문에 와서 늘어서고 흰 코끼리(白象)가 뜰에 와 늘어서 있었다.

초나라와 월나라의 코끼리는 다 푸른색인데 오직 인도 나라에 흰 코끼리가 많다.

보통 싯달타 태자가 태어날 때 '제석'과 '범천'이 탄생을 돕는데 여기서는 '범천'이 '타화자재천'으로 나온다. 『석가보』에서도 동일하게 확인된다.

그때 하늘과 제석과 타화자재천(他化自在天)이 저마다 천궁에 올라가서 향과 꽃과 기악 등의 기이한 것을 가지고 공양하였으므로 묘후는 몸이 가뿐하여 부드러워졌고 3독(毒)을 생각하지 않게 되었다. 만일 병이 들거나 몸과 마음에 질환이 있는 어떤 이라도 보살의 어머니에게 청하여 손으로 그의 머리를 어루만져 주게 하면 병이 모두 다 나았다.(時 天帝釋及化自在天 各上天宮 花香妓樂 琦異之饌 供養妙后 身輕柔軟 不想三毒 若有諸病身心之疾 請菩薩母 手摩其頭 病皆除愈 〈석가보〉 1권(ABC,

십팔장 본래 크신 길한 경사에 지옥도 비어 있으며 〈月釋 2:30ㄴ〉

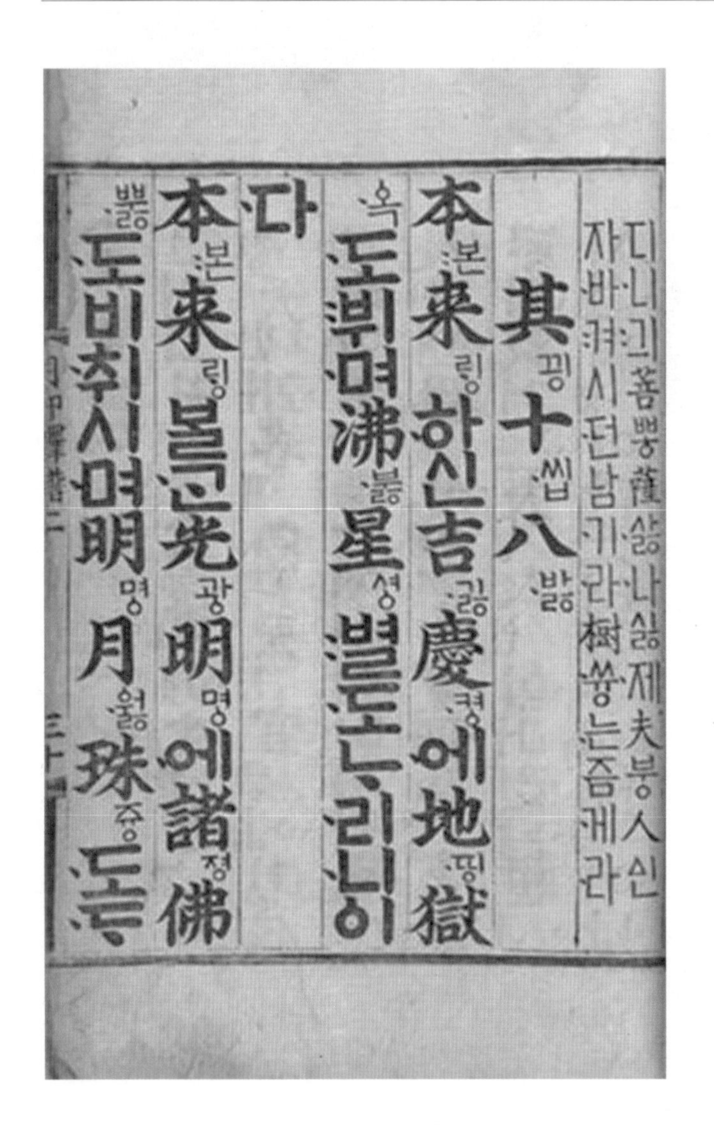
디니 ᄀᆡ 옴 뽕薩ᄉᆞᆲ 나ᄉᆞᆲ 제 夫붕ㅅ 신 자바 ᄫᅧ시던 남기라 樹쓩ᄂᆞᆫ 즘게라

其끵十씹八밣

本본來ᄅᆡᆼ 하신 吉긿慶켱에 地띵獄옥도 뷔며 沸븛星셩 별도 ᄂᆞ리니이다

本본來ᄅᆡᆼ 볼근 光광明명에 諸졍佛뿛도 비취시며 明명月웛珠쥬도 ᄃᆞ...

카필라바스투 룸비니 마야부인 옆에서 아기부처 탄생을 돕는 제석천과 타화자재천(범천)

K1047 v30, p.695b15-b19)

제석천과 타화자재천일지 범천일지 모를 부조가 룸비니에 남아 있다.

하늘에서 향기 비가 내리고

하ᄂᆞᆯ해셔 ᄀᆞᄂᆞᆫ 香비 오며 宮中에 自然히 온 가짓 차바니 주으린 사ᄅᆞᄆᆞᆯ 거리치며

宮中은 宮 안히라

龍宮엣 玉女ᄃᆞᆯ히 虛空애 반만 몸 내야 이시며 하ᄂᆞᆳ 一萬 玉女ᄂᆞᆫ 孔雀拂 자바 담 우희 왯고

拂은 毛鞭 ᄀᆞᆮᄒᆞᆫ 거시라

一萬玉女는 金甁에 甘露 담고 一萬 玉女는 香水 담고 虛空애 왜시며 一萬 玉女는 幢蓋 자바 뫼ᅀᆞᄫᅡ 이시며 또 玉女ᄃᆞᆯ히 虛空애셔 온 가짓 풍류ᄒᆞ며 굴근 江이 ᄆᆞᆰ고 흐르디 아니ᄒᆞ며 日月 宮殿이 머므러 이셔 나ᅀᅡ가디 아니ᄒᆞ며 沸星이 ᄂᆞ려와 侍衛ᄒᆞᅀᆞᆸ거든 녀느 벼리 圍繞ᄒᆞ야 조차오며 <月釋2:32ㄴ>

圍는 두를씨오 繞는 버믈씨라

–

하늘에서 가랑비 같은 향(香)비가 내리며 궁궐 안에서는 자연히 온갖 음식으로 굶주린 사람을 거둬 먹인다. 용궁의 옥녀(玉女)들이 허공에 반만 몸을 드러내고 있으며 하늘의 일만 옥녀는 공작 깃털부채(孔雀拂)를 잡고 담 위에 와 있었다. 불(拂)은 털이개(毛鞭) 같은 것이다.
일만 옥녀는 금병에 감로수(甘露)를 담고, 일만 옥녀는 향수 담고 허공에 와 있으며 일만 옥녀는 당과 개(幢蓋)를 잡아 뫼시고 있었다. 또 옥녀들이 허공에서 온갖 풍류를 하면 큰 강이 맑고 흐르지 않으며 해와 달이 궁전에 머물러 있어 나아가지 않으며 불성(沸星)이 내려와 모시고 둘러감싸고(侍衛)하옵거든 다른 별이 둘러싸고 좇아온다, 위(圍)는 둘러싸는 것이요 요(繞)는 감는다는 것이다.

향수가 가랑비처럼 내리는 장면을 상상해 본다. 이런 환상적인 내용은 애니메이션에서도 잘 볼 수 없던 것 같다. 이즈음 자기만의 향을 골라서 쓰는 사람이 많아지고 있다. 나는 원래 꾸미거나 향기에 관심이 없어서

잘 모르겠지만 인간의 감각 중 가장 오래 기억이 남는 것이 후각이라고 한다. 어릴 적 외갓집에 가느라 시골 정류장에 도착해 버스에서 내리면 '시골 냄새'가 있었다. 나무를 때서 밥짓는 냄새, 두엄 냄새, 초가집들 지붕 위로 올라가는 굴뚝 연기 같은 것들 말이다.

싯달타 아기 왕자가 태어나는 날은 그와는 반대로 화려하고 아름답고 웅장한 것을 더욱 촉촉하고 반짝이게 하는 향수 비가 내리지만 말이다.

후각을 실마리로 해서 그 전체 광경으로 풀어가는 것은 내 경험상 충분히 공감되는 전개이다.

온갖 음식이 가득해 배고픈 사람이 없고 아름다운 바다의 옥녀, 하늘의 천녀들이 가득히 아기 탄생을 위하여 준비를 한다. 노래와 춤에 악기들이 연주되고 해와 달도 멈춘다. 거기에 상서로운 별이 아기 태자를 호위하고 그 별성을 뭇별들이 따르는 신비하고 스펙터클한 광경.

명월신주가 궁궐을 태양처럼 비추며

보ᄇᆡ옛 帳이 王宮을 다 두프며 明月神珠ㅣ 殿에 ᄃᆞᆯ이니 光明이 ᄒᆡ ᄀᆞᆮᄒᆞ며

明月神珠는 ᄇᆞᆯᄀᆞᆫ ᄃᆞᆯ ᄀᆞᄐᆞᆫ 神奇ᄒᆞᆫ 구스리라

설긧 옷ᄃᆞᆯ히 화에 나아 걸이며 貴ᄒᆞᆫ 瓔珞과 一切 보ᄇᆡ 自然히 나며 모딘 벌에ᄂᆞᆫ 다 숨고 吉慶엣 새 ᄂᆞ니며 地獄이 다 停寢ᄒᆞ니 셜ᄫᅳᆫ 이리 업스며 ᄯᅡ히 ᄀᆞ장 드러치니 노ᄑᆞ며 ᄂᆞᆽ가ᄫᆞᆫ ᄃᆡ<月釋2:33ㄴ>업스며 곳비 오며 모딘 즁ᄉᆡᆼ이ᄒᆞᆫᄢᅴ 慈心을 가지며 아기 나ᄒᆞ리다 아ᄃᆞᄅᆞᆯ 나ᄒᆞ며 온 가짓 病이 다 됴ᄒᆞ며 一切 즘겟 神靈이다 侍衛ᄒᆞᅀᆞᆸ더라

–

보배로 된 장막이 왕궁을 다 덮으며 명월신주(明月神珠)가 궁전에 달리니 광명이 해와 같았다. 명월신주(明月神珠)는 밝은 달 같은 신기한 구슬이다.

옷장의 옷들이 횃대에 내걸리며 귀한 영락과 모든 보배가 저절로 생기며 모진 벌레는 다 숨고 경사스러운 새가 노닌다. 지옥은 다 멈추고 슬픈 일이 없으며 땅이 몹시 진동하니 높고 낮은 데가 없고 꽃비가 내린다. 사나운 짐승이 모두 자비심을 가지며 아기 낳을 사람들은 다 아들을 낳으며 온갖 병이 다 좋아지고 모든 나무의 신령이 시위(侍衛)하고 있었다.

이런 컴퓨터 그래픽으로나 가능할 것 같은 장면을 눈에 보이듯이 그려낼 수 있는 재주는 누가 가지고 있을까. 혹시 정말 그런 장면을 본 사람만

이 묘사할 수 있는 건 아닐까. 이 세상의 가장 아름다운 장면을 상상한다면 바로 이 장면일 것이다. 도리천의 제석과 타화자재천이 함께 하늘에서 축하 잔치할 모든 것을 준비하고 향기 비와 꽃비가 내리고 풍악이 울리고 지옥은 멈추고 보배가 땅에서 솟아 나오고 아픈 사람은 모두 낫고 소원이 이루어지는 세상. 이제 이 공간에서 마야부인은 무우수 가지를 잡으신다.

마야부인 무우수 가지 잡으시고

其十九

無憂樹ㅅ 가지 굽거늘 어마님 자ᄫᆞ샤 右脇誕生이 四月 八日이시니

蓮花ㅅ 고지 나거늘 世尊이 드듸샤 四方 向ᄒᆞ샤 周行七步ᄒᆞ시니

<月釋2:34ㄱ>

誕生ᄋᆞᆫ 나실씨라

周行ᄋᆞᆫ 두루 녀실씨라 步ᄂᆞᆫ 거르미라

其二十

右手 左手로 天地 ᄀᆞᄅᆞ치샤 ᄒᆞ오ᅀᅡ 내 尊호라 ᄒᆞ시니

溫水 冷水로 左右에 ᄂᆞ리와 九龍이 모다 싯기ᅀᆞᄫᆞ니

溫ᄋᆞᆫ ᄃᆞᆺ홀씨라

其二十一

三界受苦ㅣ라 ᄒᆞ샤 仁慈ㅣ 기프실씨 하ᄂᆞᆯ ᄯᅡ히 ᄀᆞ장 震動ᄒᆞ니

三界 便安케 호리라 發願이 기프실씨 大千世界 ᄀᆞ장 ᄇᆞᆯᄀᆞ니

–

십구 장

무우수(無憂樹)의 가지가 굽거늘 마야부인 어머님이 잡으시어 오른쪽 옆구리 탄생(右脇誕生)이 사월 팔일이시니

연화(蓮花)의 꽃이 피어나거늘 아기 세존이 발디디시고 사방 향하시며 두루 일곱 걸음 걸으시니

탄생은 태어나시는 것이다. 주행(周行)은 두루 다니시는 것이고 보(步)는 걸음이다.

이십 장

오른손과 왼손으로 하늘과 땅을 가리키시며 홀로 내가 존귀하노라 하시니

온수(溫水)와 냉수(冷水)가 좌우에 내리면서 아홉 용이 모두 목욕 씻기시니

온(溫)은 따뜻한 것이다.

이십일 장

삼계가 괴로움이라고 하시며 어질고 자비로움이 깊으시매 하늘과 땅이 진동하니

삼계를 편안케 하리라 발원(發願)이 깊으시매 삼천대천세계가 제일 밝으니

사월 초파일 해돋이에

四月 八日 ᄒᆡ 도디예

八日ᄋᆞᆫ 여ᄃᆞ래니 昭王ㄱ 스믈여슷찻 ᄒᆡ 甲寅 四月이라

摩耶夫人이 雲母寶車 ᄐᆞ시고

雲母는 돓 비느리니 雲母寶車는 雲母로 ᄭᆞ뮨 보ᄇᆡ옛 술위라

東山 구경 가싫 제 三千國土ㅣ 六種震動ᄒᆞ거늘 四天王이 술위 그ᅀᅳᅀᆞᆸ고 梵天이 길자바 無憂樹 미틔 가시니 諸天이 곳 비터니 無憂樹ㅅ 가지 절로 구버 오나ᄂᆞᆯ 夫人이 올ᄒᆞᆫ 소ᄂᆞ로 가질 자ᄇᆞ샤 곳 것고려 ᄒᆞ신대 菩薩이 올ᄒᆞᆫ 녀브로 나샤 큰 智慧옛 光明을 펴샤 十方世界ᄅᆞᆯ 비취시니 그 저긔 닐굽 줄깃 七寶蓮花ㅣ 술위ᄢᅵ 곤ᄒᆞ니 나아 菩薩ᄋᆞᆯ 받ᄌᆞᄫᆞ니라<月釋2:36ㄴ>

菩薩이 너기샤ᄃᆡ 兜率天으로셔 胎生 아니ᄒᆞ야 卽時예 正覺ᄋᆞᆯ 일우련마ᄅᆞᆫ ᄂᆞ미 疑心호ᄃᆡ 부텨는 本來 變化ㅣ 디ᄫᅵ 사ᄅᆞ미 몯ᄒᆞᆯ 이리라 ᄒᆞ야 法 듣ᄃᆞᆯ 아니ᄒᆞ리라 ᄒᆞ샤 胎生ᄒᆞ시며 ᄂᆞ미 너교ᄃᆡ 夫人이 菩薩ᄋᆞᆯ 당다이 어려ᄫᅵ 나ᄒᆞ시리라 ᄒᆞᆯ씨 나못 가지 ᄀᆞᆺ 자바시ᄂᆞᆯ 菩薩이 나시며 艱難ᄒᆞᆫ 지븨 나샤 出家ᄒᆞ시면 ᄂᆞ미 너교ᄃᆡ 生計 艱難ᄒᆞ야 즁 ᄃᆞ외시다 ᄒᆞᆯ씨 님굼긔 나시니 이 菩薩ㅅ 方便 잘 ᄒᆞ샤미라

-

사월 팔일 해돋이에 마야부인이 운모로 꾸민 보배 수레(雲母寶車)를 타시고 동산 구경 가실 때였다.

팔일은 여드레이니 주나라 소왕 26년(기원전 970년) 갑인 사월이다. 운모(雲母)는 돌비늘이니 운모보거는 운모로 꾸민 보배로 된 수레이다.

삼천 국토가 육종진동(六種震動)하거늘 사천왕이 수레를 끌고 범천이 길잡이 하며 무우수 밑에 가시니 제천이 꽃비 내리게 하니 무우수 가지가 저절로 굽어지거늘 마야부인이 오른 손으로 가지를 잡으시고 꺽으려 하셨다.

그러자 아기 보살이 오른쪽 옆구리로 태어나셨다. 큰 지혜의 光明을 펴시고 시방세계를 비추시니 그때 일곱 줄기 칠보 연화가 수레바퀴 같이 큰 것이 나와 아기보살을 떠받치셨다.

마야부인은 산통을 느끼지 않았다. 그저 무우수 가지가 저절로 굽어져 팔에 닿으니 꺽으려 하는 찰나에 아기부처가 오른쪽 옆구리로 사뿐 태어나셨다는 것이다. 보통 우리는 룸비니 동산을 지나다가 갑자기 산통을 느껴 궁전이 아닌 곳에서 태어났다고 알고 있지 않은가. 어쨌든 그렇게 태어난 까닭은 무엇일까.

마야부인의 태로 태어난 아기부처의 방편

아기보살은 생각하셨다. 도솔천에서 있다가 태(胎)로 태어나지 않고서 바로 정각(正覺)을 이룰 수도 있으련마는 사람들이 의심하되 부처는 본래 신통 변화하는 것이라 사람은 못할 일이라고 지레 짐작할 것이다. 그러면 부처의 법을 듣지 않을 것이라 여겨 일부러 어머니의 태에서 태어나신 것이다.

사람들이 또 생각하기를 마야부인이 아기보살을 마땅히 어렵게 낳

으실 것이라 할 것이다. 그래서 나뭇가지를 갓 잡으시자마자 아기 보살이 태어나신 것이요, 가난한 집에 태어나서 출가하시면 사람들이 여기되 생계가 어려워 중이 되었다고 할 것이므로 임금에게서 태어나시니 이 아기보살이 방편을 잘 하신 것이다.

이제 드디어 '비람강생'하신 아기 부처. 월인석보에서는 아직 아기보살이시다. 그리고 중생의 근기에 맞춰서 어머니의 태 안에 들어서 태어나는 방편을 보여주며 잘했다고 칭찬하고 있다. 하늘에서 꽃비와 향수비가 내리고 땅은 진동하며 일곱 송이 수레바퀴만한 연꽃이 피어나 아기 부처를 떠받치는 장면을 상상해보라.

부처가 세상 사람들과 똑같이 어머니에게서 태어났듯이 우리도 이 세상에 태어날 때 이와 같이 하늘과 땅의 축복이 있었을 것이다. 중생의 근기에 맞춰 태어난 부처처럼 우리도 똑같이 천지신명이 보호하고 풍악이 울리고 꽃비가 내리고 연꽃이 피어나는 상서로운 하늘과 땅의 조화가 있었을지니... 우리는 왜 우리가 부처인 것을 잊어버리고 이렇게 괴로움의 바다에서 헤어나지 못하고 사는 것일까. '10분 좌선하면 10분 부처'라고 갈파하던 법정스님의 말씀이 떠오른다. 최소한 이 글을 현대어로 풀이하는 동안만큼은 생생한 아기부처 탄생을 경험한 만큼 이 글을 읽는 여러분도 부처이실 것이다. 모두 잊고 있던 내 안의 부처를 만나시기를!

다음에는 그 유명한 '천상천하 유아독존'의 장면을 15세기 훈민정음으로 만나보자.

열 번째 이야기

천상천하 유아독존'과 부처의 32상

2019년과 2020년은 '월인석보'로 많은 일이 있었다. '월인석보, 훈민정음에 날개를 달다'라는 단행본을 출간하고 영화 '나랏말싸미'와 이어지는 '한글날' 특수로 여러 신문과 라디오, 티비 매체에 소개되고 출연하였다. 책을 삼복더위에 내느라 힘들었던 나는 안식년을 하려던 계획이 빗나갔지만 중세국어식 표현으로 '흐웍흐웍하게' 흐뭇하고 풍족한 기분으로 지냈다. 2020년 초에는 '월인석보' 내용의 본산지 불교 탄생국인 인도의 수도 델리에 가서 국립 네루대학교 한국학과와 국립 델리대학교 특강을 하는 것으로 일단락되었다. 마치 '법화경' 신해품에 나오는 '돌아온 가난뱅이 아들'처럼 불교 공부한 지 수십 년만에 '월인석보' 책 한 권 낸 나를 따뜻하게 맞아준 불보살님들의 가피라고밖에는 설명할 길이 없다.

아기 보살 태어나 사방 일곱걸음을 걷다

菩薩이 ᄀᆞᆺ 나샤 자ᄇᆞ리 업시 四方애 닐굽 거름곰 거르시니

七覺支예 마초 ᄒᆞ노라 닐굽 거름 거르시니 七覺支ᄂᆞᆫ 覺애 다ᄃᆞᆮᄂᆞᆫ 이ᄅᆞᆯ 닐구베 ᄂᆞᆫ호아 닐온 마리니 支ᄂᆞᆫ ᄂᆞᆫᄒᆞᆯ씨라

念覺支ᄂᆞᆫ 一切法의 性이 다 뷘ᄃᆞᆯ 볼씨오 擇法覺支ᄂᆞᆫ 法을 ᄀᆞᆯᄒᆡᄂᆞᆫ 覺支니 ᄉᆞᄆᆞᄎᆞᆫ ᄠᅳᆮ과 몯 ᄉᆞᄆᆞᄎᆞᆫ ᄠᅳ들 잘 ᄀᆞᆯᄒᆡᆯ씨오 精進覺支ᄂᆞᆫ 브즈러니 닷가 므르디 아니ᄒᆞᆯ씨오 喜覺支ᄂᆞᆫ 닷곤 法 깃글씨오

除覺支ᄂᆞᆫ 더ᄂᆞᆫ 覺支니 煩惱ᄅᆞᆯ 다 덜씨오 定覺支ᄂᆞᆫ 드론 定 ᄀᆞ티 여러 法ᄃᆞᆯᄒᆞᆯ ᄉᆞᄆᆞᆺ 알씨오 捨覺支ᄂᆞᆫ 世間ㅅ 法에 븓둥기이디 아니ᄒᆞ야 브튼 ᄃᆡ 업스며 마ᄀᆞᆫ ᄃᆡ 업슬씨라〈月釋2:37ㄴ〉

–

아기보살이 갓태어나셔서 잡아 줄 이 없이 사방에 일곱 걸음씩 걸으시니 칠각지(七覺支)에 맞추어 하느라고 일곱 걸음씩 걸은 것이다. 칠각지는 깨달음(覺)에 다다르는 일을 일곱 단계로 나누어 이른 말이니 지(支)는 나누는 것이다.

① 염각지(念覺支)는 일체법(一切法)의 성(性)이 다 비어있음을 보는 것이요.

② 택법각지(擇法覺支)는 법(法)을 가려내는 각지이니 꿰뚫는 뜻과 꿰뚫지 못한 뜻을 잘 가려내는 것이다.

③ 정진각지(精進覺支)는 부지런히 닦아 물러나지 않는 것이요

④ 희각지(喜覺支)는 닦은 법이 기쁜 것이다.

⑤ 제각지(除覺支)는 덜어내는 각지이니 번뇌를 다 덜어내는 것이요.

⑥ 정각지(定覺支)는 선정에든 것과 같이 여러 법들을 꿰뚫어 아는 것이다.

⑦ 사각지(捨覺支)는 세간의 법에 얽매이지 아니하여 집착하는 데 없으며 막힌 데 없는 것이다.

태어나자 마자 사방으로 일곱 걸음을 걸었던 것에도 다 의미가 있었다. 깨달음에 이르는 일곱 단계, 칠각지를 상징하는 것이었다. '칠보리보(七菩提寶), 칠각분(七覺分), 칠등각지(七等覺支), 칠보리분(七菩提分), 칠사학(七事學)이'라고 한다. sapta-bodhy-aṅga는7을 의미하는 'sapta', 깨달음 또는 지혜를 의미하는 '보디(bodhi)'와 부분 · 요소를 의미하는 '앙가(aṅga)'의 합성어이다. 칠각지는 이러한 깨달음으로 이끄는 요소가 일곱 가지 있다는 의미이다. 불도를 수행함에 있어서 지혜로써 참된 것, 거짓인 것, 선한 것, 악한 것을 살펴 골라내는 데는 일곱 가지가 있다.

① 택법각지(擇法覺支):지혜로 모든 것을 살펴 선한 것은 택하고 악한 것을 버리는 일.

② 정진각지(精進覺支):여러 가지 수행을 할 때 쓸데없는 고행은 그만두고 바른 도에 전력하여 게으르지 않는 일.

③ 희각지(喜覺支):참된 법을 얻어 기뻐하는 일.

④ 제각지(除覺支):그릇된 견해나 번뇌를 끊어버리고, 능히 참되고 거짓됨을 가려서 올바른 선근(善根)을 기르는 일.

⑤ 사각지(捨覺支):바깥 세상에 집착하던 마음을 끊음에 있어, 거짓 되고 참되지 못한 것을 추억하는 마음을 버리는 일.

⑥ 정각지(定覺支):선정(禪定)으로 마음을 통일하여 깨달음에 들어 가는 일.

⑦ 염각지(念覺支):불도를 수행함에 있어, 잘 생각하여 정(定) · 혜(慧)가 고르게 하는 일들이다.

수행할 때 만일 마음이 혼미하면 택법각지 · 정진각지 · 희각지로 마음을 일깨우고, 마음이 들떠서 흔들리면 제각지 · 사각지 · 정각지로 마음을 고요하게 한다.

지금의 풀이는 순서가 좀 다르지만 이와 견주어도 월인석보의 설명이 얼마나 간단명료한지 알 수 있다.

自然히 蓮花ㅣ 나아 바ᄅᆞᆯ 받ᄌᆞᆸ더라

如來 거르샤매 세 가짓 이리 잇ᄂᆞ니 神通 내샤 虛空애 거르샤미 ᄒᆞ나히오 自然히 蓮ㅅ 고지 나아 발 받ᄌᆞᄫᆞ미 둘히오 ᄯᅡ해 ᄠᅥ 虛空애 거르샤ᄃᆡ 밠바닶 千輻輪相ㅅ 그미 ᄯᅡ해 分明호미 세히라 輻은 술윗 사리오 輪은 바회라 <月釋2:38ㄱ>

–

자연히 연꽃이 솟아 나와 아기보살의 발을 받치었다.

여래께서 걸으시매 세 가지의 일이 있으니 신통력을 내서 허공에 걸

으심이 하나요, 자연히 연꽃이 피어나 발을 받치는 일이 둘이요, 땅에서 떠서 허공에서 걸으시되 발바닥에 천복륜상(千輻輪相)의 금이 땅에 분명한 것이 셋이다. 복(輻)은 수레바퀴의 살이요, 륜(輪)은 바퀴이다.

태어나자마자 보이는 상서는 아무의 힘도 빌리지 않고 꼿꼿이 서서 사방 일곱걸음을 걷는 것이다. 그냥 걸으면 상서가 아니므로 허공을 걷는다. 걷는 발자국마다 연꽃이 피어올라 발을 받친다. 허공을 걸었지만 땅

양족존
발바닥 가운데 수레바퀴가
그려져 있다.

붓다 발자국(Buddha Pada), 기원전 2세기 이후, 파키스탄
페샤와르박물관 소장

바닥에 수레바퀴 문양이 선명하다. 이정도의 신이한 행적은 있어야 아기 부처의 위신력을 보통사람들은 위대한 분이 태어나심을 알게 되는 모양이다.

오른손으로 하늘 가리키시고 왼손으로 땅을 가리키며 사자의 목소리로

올ᄒᆞᆫ 소ᄂᆞ로 하ᄂᆞᆯ ᄀᆞᄅᆞ치시며 왼 소ᄂᆞ로 ᄯᅡ ᄀᆞᄅᆞ치시고 獅子 목소리로 니ᄅᆞ샤ᄃᆡ

世間앳 네발 ᄐᆞᆫ 즁ᄉᆡᆼ 中에 獅子ㅣ 위두ᄒᆞ야 저호리 업슬씨 부텻긔 가ᄌᆞᆯ비ᄂᆞ니 獅子ㅣ ᄒᆞᆫ번 소리호매 네 가짓 이리 잇ᄂᆞ니 온가짓 즁ᄉᆡᆼᄋᆡ 머리옛 骨髓 뻐디며 香象이 降服ᄒᆞ며 ᄂᆞᄂᆞᆫ 새 뻐러디며 ᄆᆞᆳ 즁ᄉᆡᆼ이 다 기피 들씨라

부텨 ᄒᆞᆫ번 說法ᄒᆞ샤매도 네 가짓 이리 겨시니 온가짓 正티 몯ᄒᆞᆫ 法이 다 ᄒᆞ야디며 天魔ㅣ 降服ᄒᆞ며 外道ᄋᆡ 邪曲ᄒᆞᆫ ᄆᆞᅀᆞ미 뻐러디며 一切 煩惱ㅣ 업슬씨라 香象ᄋᆞᆫ ᄆᆞᆺ 힘센 象이니 열네 엄 가진 象ᄋᆡ 히미 雪山앳 ᄒᆞᆫ 白象만 몯ᄒᆞ고 雪山ㅅ 白象 열희 히미 ᄒᆞᆫ 香象만 몯ᄒᆞ니라 <月釋2:38ㄴ>

–

오른손으로 하늘을 가리키시며 왼손으로 땅을 가리키시고 사자(獅子)의 목소리로 말씀하셨다.

세간의 네 발 달린 짐승 중에 사자가 으뜸이라 무서울 것이 없으므로 부처께 비유한 것이다. 사자가 한 번 소리하면 네 가지 일이 생긴다. 온갖 짐승이 머리의 골수가 터지며, 향상(香象)이 항복하며, 나는 새가 떨어지며, 뭇 짐승이 다 깊이 숨는다.

부처께서 한 번 설법하심에도 네 가지 일이 있다. 온갖 바르지(正) 못한 법이 다 허물어지며 천마(天魔)가 항복한다. 외도(外道)의 사곡(邪曲)한 마음이 떨어지며 일체의 번뇌가 없어진다. 향상(香象)은 가장 힘센 코끼리이다. 열 네 개의 상아를 가진 코끼리의 힘이 설산(雪山)의 한 백상(白象)만 못하고 설산의 백상 열 마리의 힘이 한 향상만 못하다.

오른 손으로 하늘을, 왼 손으로 땅을 가리키는데 목소리가 사자의 목소리같다고 한다. 곧 사자후(獅子吼)를 한 것이다. 사자와 아기 부처의 네 가지 신이한 형상을 묘사하고 있지만 결국 동격이므로 어떤 강한 존재도 조복하며 나는 새도 떨어뜨리고 뭇짐승들이 다 숨는다. 그러한 위상으로 바르지 못한 삿된 도리를 허물고 하늘의 마구니를 항복시켜 불교가 아닌 외도의 잘못된 마음을 바로잡고 번뇌를 없앤다는 것이다.

하늘 위와 하늘 아래 나만이 존귀하다.

하ᄂᆞᆯ 우콰 하ᄂᆞᆯ 아래 나ᄲᅮᆫ 尊호라
三界 다 受苦ᄅᆞᄫᅵ니 내 便安케 호리라 ᄒᆞ시니 즉자히 天地 ᄀᆞ장 震動ᄒᆞ고 三千 大千 나라히 다 ᄀᆞ장 ᄇᆞᆰ더라
그저긔 四天王이 하ᄂᆞᆶ 기ᄫᅳ로 안ᄉᆞᄫᅡ 金几 우희 연ᄌᆞᆸ고 <月釋2:39ㄱ>
几ᄂᆞᆫ 답쟝ᄀᆞᄐᆞᆫ 거시라

帝釋은 蓋 받고 梵王ᄋᆞᆫ 白拂 자바 두녀긔 셔ᅀᆞᄫᆞ며 帝釋梵王이 여러 가짓 香 비ᄒᆞ며 아홉 龍이 香 므를 ᄂᆞ리와 菩薩ᄋᆞᆯ 싯기ᅀᆞᄫᆞ니 므리 왼녀긘 덥고 올ᄒᆞᆫ 녀긘 ᄎᆞ더라

싯기ᅀᆞᆸ고 帝釋梵王이 天衣로 ᄲᅳ리ᅀᆞᄫᆞ니라

天衣ᄂᆞᆫ 하ᄂᆳ 오시라

–

'하늘 위와 하늘 아래 나만이 존귀하다. 삼계(三界)가 다 수고로우니 내가 편안케 하리라' 하시니 즉시 천지가 매우 진동하고 삼천 대천 나라가 모두 가장 밝았다.

정말 말로만 듣던 '천상천하(天上天下) 유아독존(唯我獨尊)'을 월인석보에 나온 훈민정음으로 이번 생에 읽고 풀이하는 시절인연이 어떠한가.

여기서 유아독존(唯我獨尊)에 해당하는 나만이 존귀하다 하는 말은 자칫 오해 할 수도 있다. 그러나 그 의미는 거의 반전이다. 나만큼 너도 똑같이 존귀하다는 것이다. '너' 곧 상대는 세상만물 모든 것이다. 유정무정 통틀어서 말이다. 그 옛날에 지금의 환경론자들이 말하는 '지구는 하나'여서 내가 어딘가를 상처내면 그 상처가 결국 나에게 돌아온다는 말을 이렇게 간단명료하게 사자후를 했다는 것이 중요하다.

그때 사천왕이 하늘의 비단으로 아기보살을 안아 금궤 위에 앉히셨다. 궤는 받침대(답장)같은 것이다. 제석은 개(蓋)를 받치고 범왕은 백불(白拂)을 잡고 양쪽에 서있으며 제석범왕이 여러 가지의 향(香)

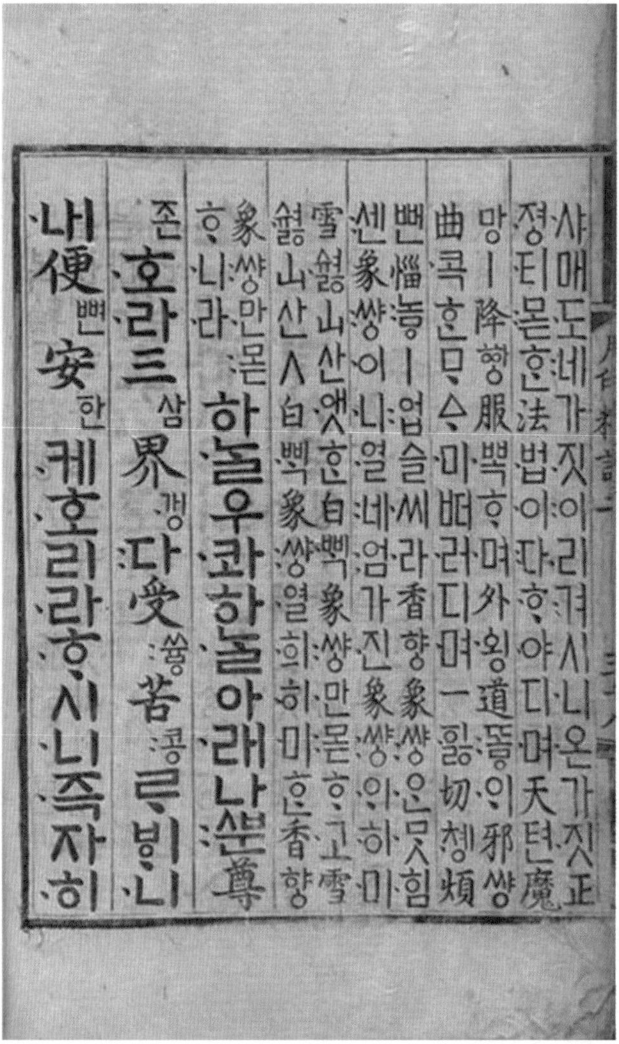
·샤매·도네가짓·이·리겨·시·니온가짓正
졍티몯ᄒᆞᆫ法법·이:ᄯᅡ·ᄒᆞ·야디·며天텬魔
망ㅣ降ᅘᅡᇰ服ᄲᅩᆨᄒᆞ·며外·ᅌᅬᇰ道ᄯᅩᆼ·ᄋᆡ邪쌰
曲콕ᄒᆞᆫ모ᅀᆞ·미·ᄇᆞ려디·며一·ᅙᅵᇙ切·촁煩
뻔惱:놓ㅣ·업슬·ᄊᆡ·라香향象·썅ᄋᆞᆫ모ᄉᆞ·힘
셴象썅·이·니:열·네:엄가·진象·썅·ᄋᆡ·하·미
雪숋山산·앳ᄒᆞᆫ白·ᄲᆡᆨ象썅·만·몯ᄒᆞ·고雪
숋山산ㅅ白·ᄲᆡᆨ象썅·열:희·히·미ᄒᆞᆫ香향
象·썅·만:몯ᄒᆞ·니·라
하ᄂᆞᆯ우·콰하ᄂᆞᆯ아·래나ᄲᅮᆫ尊
존ᄒᆞ·라三삼界·갱:다受:쓯苦:콩ᄅᆞᄫᅵ·니
·내便뼌安한·케ᄒᆞ·리·라ᄒᆞ·시·니·즉자·히

하늘 위와 하늘 아래 나만이 존귀하다 <月釋 2:39ㄱ>

을 흩뿌리며 아홉 마리의 용이 향물을 내리게 하여 보살을 씻기니 물이 왼쪽은 따뜻하고 오른쪽은 차가웠다. 아기를 씻기시고 천의(天衣)로 감싸드렸다. 천의는 하늘의 옷이다.

여기서 궁금한 점은 '궤(几)'를 '답장'이라 하는 것이다. 대략 작은 받침대용 책상같은 것인 줄 미루어 짐작할 수 있지만 허웅(1992:99)에서 '뜻 모름'으로 나와 내친 김에 자세히 살펴 보았다. 우선 유창돈의 고어사전(1985:201)에는 '각답(脚踏)'의 예가 나와 있다. 그래서 '불광사전'에서 '각답'을 찾아보니 비슷한 말로 '답상(踏床)'이 있었다. '답상'은 발받침대 정도 되고 법화경 신해품에서는 보궤(寶几)로 산스크리트 pāda-piṭha이다. 족궤(足机)라는 뜻이다. 이렇게 단순해 보이는 단어 하나도 의미를 하나하나 짚어 최대한 정확한 번역이 되도록 하는 것이다.

부처의 삽십이상

其二十二

天龍八部ㅣ 큰 德을 ᄉᆞ랑ᄒᆞᅀᆞᄫᅡ 놀애ᄅᆞᆯ 블러 깃거ᄒᆞ더니

魔王波旬이 큰 德을 새오ᅀᆞᄫᅡ 앉디 몯ᄒᆞ야 시름 ᄒᆞ더니<月釋2:40ㄱ>

波旬은 魔王 일후미니 모디다 ᄒᆞᄂᆞᆫ ᄠᅳ디라

太子ㅣ 셜흔두 相이시고

셜흔두 相ᄋᆞᆫ 밠바당이 平ᄒᆞ샤ᄃᆡ ᄡᅡ히 놉ᄂᆞᆺ가ᄫᅵ 업시 ᄒᆞᆫ가지로다 ᄒᆞ시며 밠

바다ᇱ 가온ᄃᆡ 즈믄 술위 ᄡᅵᆺ 그미 겨시며 소ᇇ가라기 ᄀᆞᄂᆞᆯ오 기르시며 발츠기 두려ᄫᅳ시며 바ᇱ드이 노ᄑᆞ시며 손바리 보ᄃᆞ라ᄫᆞ샤미 兜羅綿 ᄀᆞᆮᄒᆞ시며 손바ᇱ 가락 ᄉᆞᅀᅵ예 가치 니ᅀᅥ 그려긔 발 ᄀᆞᄐᆞ시며 허튓 ᄇᆡ 漸漸 ᄀᆞᄂᆞᆯ오 두려ᄫᅳ샤미 사ᄉᆞᆷ ᄀᆞᄐᆞ시며

平히 셔 겨샤 소니 무룹 아래 ᄂᆞ리시며 陰根이 우믜여 드르샤 龍馬 ᄀᆞᆮᄒᆞ시며 모매 터리 나샤ᄃᆡ 다 몽ᄀᆡ시며 머리터리 다 우흐로 ᄡᅳ렛ᄒᆞ샤ᄃᆡ 올ᄒᆞᆫ녀그로 몽ᄀᆡ시며 갓과 ᄉᆞᆯ쾌 보ᄃᆞ랍고 밋밋ᄒᆞ샤 ᄠᅴ 아니 무드시며 모맷 터리 다 金ㅅ 비치시며 대도ᄒᆞᆫ 모미 조ᄒᆞ샤 더러ᄫᅳᆫ ᄃᆡ 업스시며

잆고리 方正ᄒᆞ시고 안히 기프시며 보리 方正ᄒᆞ샤 獅子ㅣ 양 ᄀᆞᄐᆞ시며 몺 골아라 우히 ᄲᅢᆫ디 아니ᄒᆞ샤 ᄒᆞᆫ가지로 充實ᄒᆞ시며 가ᄉᆞ미며 허리 우히 거여ᄫᅵ 獅子 ᄀᆞᆮᄒᆞ시며 엇게와 목과 손과 발왜 두루 염그러 됴ᄒᆞ시며 샹녜 光明이 面마다 여듧 자히시며

니 마ᅀᆞ니 ᄀᆞᄌᆞᆨ고 조코 칙칙ᄒᆞ시며 네 엄니 ᄒᆡ오 ᄂᆞᆯ나시며 모미 고ᄅᆞᆫ 金ㅅ비치시며 목소리 梵王 ᄀᆞᄐᆞ시며 혜 길오 너브샤 구 믿 니르리 ᄂᆞᄎᆞᆯ 다 두프시며 供養ᄒᆞᅀᆞᆸ논 거시 고ᄅᆞᆫ 上品엣 마시시며 눉ᄌᆞᅀᆡ 감ᄑᆞᄅᆞ며 ᄒᆡᆫ ᄃᆡ 블근 ᄃᆡ 조히 分明ᄒᆞ시며 눈싸리 쇼 ᄀᆞᄐᆞ시며 ᄂᆞ치 보ᄅᆞᇝᄃᆞᆯ ᄀᆞᆮᄒᆞ시고 눈서비 天帝ㅅ 활 ᄀᆞᆮᄒᆞ시며 두 눈섭 ᄉᆞᅀᅵ예 ᄒᆡᆫ 터리 겨샤ᄃᆡ 올ᄒᆞᆫ 녀그로 사리여 보ᄃᆞ랍고 조코 光明이 빗나시며 머릿 뎡바기예 ᄉᆞᆯ히 내와다 머릿 조조리 ᄀᆞᄐᆞ샤 놉고 우히 平ᄒᆞ실씨라

兜羅ᄂᆞᆫ 어르미라 ᄒᆞᆫ 마리오 綿은 소오미니 兜羅綿은 어름ᄀᆞ티 ᄒᆡᆫ 소오미오 兜羅毦라도 ᄒᆞᄂᆞ니 毦ᄂᆞᆫ 보ᄃᆞ라ᄫᆞᆫ 터리라 方正은 모나미 반ᄃᆞᆨᄒᆞᆯ씨오 充實은 주굴위디 아니ᄒᆞᆯ씨라 <月釋2:41ㄴ>

–

이십이장

천룡팔부(天龍八部)가 큰 덕을 생각하여서 노래를 불러 기뻐하더니

마왕 파순이 큰 덕을 시새워하여 앉지 못하고 시름에 겨워하더니

파순(波旬)은 마왕의 이름이니 모질다 하는 뜻이다.

아기태자께서 서른두 가지 상(相)이 있었다.

서른 두가지 상은 ①발바닥이 평평하시되 땅이 높고 낮음이 없이 한가지로다 하시며 ②발바닥 가운데 천개의 수레바퀴의 금이 있으며 ③손가락이 가늘고 길며 ④발뒤꿈치가 둥글며 ⑤발등이 높으며 ⑥손발이 보드라움이 도라면(兜羅綿) 같으며 ⑦손과 발가락 사이에 살갗이 이어져 기러기 발과 같다.⑧장딴지 볼록한 배 부분이 점점 가늘고 둥근 것이 사슴같으며 ⑨예사롭게(平히) 서 있을 때 손이 무릎아래 내려오며 ⑩음근(陰根)이 우므려 들어 용마(龍馬) 같으시다.⑪몸에 털이 나는데 다 몽글어 티없이 깨끗하며 ⑫머리카락이 다 위로 비스듬히 오른쪽으로 몽글다. ⑬살갗과 살이 보드랍고 매끈매끈하여 때가 묻지 않고 ⑭몸의 털이 다 금빛이다. ⑮온 몸이 깨끗하여 더러운 데가 없으시고 ⑯입매가 방정(方正)하시고 입 안이 깊고 양볼이 방정하여 사자의 모양과 같으시며 ⑰몸매의 아래위가 가늘고 뾰족하지 않아 한가지로 충실하다.〈月釋2:41ㄱ〉 ⑱가슴이며 허리 위가 웅건하여 사자와 같으시며 ⑲어깨와 목, 손과 발이 두루 여물어 보

기 좋으시다. ⑳항상 광명이 면(面)마다 여덟 자가 뻗치시고 ㉑치아 마흔 개가 갖추어 깨끗하고 촘촘하며 ㉒네 개의 어금니가 희고 날카롭다. ㉓몸이 골고루 금빛이 나며 ㉔목소리가 범왕(梵王)과 같으시다. ㉕혀가 길고 넓어서 귀밑에까지 이르러 얼굴을 다 덮는다. ㉖공양(供養) 드시는 것이 고루 상품(上品)의 맛이며 ㉗눈자위가 감푸르며 흰 데와 붉은 데가 깨끗하고 분명하다. ㉘속눈썹이 소와 같으시며 ㉙얼굴이 보름달 같고 ㉚눈썹이 천제(天帝)의 활과 같다. ㉛두 눈썹 사이에 흰 털이 있는데 오른 쪽으로 동그랗게 감겨 보드랍고 깨끗하며 광명이 빛나고 있다. ㉜머리 정수리의 살이 튀어나와 머리의 족두리같이 높고 위에는 평평하다.

도라(兜羅)는 얼음이라 하는 말이요 면(綿)은 솜이니 도라면(兜羅綿)은 얼음같이 흰 솜이요 도라이(兜羅毦)라고도 하니 이(毦)는 보드라운 털이다.

방정(方正)은 모서리가 반듯한 것이요 충실(充實)은 쭈그러지지 않은 것이다.

부처님의 삼십이상이다. 발끝부터 머리끝까지의 순서로 묘사를 한다. 발바닥, 손, 장딴지, 음근, 털과 머리카락, 피부로 옮겨 가다가 입과 볼, 몸매, 가슴, 어깨, 목, 손발, 방광, 치아로 종횡하다가 목소리, 혀, 눈과 눈썹, 육계로 끝이 난다. 불교가 발생한 이후 약 500년간 인도에서는 불상을 만들지 않았다.

서기전 1세기 무렵부터 인간의 형상으로 불상을 만들기 시작하면서 인간과는 다른 특징을 가진 부처의 외형을 삼십이상 팔십종호로 규정하게 되었다. 부처를 인간의 몸으로 만드는 것은 이전에 없었던 부처의 형상을 창안해야 한다는 점에서 세상에 어떤 존재와도 다른 모습을 보여주고, 오랜 수행의 과정을 거쳐 깨달음을 얻은 여래임을 중생들에게 확신시킬 수 있는 모습이다.

大千世界예 放光ᄒᆞ시니 天龍八部ㅣ 空中에셔 풍류ᄒᆞ며 부텻 德을 놀애 브르ᅀᆞᄫᆞ며 香 퓌우며 瓔珞과 옷과 곳비왜 섯듣더니 그저긔 夫人이 나모 아래 잇거시ᄂᆞᆯ 네 우므리 나니 八功德水 ᄀᆞᆽ거늘

八功德水ᄂᆞᆫ 여듧 가짓 功德이 ᄀᆞ준 므리니 ᄆᆞᆰᄀᆞ며 ᄎᆞ며 ᄃᆞᆯ며 보ᄃᆞ라ᄫᆞ며 흐웍ᄒᆞ며 便安ᄒᆞ며 머긇제 ᄇᆡ 골폼과 목 ᄆᆞᆯ롬과 一切옛 시르미 다 업스며 머근 後에 모미 充實홈괘라

그 므를 次第로 시스시니라 그저긔 夜叉王ᄃᆞᆯ히 圍繞ᄒᆞᅀᆞᄫᆞ며 一切天人이 다 모다 讚歎ᄒᆞᅀᆞᆸ고 닐오ᄃᆡ 부톄 어셔 ᄃᆞ외샤 衆生ᄋᆞᆯ 濟渡ᄒᆞ쇼셔 ᄒᆞ거늘 오직 魔王곳 제 座애 便安히 몯 안자 시름ᄒᆞ야 ᄒᆞ더라

\-

태자보살이 대천세계에 방광(放光)하시니 천룡팔부가 공중에서 풍악을 울리며 부처의 덕을 노래 부르시고 향(香)을 피우며 영락과 옷, 그리고 꽃비가 섞이어 내렸다.
그때 마야부인이 나무 아래 계시거늘 네 개의 우물이 생기니

팔공덕수(八功德水)를 갖추었다.

팔공덕수는 여덟 가지의 공덕이 갖추어진 물이 맑고 차가우며 달고 부드러워 흡족하고 편안하니 먹을 때 배고픔과 목마름, 일체의 시름이 다 없어지며 먹은 후에는 몸이 충실해진다.

그 물로 태자를 차례로 씻기셨다.

그때 야차왕(夜叉王)들이 둘러싸며 일체 천인(天人)이 다 모여 찬탄드리고 말하였다.

"부처 어서 되셔서 중생을 제도하소서."

하거늘 오직 마왕(魔王)만이 제 자리에 편안히 앉아 있지 못하고 시름에 빠져 있었다.

어쩌면 우리에게 가장 널리 알려진 석가모니 부처가 태자로 태어나면서 한 말, '천상천하 유아독존'과 부처의 32상이 월인석보에 이렇게 자세히 훈민정음으로 쓰여있는 사실을 처음 본 사람도 많을 것이다. 32상이 책마다 조금씩 순서가 다르고 묘사도 달라 서른 두가지 번호를 붙이는데 몇 번을 고쳐 매겼다. 특히 흡족하다는 의미의 '흐웍흐웍하다'라든지 '답장'이라는 의미, '충실하다'의 뜻이 어디 한군데 쭈그러지지 않은 것 등 보석같은 우리 말이 함박눈처럼 내린 월인석보 2권의 40장이 아니었나 한다.

열 한번째 이야기

○

석가모니 '비람강생'하시던 날 인도의 상서들

●

'월인석보, 훈민정음에 날개를 달다'라는 월인석보 1권을 현대어로 풀어낸 책을 출간하고 피로와 심신의 부조화로 좀 심각하게 앓았다. 그리고 나서 법정스님의 말씀처럼 남은 생의 잔고를 헤아려보게 되었다. 이순신 장군의 대첩처럼 이제 나에게는 과연 몇 척의 배가 남아 있을까.

내가 20대에 불교를 공부하겠다고 경복궁 옆 법련사에 처음 찾아온 지 30년만에, 2019년 12월 1일 법련사와 경복궁 내불당과의 아주 근사한 위치, 이 절을 희사한 법련화보살과 그리고 경복궁과 월인석보와의 밀접한 관련성에 대하여 특강을 하게 되었다. 영광이었고 두고두고 기억할 내 인생의 한 장면이 될 것이다. 청와대 근처에 자리한 법련사가 21세기 한국을 지키는 내불당이 되기를, 황룡사 9층탑처럼 이웃 나라를 진압하고 국운을 강하게 위호하는 절이 될 수 있기를 월인석보를 한 자 한 자 번역하며 가피를 빌어본다.

이번에는 석가모니께서 카필라국 룸비니 동산에 태어나 '천상천하 유아독존'을 외치시던 날 동시에 일어난 여러 상서들을 자세하고 구체적으로 풀어놓게 될 것이다. 과연 아기태자 태어나시던 날 어떤 이적과 신통이 일어났을까.

其二十三

婇女ㅣ 기베 안ᅀᆞᄫᅡ 어마닚긔 오ᅀᆞᆸ더니 大神ᄃᆞᆯ히 뫼ᅀᆞᄫᆞ니

靑衣 긔별을 ᄉᆞᆯᄫᅡᄂᆞᆯ 아바님 깃그시니 宗親ᄃᆞᆯᄒᆞᆯ ᄃᆞ려가시니

婇女ㅣ 하ᄂᆞᇗ 기ᄇᆞ로 太子ᄅᆞᆯ ᄡᅳ려 안ᅀᆞᄫᅡ 夫人ᄭᅴ 뫼셔오니 스믈여듧 大神이 네 모해 侍衛ᄒᆞᅀᆞᆸ더라 靑衣 도라와

靑衣ᄂᆞᆫ 파란 옷 니븐 각시내라

王ᄭᅴ 긔벼를 ᄉᆞᆯᄫᅡᄂᆞᆯ 王이 四兵 ᄃᆞ리시고 釋姓ᄃᆞᆯ 뫼호샤 東山애 드러가샤 ᄒᆞ녀고론 깃그시고 ᄒᆞ녀고론 두리여 ᄒᆞ더시다<月釋2:44ㄱ>

먼저 23장부터 월인천강지곡과 그 내용을 풀이한 석보상절, 그리고 세주의 사전적 내용으로 이루어진 그날의 상서를 하나하나 살펴보자.

이십삼장

채녀가 아기태자를 비단에 싸서 안고 어머님 마야부인께 오니

대신들이 그들을 모시옵나니
청의가 소식을 사뢰거늘 아버님 정반왕께서 기뻐하시니
종친들을 데리고 가시니

채녀가 하늘 비단으로 태자를 감싸 안고서 마야부인께 모셔오니 스물 여덟명의 대신이 사방으로 모시고 보호(侍衛)하셨다. 푸른색 옷 입은 각시들인 청의가 돌아와 정반왕께 소식을 아뢰거늘 왕이 사병(四兵)을 데리고 석씨 성을 가진 친척들을 모으셔서 룸비니 동산에 들어가 한편으로는 기뻐하시고 한편으로는 두려워 하셨다.

23장의 월인천강지곡과 석보상절의 풀이이다. 정반왕은 왜 한편으로 태자의 탄생을 기뻐하고 한편으로 두려워했을까. 아직 여기서는 그에 대한 이야기가 나오지 않는다. 하지만 우리는 이미 나라를 다스리면 전륜성왕이 되실 것이고 출가하면 부처가 되실 것이라는 예언을 상식으로 알고 있다. 월인석보에서는 언제 어느 부분에서 그 이야기가 나올까 기다려진다.

채녀는 궁궐에서 일하는 궁녀정도로 이해하면 될 것이다. 청의는 그보다 어린 심부름하는 각시들이라고 세주에서 밝히고 있다. 사실 이들의 신분 관계도 사전적 정의나 정확한 설명을 찾기 어려웠다. 청의가 나이나 하는 일로 보아 채녀보다 신분이 아래인 것으로 짐작할 수 있을 뿐이다. '청의시녀(靑衣侍女)', '청의여동(靑衣女童)이라는 용어가 나오는 것으로 볼 때 채녀(婇女)보다 낮은 신분임을 추정할 수 있다. 또한 청의는 '청의동자(青衣童子)'로 어린 남자 아이를 칭하기도 한다.

아직 우리의 불교가 가야할 길은 이토록 멀고 시작 지점에 있다고 할 수 있다. 하지만 한편으로는 우리는 얼마나 큰 광맥을 가지고 있는 것인가. 자기가 파는 만큼 가져갈 수 있는 화수분이 바로 15세기 경전의 세계이다.

어쨌든 채녀는 싯달타 태자의 어머니 마야부인의 시중을 들고 있고 청의는 태자의 출산 소식을 정반왕에게 알리는 역할을 하고 있다.

아기태자가 태어나는 순간의 장면을 그림처럼 그리고 있는 것이다. 태자가 태어나니 채녀들은 아기를 씻기고 비단에 감싸안고 마야부인께 보여드리고 뒤따르던 대신들은 왕비와 태자를 보호하는 모습이 그려진다. 어리고 재빠른 청의 하나가 한달음에 정반왕께 달려가 그 소식을 전하니 왕은 석가씨 친척들을 불러 모아 뛸 듯이 기뻐하며 룸비니동산으로 가고 있다.

其二十四

諸王과 靑衣와 長者ㅣ 아ᄃᆞᆯ 나ᄒᆞ며 諸釋 아ᄃᆞᆯ도 ᄯᅩ 나니이다

象과 쇼와 羊과 廐馬ㅣ 삿기 나ᄒᆞ며 蹇特이도 ᄯᅩ 나니이다

其二十五

梵志外道ㅣ 부텻 德을 아ᅀᆞᄫᅡ 萬歲ᄅᆞᆯ 브르ᅀᆞᄫᆞ니

優曇鉢羅ㅣ 부텨 나샤믈 나토아 숲고지 퍼디ᅀᆞᄫᆞ니

其二十六

祥瑞도 하시며 光明도 하시나 ᄀᆞᆺ 업스실ᄊᆡ 오ᄂᆞᆯ 몯 ᄉᆞᆲᄫᅬ

天龍도 해 모ᄃᆞ며 人鬼도 하나 數 업슬ᄊᆡ 오ᄂᆞᆯ 몯 ᄉᆞᆲᄫᅬ

그 나래 諸釋이 모다 五百 아ᄃᆞᆯ 나ᄒᆞ며

諸釋은 여러 釋姓엣 사ᄅᆞᆷᄃᆞᆯ히라

象과 ᄆᆞᆯ왜 힌 삿기ᄅᆞᆯ 나ᄒᆞ며 쇼와 羊괘 五色 삿기ᄅᆞᆯ 五百곰 나ᄒᆞ며 ᄯᅡ해 무텻던 보ᄇᆡ 절로 나며 五千 靑衣 五千 力士ᄅᆞᆯ 나ᄒᆞ며 녀느 나랏 王이 ᄒᆞᆫ 날 다 아ᄃᆞᆯ 나ᄒᆞ며 海中엣 五百 ᄒᆞᆼ졍바지 보ᄇᆡ 어더와 바티ᅀᆞᄫᆞ며

海ᄂᆞᆫ 바ᄅᆞ리라

梵志며

志ᄂᆞᆫ ᄠᅳ디라 梵志ᄂᆞᆫ 조ᄒᆞᆫ ᄠᅳ디라 ᄒᆞᆫ 마리니 梵志ᄂᆞᆫ 婆羅門이니 各別ᄒᆞᆫ 글왈 두고 지븨 잇거나 出家커나 제 道理 올호라 ᄒᆞ야 ᄂᆞᆷ 업시우는 사ᄅᆞ미라 저희 닐오ᄃᆡ 梵天의 이ᄇᆞ로셔 나라 ᄒᆞ고 梵天ㅅ 法을 비홀ᄊᆡ 梵志라 ᄒᆞᄂᆞ니 梵志ᄅᆞᆯ 外道ㅣ라 ᄒᆞᄂᆞ니라

相師ㅣ 모다 萬歲ᄒᆞᅀᆞ쇼셔 브르ᅀᆞᄫᆞ며

師ᄂᆞᆫ 스스이니 아못 일도 잘ᄒᆞᄂᆞᆫ 사ᄅᆞᄆᆞᆯ 師ㅣ라 ᄒᆞᄂᆞ니 相師ᄂᆞᆫ 相 잘 보ᄂᆞᆫ 사ᄅᆞ미라

國中엣 八萬四千長者ㅣ 다 아ᄃᆞᆯ 나ᄒᆞ며

25장 범지외도가 부처의 덕을 아시고 만세를 부르셨습니다

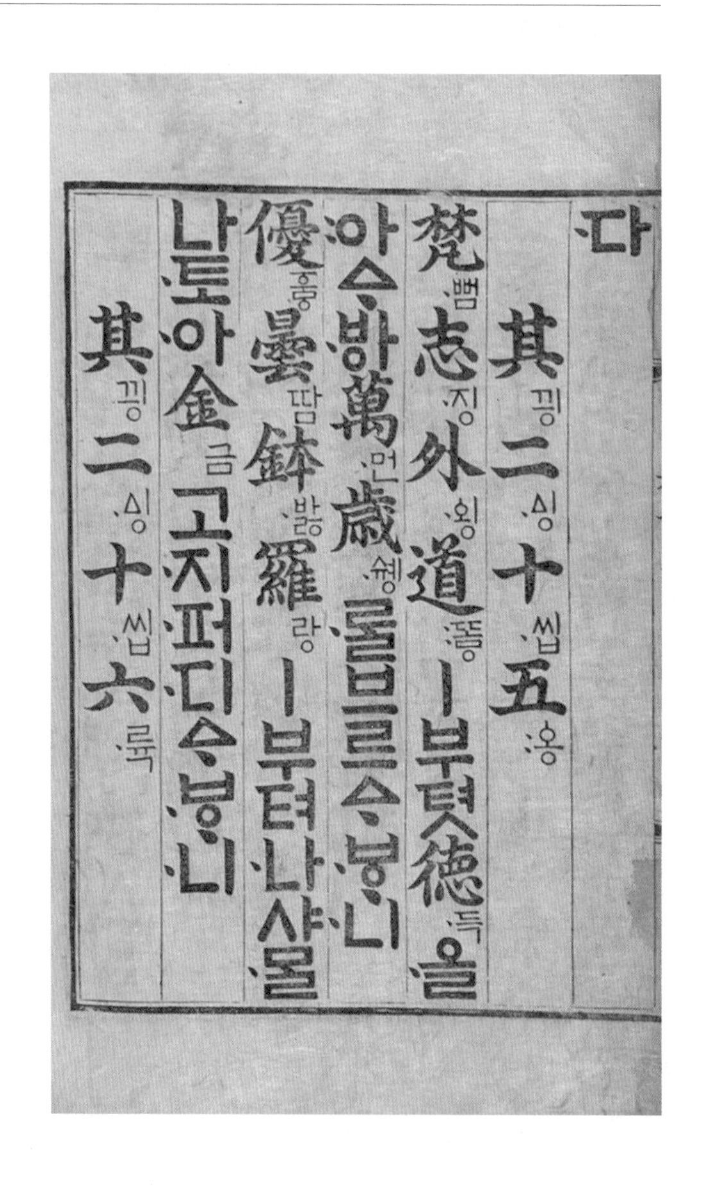
다
其끵二싱十씹五옹
梵뻠志징外욍道똠ㅣ 부텻德득을
아ᅀᆞᄫᅡ 萬먼歲쉥ᄅᆞᆯ 브르ᅀᆞᄫᆞ니
優흫曇땀鉢밣羅랑ㅣ 부텨 나샤ᄆᆞᆯ
나토아 金금고지 펴디ᅀᆞᄫᆞ니
其끵二싱十씹六륙

24장 (석가모니 태어나실 때) 말 건특이도 태어났습니다

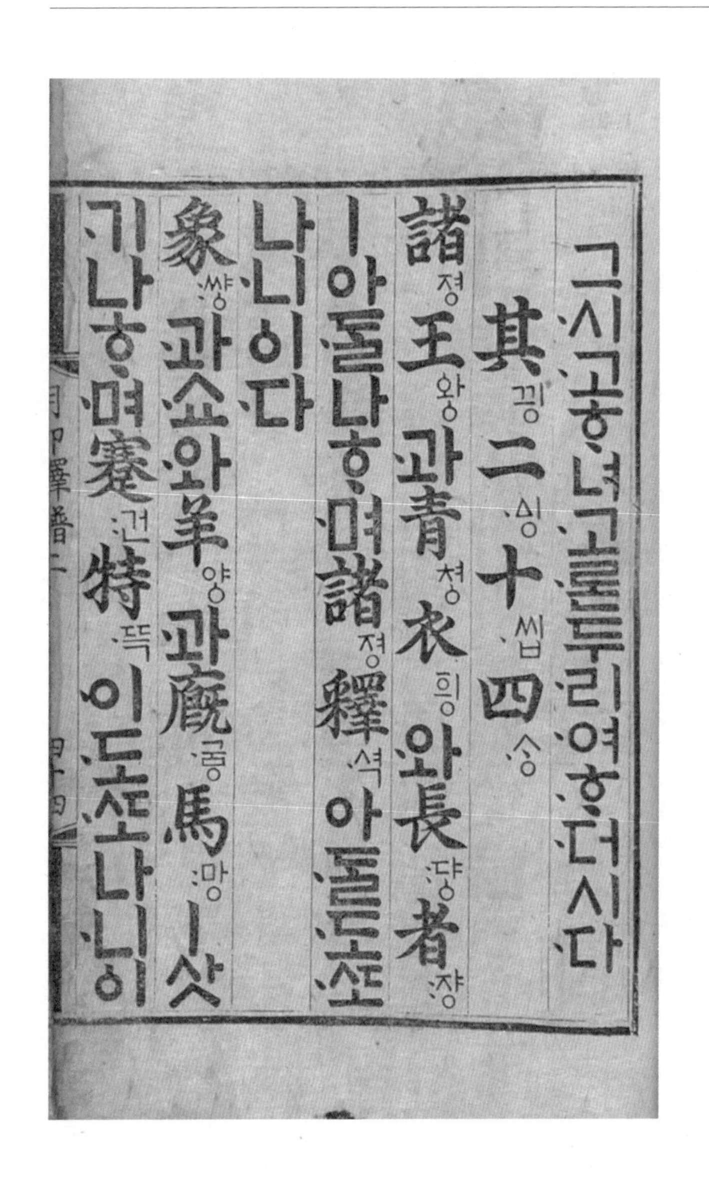
그시고ᄒᆞ녀고ᄅᆞᆯ두리여ᄒᆞ더시다
其끵二ᅀᅵᆼ十씹四ᄉᆞᆼ
諸졍王왕과靑쳥衣힁와長댱者쟝
ㅣ아ᄃᆞᆯ나ᄒᆞ며諸졍釋셕아ᄃᆞᆯ요
나니이다
象썅과쇼와羊양과廐귷馬망ㅣ삿
기나ᄒᆞ며蹇건特ᄠᅳᆨ이ᄯᅩ나니ᅌᅵ

國中은 나랏 가온ᄃᆡ니 나랏 內ᄅᆞᆯ 다 니ᄅᆞ니라

馬廐엣 八萬四千 ᄆᆞ리 삿기ᄅᆞᆯ 나ᄒᆞ니

馬廐ᄂᆞᆫ 오ᄒᆡ야이라

ᄒᆞ나히 ᄠᆞ로 달아 비치 오ᄋᆞ로 ᄒᆡ오 갈기 다 구스리 ᄢᅦ여 잇더니 일후미 蹇特이라 이ᄲᅮᆫ 아니라 녀나ᄆᆞᆫ 祥瑞도 하며 香山애 金ㅅ 비쳇 優曇鉢羅花ㅣ 프니라

優曇鉢羅ᄂᆞᆫ 祥瑞라 ᄒᆞᆫ ᄠᅳ디니 閻浮提內예 ᄆᆞᆺ 尊ᄒᆞᆫ 남기 優曇鉢이니 샹녜 곳 아니 펴 여름 여다가 金ㅅ 비쳇 고지 프면 부톄 나시ᄂᆞ니라 <月釋2:47ㄱ>

–

이십사장

여러 왕(諸王)과 청의, 장자(長者)가 아들을 낳으며

여러 석씨(諸釋)의 아들도 또 태어나니이다

코끼리와 소, 양, 마굿간의 말(廏馬)이 새끼를 낳고

태자의 말 건특(蹇特)이도 또 태어나니이다

아기태자가 태어난 날은 동시에 많은 아들들이 태어난다. 여러 왕들의 왕자, 청의의 아들, 장자의 아들, 같은 석가씨족의 아들 등 아기 태자를 위호할 왕족부터 시중드는 여러 신분의 또래 집단이 태어나는 것이다. 뿐만 아니라 살아가는데 필요한 여러 종류의 동물들도 태어나는데 같은 날 태자의 애마가 될 '건특이'도 태어났다는 것이다. 여기에는 나와 있지 않지만 건특이의 마부 차닉도 태자와 같은 날 태어났다.

이십오장

범지 외도(梵志外道)가 부처의 덕을 알아보고 만세를 부르시니

우담발라(優曇鉢羅)꽃이 부처께서 태어나심을 나타내 금(金)으로 된 꽃이 피어나니

브라만이라 부르는 범지는 불교의 관점에서 보면 외도이지만 그들도 아기태자의 덕을 알아보고 만세를 부르며 찬탄하고, 상서를 나타내는 우담발화까지 금빛으로 피어나 아기태자의 탄생을 축하한다.

'우담바라(優曇波羅)·우담발라화(優曇跋羅華)'로도 부르는 이 꽃은 여래(如來)나 전륜성왕(轉輪聖王)이 나타날 때만 핀다는 상상의 꽃이다. 인도 전설에서 이 꽃은 싹이 터서 1천년, 봉오리로 1천년, 피어서 1천년, 합이 3천년 만에 한 번씩 꽃이 핀다고 하여 매우 희귀함을 강조하고 있다.

여래의 묘음(妙音)을 듣는 것은 이 꽃을 보는 것과 같고, 여래의 32상을 보는 것은 이 꽃을 보는 것보다 백만년이나 어렵다고 했다. 여래의 지혜는 우담발화가 때가 되어야 피는 것처럼 작은 지혜로는 알 수 없고 깨달음의 깊이가 있어야 알 수 있다고 한다.

이십육장

상서(祥瑞)도 많으시며 광명도 많으시나 가이 없으시므로

오늘 이루 다 사뢰지 못하나이다

천룡(天龍)도 많이 모이며 인간과 귀신(人鬼)도 많으나

헤아릴 수 없으므로 오늘 이루 다 사뢰지 못하나이다

그밖에 상서로운 일이 많기도 많고 특별한 상징인 광명이 헤아릴 수 없이 비쳤지만 이루 다 말할 수 없을 만큼 많아 오늘 하루에 표현하기는 불가능하고, 하늘신과 바다신 용신, 인간과 귀신들까지 모두 모여 찬탄하였지만 수없이 많아 오늘 하루에 다 표현하기는 불가능하다는 것이다.

아기부처 탄생에 이렇게 많은 상서와 이 세상 수많은 유정무정이 모여 축하를 하였다는 것이 요지이다.

여기까지가 24장부터 26장의 '월인천강지곡'에 대한 짧은 해석이라면 '석보상절'에서는 이 석장의 내용에 대하여 다음과 같이 풀이하고 있다.

아기 태자가 태어나신 그날에 여러 석씨 성을 가진 사람들이 모두 오백 명의 아들을 낳았다. 코끼리와 말이 많은 새끼를 낳고 소와 양이 오색(五色)의 새끼를 오백 마리씩 낳았다. 땅속에 묻혀있던 보배가 저절로 나오며 오천 명의 청의(青衣)가 오천 명의 역사(力士)를 낳으며 다른 나라의 왕이 같은 날 모두 아들을 낳았다.
오백 명의 장사꾼이 바닷 속(海中)의 보배를 얻어와 바치고 범지(梵志)며 관상가(相師)가 모두 '만세를 누리소서'를 외쳤다.

석보상절 부분에서 필자가 약간 달리 풀이한 부분이 있다. '海中엣 五百 흥졍바지 보ᄇᆡ 어더와 바티ᅀᆞᄫᆞ며'를 '오백명의 장사꾼이 바닷 속

(海中)의 보배를 얻어와 바치옵고'라 번역한 것이다. 직역하면 '바닷 속 장사아치들이 보배를 얻어와서 바치오며'라 해야 한다. 아마도 바다의 보배를 취급하는 장사꾼들일 것이다. 산호나 진주같은 보석들이 얼핏 생각나는데 당시의 바닷 속 보배로 여겼던 것들이 구체적으로 무엇인지는 나와 있지 않다. 『대장일람집』 1권에는 또 여러 대상인들이 보배를 캐어 돌아왔다(又諸大商採寶俱還)로 표현되고 있다.

여기서 범지(梵志)의 지(志)는 '뜻'이라는 의미인데 범지는 '깨끗한 뜻'이라 하는 말이니 바라문(婆羅門)을 의미한다. 각별(各別)한 책을 가지고 집에 있거나 출가(出家)하거나 자기의 도리를 옳다고 여겨 남을 업신여기는 사람이다. 저희끼리 말하기를 범천(梵天)의 입에서 태어나 범천의 법(法)을 배우므로 범지(梵志)라 한다고 하는데 불교에서는 외도(外道)라고 한다.
상사(相師)의 사(師)는 스승이니 무슨 일이라도 잘하는 사람을 사(師)라고 한다. 상사(相師)는 관상을 잘 보는 사람이다.

나라 안(國中)의 팔만사천 명의 장자가 다 아들을 낳았다. 국중(國中)은 나라의 가운데이니 나라 안을 다 이르는 것이다.
외양간인 마구(馬廏)에서는 팔만사천 마리의 새끼를 낳았다.
한 마리가 따로이 달라 색깔이 완전히 흰빛이고 갈기에 다 구슬이 꿰어져 있었는데 이름이 건특(蹇特)이다.

아기 부처가 태어나 인구가 늘고 그에 맞춰 그들이 탈 망아지도 늘어난다. 한 날에 팔만사천명의 아들이 태어난다면 기실 장가들 딸들도 그만큼 필요하지 않을까. 그리고 팔만사천마리의 말 중에서 태자의 애마 건특이도 태어난다. 당연히 마부도 그만큼 태어나야 한다. 부처가 이 세상에 태어나기 위하여 세상의 모든 것들이 받쳐줘야 하는 것이다. 새로운 세계가 탄생하는 것이다.

> **이뿐만 아니라 다른 상서(祥瑞)도 많으며 향산(香山)에 금빛의 우담발라꽃(優曇鉢羅花)이 피었다.**
> **우담발라(優曇鉢羅)는 상서(祥瑞)라 하는 뜻이니 염부제(閻浮提) 안에 가장 존귀한 나무가 우담발(優曇鉢)이다. 항상 꽃이 피지 않고 열매가 열리다가 금빛의 꽃이 피면 부처가 태어나시는 것이다.**

'향산'은 '남염부제의 중심인 설산(雪山)'을 뜻한다고 한다. 우담발라의 뜻이 '상서(祥瑞)'인 것도 이번에 처음 알았다.

이렇게 월인석보를 번역하다 보면 가외의 소득이 많다. 그러나 허를 찌르는 상식의 파괴와 우리가 그동안 쉽게 생각한 용어 앞에서 쩔쩔매게 하는 구석도 적지 않다. 어찌 보면 비문(非文)처럼 보이는 '바닷 속의 오백명의 홍정바지'같은 문장은 웬지 내가 바로잡은 것만 같아 이글의 저자 세조에게 '어때요' 하며 슬쩍 눈 찡긋해 보이고 싶은 기분이 들기도 한다.

이렇게 꼭 560년전의 저자와 주거니 받거니 대화를 나누는 기분을 직접 읽지 않으면 모르실 것이다. 이 생에 이 기회에 '월인석보 정독'에 도전해 보시기를 바란다.

천상천하 유아독존을 외치는 탄생불

○

석가모니 태어나실 때 중국에서 일어난 상서들

●

2020년 새해 벽두부터 전 세계적으로 큰 우환이 중국 우한으로부터 시작되었다. 마침 이 글은 당시 부처님의 나라 인도 성지 순례를 하는 중에 쓰게 되었다. 석굴암의 원형처럼 보이는 엘로라, 아잔타의 불가사의한 수많은 석굴 부처님의 감응으로부터 불교 8대성지에서 기도하고 동참한 스물여섯 분의 도반들이 기원하는 부처님의 명훈 가피력으로 부디 이 재앙이 소멸되기를 발원하였다. 그런데 현재 2021년에도 네 번째 대유행이 진행 중이다. 이제 10년이 갈거라는 둥 더불어 살아야 한다는 둥 거의 만연화에 사람들이 지쳐가고 있다. 그러나 나는 곧 소멸되리라 믿는다. 제행은 무상이다. 모든 것이 고정불변하지 않기 때문이다.

지난 이야기에서는 석가모니 태어나시던 날 인도에서 일어난 상서를 이야기하였다. 이번에는 중국에서 일어난 상서를 들어 볼 차례이다.

중국 주나라 소왕 때 태어난 석가모니

其二十七

周昭王 嘉瑞ᄅᆞᆯ 蘇由ㅣ 아라 ᄉᆞᆯ바ᄂᆞᆯ 南郊애 돌ᄒᆞᆯ 무드시니

嘉瑞ᄂᆞᆫ 아ᄅᆞᆷ다ᄫᆞᆫ 祥瑞라

漢明帝ㅅ 吉夢ᄋᆞᆯ 傅毅 아라 ᄉᆞᆯ바ᄂᆞᆯ 西天에 使者 보내시니

吉夢은 吉慶엣 ᄭᅮ미라

其二十八

여윈 못 가온ᄃᆡ 몸 커 그우닐 龍ᄋᆞᆯ 현맛 벌에 비늘을 ᄲᆡ라뇨

五色雲ㅅ 가온ᄃᆡ 瑞相 뵈시ᄂᆞᆫ 如來ㅅ긔 현맛 衆生이 머리 좇ᄉᆞ바뇨

\-

이십칠장

주나라 소왕(周昭王 24년 갑인 B.C 1027)께 아름다운 상서를
신하 소유(蘇由)가 알고 아뢰거늘 남교(南郊)에 돌을 묻으시니
한나라 명제(漢明帝)의 길몽을 부의(傅毅)가 알고 아뢰거늘
인도(西天)에 사자(使者)를 보내시니

이십팔장

마른 연못 가운데 몸이 커서 뒹구는 용(龍)을 얼마나 많은 벌레가

그때 중국(東土)에는 주나라 소왕이 즉위해 계시더니

29장 세존께서 태어나심을 아시옵고 용이 몸을 솟구쳐 뵈오니

그 비늘을 빨아대는가

오색 구름 가운데 상서(瑞相) 보이시는 여래께 얼마나 많은 중생이

머리를 조아리는가

其二十九

世尊 오샤ᄆᆞᆯ 아ᅀᆞᆸ고 소사 뵈ᅀᆞᄫᆞ니 녯 ᄠᅳ들 고티라 ᄒᆞ시니

世尊ㅅ 말ᄋᆞᆯ 듣ᄌᆞᆸ고 도라보아 ᄒᆞ니 제 몸이 고텨 ᄃᆞ외니

<月釋2:48ㄴ>

-

이십구장

세존께서 태어나심을 아시옵고 용이 몸을 솟구쳐 뵈오니

옛 뜻을 고치라 하시니

세존의 말을 듣자옵고 돌이켜 보고 그대로 하니

제 몸이 고쳐지게 되오니

그저긔 東土앤 周昭王이 셔엣더시니 四月ㅅ 八日에 ᄀᆞᄅᆞᆷ과 우믌 므리 다 넚디고 뫼히며 宮殿이며 드러치고 常例ㅅ 벼리 아니 돋고 五色 光이 太微宮의 ᄢᅦ오

太微宮은 션븨 그레 하ᄂᆞᆯ 皇帝ㅅ 南녁 宮 일후미라

西方이 고ᄅᆞᆫ 靑紅色이어늘 昭王이 群臣ᄃᆞ려 무르신대

群臣ᄋᆞᆫ 물 臣下ㅣ라

太史蘇由ㅣ ᄉᆞᆯᄫᅩᄃᆡ

太史ᄂᆞᆫ 書雲觀 ᄀᆞᄐᆞᆫ 벼스리라

西方애 聖人이 나시노소니 이 後로 千年이면

千年은 즈믄 ᄒᆡ라

그 法이 이에 나오리로소이다<月釋2:49ㄴ>

王이 돌해 刻ᄒᆡ샤

刻ᄋᆞᆫ 사길씨라

南郊애 무더두라 ᄒᆞ시다

南郊ᄂᆞᆫ 南녁 城門 밧기니 하ᄂᆞᆯ 祭ᄒᆞᄂᆞᆫ 짜히라

\-

석가모니 태어나신 그때 중국(東土)에는 주나라 소왕이 즉위해 계시더니사월 팔일에 강과 우물물이 다 넘치고 산이며 궁전이 다 진동하고 평소에 뜨는 별이 뜨지 않고 오색의 빛이 태미궁(太微宮)을 꿰뚫고 서쪽이 골고루 청홍색을 띠고 있거늘 왕이 많은 신하에게 물었다. 그러자 태사 소유가 아뢰었다.

'서방에 성인이 태어나시었으니 지금부터 천년이 지나면 그 가르침이 이 땅에 들어올 것입니다.'

'태미궁'은 선비의 글에 하늘 황제의 남쪽 궁궐 이름이라 한다. '군신(群臣)'은 뭇 무리의 신하이고 '태사(太史)'는 서운관(書雲觀)같은 벼슬이다. '천년'은 즈믄 해이다.

주나라 소왕이 돌에 그 사실을 새겨서 남쪽 성문 밖 하늘에 제사지내는 땅 남교(南郊)에 묻어두라 하셨다.

석가모니의 중국(진단국) 교화는 후한 명제 영평 3년

後에 一千 여든닐굽 ᄒᆡᆺ자히

東土론 後漢 明帝 永平 세찻 ᄒᆡ 庚申이니 後漢ᄋᆞᆫ 代ㅅ 일후미라 永平은 ᄒᆡᆺ

일후미라 ᄒᆡᄅᆞᆯ 일훔 아니 지ᄒᆞ면 後ㅅ 사ᄅᆞ미 혜요ᄃᆡ 섯그릴씨 일훔 짇ᄂᆞ니라

부톄 이 震旦國 衆生이 因緣이 니근 ᄃᆞᆯ 아ᄅᆞ시고 敎化ᄒᆞ리라 나오시니

震ᄋᆞᆫ 東方이오 旦ᄋᆞᆫ 아ᄎᆞ미니 ᄒᆡ 東녀긔 이시면 아ᄎᆞ미오 西ㅅ녀긔 가면 나

조ᄒᆡᆯ씨 東녀글 아ᄎᆞ미라 ᄒᆞᄂᆞ니라 西天에셔 中國이 東녀길씨 震旦이라 ᄒᆞ

ᄂᆞ니라

–

그 이후 1087년째 해에 부처께서 이 중국(震旦國)의 인연이 익은 것을 아시고 교화하러 나오셨다.

월인석보 세주에서 말하는 중국에 대한 설명과 진단국이라 부르는 유래를 알아보자.

중국은 천여년이 지난 그때가 후한 명제 영평 3년 경신(庚申)이니 후한(後漢)은 대(代)의 이름이요, 영평(永平)은 해의 이름이라고 하였다. 해를 이름짓지 않으면 후대의 사람이 헤아릴 때 혼동되므로 이름을 짓는 것이다.
진단국의 진(震)은 동쪽이요 단(旦)은 아침이니 해가 동쪽에 있으면 아침이요 서쪽에 있으면 저녁이니 동쪽을 아침이라 한다.

인도에서 중국이 동쪽에 있으므로 진단(震旦)이라 하는 것이라고 풀이하고 있다.

우리나라의 별칭 '진단'이 '동방'이라는 의미로 인도에서는 중국이 동쪽이고 중국에서는 한국이 동쪽이라 상대적인 개념임을 알게 되었다. 좀더 찾아보니 동방에 단군의 나라라는 뜻으로 진단(震壇), 진국(震國), 진단(震旦), 진역(震域) 등으로 쓰인다. 진(震)은 『주역』 설괘(說卦)에서 동방(東方)이라고 해석하고 있으며 진방(震方)은 동방을 뜻한다. 인도에서 중국을 진단이라 별칭하기도 하였으나, 중국이나 우리 나라에서는 우리나라의 별칭으로 쓰였다고 한다.

또한 발해는 국호를 '진국(震國)', '진단(震旦)'이라 하였으며, 고려시대에도 '진단' 또는 '진역(震域)'이라는 용어가 우리나라의 별칭으로 쓰였다.

전생의 용이었던 자동제군의 죄업과 석가모니와의 만남

梓潼帝君이 닐오ᄃᆡ

梓潼帝君은 道家애 스믈닐굽찻 天尊이라 道家ᄂᆞᆫ 道士ᄋᆡ 지비니 道士ᄋᆡ 주비ᄅᆞᆯ 道家ㅣ라 ᄒᆞᄂᆞ니라 天尊ᄋᆞᆫ 하ᄂᆞᆯ햇 尊ᄒᆞ신 부니라

내 아래 前生 罪業엣 果報ᄅᆞᆯ 니버 邛池ㅅ 龍이 ᄃᆞ외야

邛ᄋᆞᆫ ᄯᅡᆺ 일후미오 池ᄂᆞᆫ 모시라 中國 西ㅅ녁 ᄀᆞ새 蜀이라 ᄒᆞᆶ ᄀᆞ올히 잇ᄂᆞ니 蜀애셔 邛이 갓가ᄫᆞ니라

기픈 믈 아래 잇다니 여러 ᄒᆡ 닛위여 ᄀᆞᄆᆞ니 모시 ᄒᆞᆰ기 ᄃᆞ외어늘 내 모

미 하 커 수물 꿈기 업서 더ᄫᅳᆫ 벼티 우희 쬐니 ᄉᆞᆯ히 덥고 안히 답깝거늘 비늘 ᄊᆞᅀᅵ마다 효ᄀᆞᆫ 벌에 나아 모ᄆᆞᆯ ᄲᆞᆯ씨 셜ᄫᅥ 受苦ᄒᆞ다니

–

자동제군(梓潼帝君)이 말씀하셨다.

'내가 지난 전생에 죄업의 과보를 지어 공지(邛池)의 용이 되어서 깊은 물 아래에 있었는데 여러 해가 잇달아 가물어 연못이 말라 흙이 되었다. 내 몸이 하도 커서 숨을 구멍이 없어 더운 햇볕을 쪼이니 살갗이 뜨겁고 속이 답답하거늘 비늘 사이마다 작은 벌레가 생겨 몸을 빨아먹으니 서글프고 괴로웠다.

여기에서 월인석보의 주석은 다음과 같다.

자동제군(梓潼帝君)은 도가(道家)의 스물 일곱번째 천존(天尊)이다. 도가(道家)는 도사(道士)의 집이니 도사의 부류를 도가라고 하는 것이다. 천존(天尊)은 하늘의 높으신 분이다.

'공지'의 공(邛)은 땅이름이요 지(池)는 연못이다. 중국 서쪽 경계에 촉(蜀)이라고 하는 고을이 있는데 촉에서 공이 가깝다.

중국에 불교를 교화할 당시 도교가 성행하고 있었음을 알 수 있다. 월인석보에는 '자동제군'이라 표기하고 있어 '자동제군'으로 쓰지만 일반적으로 도교의 우두머리의 '재동제군'이라고 하며 그가 전생에 용이었다가 불교에 교화된 이야기를 하고 있다.

도교에서 공명(功名)과 녹위(祿位)를 주재한다고 여겨 모시는 신이다.

도교에서는 그가 문창부(文昌府)의 일과 인간세상의 벼슬살이를 관장한다고 여겼기 때문에 '문창제군(文昌帝君)'으로 불렸다. 북두칠성의 첫 번째 별부터 네 번째 별 사이에 있는 여섯 별을 신격화한 것이라고 한다.

ᄒᆞᄅᆞᆫ 아ᄎᆞ미 서늘ᄒᆞ고 하ᄂᆞᆳ 光明이 믄득 번ᄒᆞ거늘 보니 五色 구루미 虛空ᄋᆞ로 디나가거ᄂᆞᆯ 그 가온ᄃᆡ 瑞相이 겨시더니

瑞相ᄋᆞᆫ 祥瑞옛 相이라

감ᄑᆞᄅᆞᆫ 마리 모ᄅᆞ샤ᄃᆡ 鈿螺ㅅ 비치시고

鈿螺ᄂᆞᆫ 그르세 ᄭᆞ미ᄂᆞᆫ 빗난 조개라

金色 모야히 ᄃᆞᆳ 光 이러시다 뫼햇 神靈이며 므렛 神靈이며 萬萬衆生ᄃᆞᆯ히 머리 좃ᄉᆞᆸ고 기ᄊᆞ바 讚歎ᄒᆞᅀᆞᄫᆞᆫ 소리 天地 드러치며 하ᄂᆞᆳ 香이 섯버므러 곧곧마다 ᄇᆞᆷ비치 나더라

나도 머릴 울워러 셜ᄫᅳ이다 救ᄒᆞ쇼셔 비ᅀᆞᄫᆞ니 <月釋2:52ㄱ>

–

하루는 아침이 서늘하고 하늘의 광명이 문득 훤하거늘 바라보니 오색구름이 허공으로 지나가거늘 그 가운데 상서로운 모습이 계셨다.
검푸른 머리를 '나발처럼 모으시되' 나전(**鈿螺**)의 빛이시고 금색의 모양이 달님의 빛이셨다. 산의 신령이며 물의 신령과 수많은 중생들이 머리 조아리고 기뻐하며 찬탄하는 소리가 천지에 진동하고 하늘의 향기가 섞이고 버무려져 곳곳마다 봄빛이 생겨났다.
나도 머리를 우러러 "괴롭습니다. 구해주십시오."하고 빌었다.
서상(**瑞相**)은 상서로운 모습(**相**)이요, 전나(**鈿螺**)는 그릇을 꾸미는

빛이 나는 조개이다.

검푸른 머리를 나발처럼 '모으시되'는 나의 해석이다. 허웅선생의 역주 월인석보에는 뜻이 분명치 않다고 나와 있으나 석가모니의 머리카락이 동글동글하게 모인 것을 형상화한 것으로 해석하였다. '나전칠기'로 사용하는 전복의 모양처럼 동그란 모양의 머리를 연상한 것이다.

수많은 신령과 여러 성인이 부처 중국 교화를 말하다

萬靈諸聖이 다 날ᄃᆞ려 니ᄅᆞ샤ᄃᆡ

▲ 동글동글한 머리카락이 나발. 보르부두르사원

석굴암 부처의 나발 ▶

萬靈은 萬萬神靈이오 諸聖은 여러 聖人이니 如來 뫼ᄉᆞ바 가시ᄂᆞᆫ 聖人내라

이 西方 大聖 正覺 世尊 釋迦文佛이시니

大聖은 큰 聖人이라 文은 ᄂᆞᆷ 어엿삐 너기시ᄂᆞ다 ᄒᆞᆫ ᄠᅳ디라

이제 教法이 東土애 펴디릴씨

教法은 衆生 教化ᄒᆞ시ᄂᆞᆫ 法이라

化身이 東土로 가시ᄂᆞ니라

부텻 모ᄆᆞᆯ 세 가지로 ᄉᆞᆲᄂᆞ니 清淨法身 毗盧遮那와 圓滿報身 盧舍那와 千百億化身 釋迦牟尼시니라

–

수많은 신령과 여러 성인들이 모두 나에게 말씀하셨다.
'이분이 서방(西方) 대성정각(大聖正覺) 세존(世尊) 석가문불(釋迦文佛)이시니 이제 교법(教法)이 중국에 펼쳐질 것이므로 석가모니 부처의 화신(化身)이 중국으로 가시느니라.'

본문의 어려운 용어에 대하여 월인석보 세주 '사전'에서는 이렇게 풀이하고 있다.

만령(萬靈)은 만만신령(萬萬神靈)이요, 제성(諸聖)은 여러 성인이니 여래를 모시고 가는 성인들이다. 대성(大聖)은 큰 성인이요, 석가문의 문(文)은 다른 이를 가엾이 여기신다는 뜻이다. 교법(教法)은 중생을 교화하시는 법이다.

그리고 '화신'에 대한 설명을 하기 위해 월인석보 특유의 깊고 자세한 풀이가 시작된다.

부처의 몸을 세 가지로 말씀하는데 청정법신 비로자나(清淨法身毗盧遮那)와 원만보신 노사나(圓滿報身盧舍那), 천백억화신 석가모니(千百億化身 釋迦牟尼)이시다.

'비로자나'의 의미

毗盧遮那ᄂᆞᆫ 一切 고대 ᄀᆞᄃᆞᆨ다 ᄒᆞᄂᆞᆫ 마리니 眞實ㅅ 性ㅅ 根源이 ᄆᆞᆰᄀᆞ며 괴외ᄒᆞ야 혜아룜과 일훔괘 업서 虛空ᄀᆞ티 뷔여 믈읫 보ᄂᆞᆫ 얼구리 ᄭᅮ멧 얼굴 ᄀᆞᆮᄒᆞ며 듣ᄂᆞᆫ 소리 뫼ᅀᅡ리 ᄀᆞᆮᄒᆞ야 이슘과 업숨괘 다ᄅᆞ디 아니ᄒᆞᆯ씨 煩惱ㅅ 根源도 조ᄒᆞ야 眞實ㅅ 功德이 ᄀᆞ자 一切法이 ᄒᆞᆫ가진 佛性이니 이 衆生마다 뒷ᄂᆞᆫ 제 性이니 일훔도 업건마ᄅᆞᆫ 구쳐 法身이라 ᄒᆞ니라

圓은 두려ᄫᅳᆯ씨오 滿은 ᄀᆞᄃᆞᆨᄒᆞᆯ씨니 여러 구즌 이리 다 업서 德이 다 ᄀᆞᄌᆞ실씨 圓滿이라 ᄒᆞ니라

–

'비로자나'는 일체의 모든 곳에 가득하다 하는 말이니 진실한 성품(性)의 근원이 맑고 고요하여 알음알이와 이름이 없고 허공과 같이 비어서 모든 보는 형상이 꿈속의 형상과 같고 듣는 소리는 메아리와 같아서 있음과 없음이 다르지 아니한 것이다.
그러므로 번뇌의 근원도 깨끗하여 진실한 공덕이 갖추어져 모든 법

(一切法)이 한 가지인 불성(佛性)이니 이것이 중생마다 가지고 있는 자기의 본성이다. 이름도 없는 것이지만 구태여 법신이라 하는 것이다.

좀 더 자세하게 부처의 세 가지 이름을 월인석보 세주는 설명하고 있다.

원(圓)은 둥글고 원만한 것이요 만(滿)은 가득하다는 것이니 여러 가지 궂은 일이 다 없어지고 덕(德)이 두루 갖추어지므로 원만(圓滿)이라 한다.

우리는 흔히 '성격이 원만하고'라는 말을 한다. 여러 궂은 일이 다 없어진 상태 그리고 덕이 갖추어진 사람이어야 쓸 수 있는 말이었다. 이렇게 되고자 노력하는 인간이 되라고 축원하는 의미일까. 이생에서 이러한 완전한 인품을 가진 자는 부처일 뿐이다. 우리 모두 부처의 씨앗이 우리 안에 들어 있으니 언젠가는 원만해 질 수 있으리라는 희망을 품자.

보신 노사나의 의미

報身ᄋᆞᆫ 부톄 ᄀᆞ장 貴ᄒᆞᆫ 因緣으로 至極 즐거ᄫᅳᆫ 果報ᄅᆞᆯ 타나샤 自得히 便安ᄒᆞ실씨라

盧舍那ᄂᆞᆫ 光明이 차 비취다 ᄒᆞᆫ 마리니 智慧ㅅ 光明이 안ᄒᆞ로 眞實ㅅ 法界ᄅᆞᆯ 비취샤 ᄌᆞ개 受用ᄒᆞ시고 모ᄆᆡᆺ 光明이 밧ᄀᆞ로 菩薩ᄋᆞᆯ 비취샤 ᄂᆞ미 受用ᄒᆞᆯ

씨니 受用은 바다 ᄡᅳ다 ᄒᆞᆫ ᄠᅳ디라 ᄌᆞ개 受用ᄒᆞ샤ᄆᆞᆫ 如來無數劫에 그지 업슨 福德을 닷ᄀᆞ샤 ᄀᆞᆺ 업슨 功德을 니르와ᄃᆞ샤 조ᄒᆞ미 샹녜 色身에 ᄀᆞᄃᆞᆨᄒᆞ며 ᄆᆞᆯ고미 未來예 니ᅀᅥ 너브며 큰 法樂ᄋᆞᆯ 샹녜 受用ᄒᆞ샤미오 ᄂᆞ미 受用호ᄆᆞᆫ 妙淨功德身ᄋᆞᆯ 뵈샤 三十二相 八十種好ㅣ ᄀᆞᄌᆞ샤 섯근 것 업슨 조ᄒᆞᆫ 나라해 겨샤 十地菩薩ᄋᆞᆯ 爲ᄒᆞ샤 큰 神通ᄋᆞᆯ 나토샤 正法으로 모ᄃᆞᆫ 疑心ᄋᆞᆯ 決斷ᄒᆞ샤 大乘法樂ᄋᆞᆯ 受用케 ᄒᆞ실씨라

神은 神奇ᄒᆞ야 사ᄅᆞᆷ 모ᄅᆞᆯ씨오 通은 智慧 ᄉᆞᄆᆞ차 마ᄀᆞᆫ ᄃᆡ 업슬씨라

\-

보신(報身)은 부처께서 가장 귀한 인연으로 지극하게 즐거운 과보를 타고 나시어 자득(自得)하여 편안하신 것이다.

노사나는 광명이 가득차서 비추다 하는 말이니 지혜의 광명이 안으로 진실한 법계를 비추어 자기가 스스로 수용하시고 몸의 광명이 밖으로 보살을 비추어 다른 사람이 수용하는 것이다. 수용(受用)은 받아서 쓰다 하는 뜻이다.

자기가 수용하는 것은 여래가 무수한 겁 동안에 그지없는 복덕을 닦으셔서 가없는 공덕을 일으켜 깨끗함이 항상 색신(色身)에 가득하며 맑음이 미래에 이어져 넓고 큰 법락(法樂)을 항상 수용하는 것이다.

남이 수용하는 것은 묘정공덕신(妙淨功德身)을 뵙고 삼십이상 팔십종호를 갖추시어 섞인 것 없는 깨끗한 나라에 계시면서 십지보살을 위해 큰 신통을 나타내셔서 정법으로 모든 의심을 결단하여 대승법락(大乘法樂)을 수용하게 하신다. 신(神)은 신기하여 사람이 모르는 것이요 통(通)은 지혜가 사무쳐 막힌 데가 없는 것이다.

'비로자나'와 '노사나'는 종종 같이 사용하는 부처 이름이다. 노사나불은 바이로차나(Vairocana)의 음역인 비로자나(毗盧遮那)의 다른 이름이다. 비로자나와 노사나 그리고 석가모니를 각각 법신(法身: 진리의 몸)·보신(報身: 깨달은 몸)·응신(應身: 중생을 구제하는 몸)에 해당하는 것으로 보면서도 이 셋을 서로 다른 부처로 보지 않는 천태종의 견해가 일반적으로 받아들여지고 있다.

여기서 '사무치다'라는 표현이 나오는데 '통하다'만으로는 부족한 의미이다. '꿰뚫다, 아주 근원적인 밑바닥까지 미치다', 예를 들면 바다의 해저의 바닥까지 내려가 훑다라는 의미라고 나의 스승인 월운스님이 설명해주셨던 기억이 난다. 그래서 '뼈에 사무치고, 하늘에 사무치고 그리움에 사무친다'는 표현이 생긴 것이다. 뼈를 관통하고 하늘까지 닿을만큼은 잘 모르겠지만 '그리움에 사무쳐 본' 사람은 많을 것이다. 이제는 다시 만날 길 없는 돌아가신 어머니라든가... '사무치다'에 관한 유명한 문구는 훈민정음 서문에 중국과 우리나라가 문자가 서로 '**ᄉᆞᄆᆞᆺ디 아니ᄒᆞᆯᄊᆡ**'에 나오는 '**ᄉᆞᄆᆞᆺ다**'이다. 거기서도 '통하지 아니하므로'라고 번역하였다. 통한다는 것은 사무친다는 것이다. 노사나부처님은 지혜가 사무쳐 막힌 곳이 없는 분이다.

천백억 화신의 의미

千百億은 百億곰 ᄒᆞ니 一千이라 ᄒᆞᆫ 마리니 ᄌᆞ믄 萬이 億이라

一千 蓮ㅅ곶 우희 一千 釋迦ㅣ 겨시고 곶마다 百億 나라히오 나라마다 ᄒᆞᆫ 釋迦ㅣ 나실씨 千百億化身이라 ᄒᆞ니 化身ᄋᆞᆫ 變化로 나신 모미라

곶 우흿 釋迦ᄂᆞᆫ 盧舍那ㅅ 化身이시고 千百億 釋迦ᄂᆞᆫ 化身ㅅ 化身이

閻浮提 菩提樹ㅅ 미틔 ᄒᆞᆫᄢᅴ 成佛ᄒᆞ신 釋迦ㅣ시니라

–

천백억(千百億)은 백억씩 하는 것이 일천 개라 하는 말이다. 만(萬)이 천 개면 억(億)이다.

현대 아리비아 숫자로 치면 10,000,000(천만)을 이 당시에는 '억'이라 불렀다는 것이다. '석보상절'에는 '십만'을 '억'이라고 부르기도 한다.

일천 송이 연꽃 위에 일천 분의 석가(釋迦)가 계시고 그 곳곳마다 백억 나라가 있다. 한 나라마다 석가 한 분이 태어나시므로 천백억 화신(千百億化身)이라 한다.
화신(化身)은 변화로 태어나신 몸이다. 연꽃 위의 석가는 노사나(盧舍那) 화신이시고 천백억 석가는 화신의 화신이 염부제 보리수(閻浮提 菩提樹) 밑에서 함께 성불하신 석가이시다.

법신(法身) 보신(報身) 화신(化身)이 다르지 않다

이 法身 報身 化身이 다ᄅᆞ디 아니ᄒᆞ샤 性ㅅ 根源을 니ᄅᆞ건댄 法身이오 智慧ᄅᆞᆯ 니ᄅᆞ건댄 報身이오 智慧 ᄡᅳ샤ᄆᆞᆯ 니ᄅᆞ건댄 化身이니 智慧 根源 性體와 마자 이셔 큰 ᄡᅳ믈 니ᄅᆞ와ᄃᆞᆯ씨라

眞實ㅅ 法身이 虛空 ᄀᆞᆮᄒᆞ야 本來 얼굴 업건마ᄅᆞᆫ 世間ㅅ 衆生 爲ᄒᆞ샤 조ᄒᆞᆫ 나라히며 더러ᄫᅳᆫ 나라히며 제여곲 氣質ᄋᆞᆯ 조ᄎᆞ샤 化身ᄋᆞᆯ 뵈샤 教化ᄒᆞ샤미 므레 비췬 ᄃᆞᆯ ᄀᆞᆮᄒᆞ시니라

化身이 뵈샤도 根源은 업스샤미 ᄃᆞᆳ 그림제 眞實ㅅ ᄃᆞᆯ 아니로미 ᄀᆞᆮᄒᆞ니라

蓮花ᄂᆞᆫ 더러ᄫᅳᆫ ᄃᆡ 이셔도 더럽디 아니호미 眞實ㅅ 法界世間法의 몯 더러ᄫᅳ믈 가ᄌᆞᆯ비니라

–

이 법신(法身), 보신(報身), 화신(化身)이 다르지 아니하여 성품(性)의 근원을 이르건댄 법신이요 지혜를 이르건댄 보신이요 지혜를 쓰는 것을 이르건댄 화신이다. 지혜(智慧)와 근원(根源), 성체(性體)가 맞아 있어 큰 씀을 일으킨다.

진실한 법신이 허공과 같아서 본래 형색이 없건마는 세간의 중생을 위하여 깨끗한 나라며 더러운 나라 할 것 없이 각각의 기질을 따라서 화신을 나타내 보여 교화하심이 물에 비친 달과 같으신 것이다.

화신으로 나투셔도 근원(根源)은 없으심이 물에 비친 달의 그림자가 진실한 달이 아닌 것과 같다. 연화는 더러운데 있어도 더럽지 아니함이 진실 법계를 세간법이 더럽히지 못함을 비유한 것이다.

비로자나와 노사나, 석가모니불이 서로 역할을 달리 하는 동일한 부처라는 설명을 이렇게 쉽고 명료하게 할 수 있을까. 여기서도 '물에 비친 달 그림자' 월인천강(月印千江)이 묘사되고 있다. '진흙에 물들지 않는 연꽃처럼' 부처는 그러한 분이다.

석가모니 부처께서 태어나신 날이 중국의 주나라 때이고 부처의 법이 일천 년 후인 후한 때에 가서 펼쳐지는 인연에 대하여 이야기하고 있다. 정확한 시간 계산이 중요하다기보다는 인도에서 탄생한 불교가 중국에서 어떻게 상서로 받아들이고 교화되는지의 변화가 의미있는 것이라고 생각한다.

이러한 중국 불교 수용의 바탕 위에서 불교가 우리 나라로 자연스럽게 유입되는 과정을 조곤조곤 설명하는 조선의 세조 할아버지 목소리에 귀를 기울여 보라. 어쩌면 21세기의 후손들을 떠올리며 글을 쓰셨을지도 모를 그 마음을 헤아려 본다. 다음에는 조선의 훈민정음으로 그려낸 부처님의 80종호에 대한 이야기를 해 줄 할아버지의 무릎을 베고 기다려 보자.

열 세번째 이야기

○

석가모니의 팔십종호를 우리 말 훈민정음으로 풀이하면

●

2020년의 봄을 사람들은 어떻게 기억할까. 봄의 향연이 펼쳐졌지만 마치 '안네의 일기' 주인공처럼 밖에 나가지 못하고 창문 밖으로 바라보는 나날들을 연상하게 될 것이다. 부처님 오신 날인 사월초파일 행사도 사상 유례없이 한 달을 늦춰 윤사월 초파일에 치루게 되었다.

1980년 '서울의 봄'이 찾아왔을 때가 떠오른다. 신군부가 다시 득세를 하고 '오월 광주'를 진압하고 대학은 무기한 휴교에 들어갔다. 갓 대학생이 된 나는 내 인생에 그것이 가장 잔인한 봄으로 기억될 것이라 믿었다. 그런데 그 열배 백배가 넘는 소리없고 보이지도 않는 더 무서운 적군이 쳐들어와 2021년에도 전 지구를 위협하는 시절에 우리는 살고 있다.

부디 오늘 차근차근 부처님의 팔십종호를 독송하는 가피로 이 귀에 들리지 않고 눈에 보이지 않는 번뇌가 소멸하기를. 부디 모두 건강하고 무사하기를, 이 시절에 떠나신 모든 영가들이 극락왕생하시기를 빌고 또 빈다.

불자가 아니라도 한번쯤 들어봤을 석가모니의 '32상 80종호'. 여러분은 어떤 상호를 떠올리시는지... 필자는 처음 대학원 다니며 이 글을 접했을 때 여든 가지의 갖가지 구체적인 모습이 신기하기도 하고 이 모든 상호를 다 조합하면 어떤 모습일지 상상하며 혼자 웃었던 기억이 있다.

'월인석보'에 등장하는 조선시대 15세기의 표현으로 묘사한 80종호는 지금의 80종호와는 좀 다른 부분도 있고 무슨 의미인지 잘 와 닿지 않는 것들도 있다. 그리하여 '법화경언해 제2권'과 그 내용을 한문으로 정리한 한문 불교사전 '불광대사전'을 참고하여 세 권을 대조하며 읽어나갔다. 훈민정음 불경 두 권과 한문 경전으로 부처님의 팔십종호를 공부해 나가는 작업이다. 순서가 다르고 조선시대 표현과 21세기식 번역의 과정이 흥미로웠지만 역시 일대일로 맞아 떨어지지 않아서 시간과 공을 들인 만큼 성과가 나지 않았다. 그럼에도 불구하고 이렇게 저렇게 맞춰보는 내내 즐겁고 재미있었다. 수행이자 공부이다. 그러다가 '승천왕반야바라밀경 이행품(勝天王般若波羅蜜經二行品第十四)'과 가장 근사한다는 것을 찾아내었다. 공부하는 큰 기쁨이다.

팔십종호 10번까지: 정수리부터 시작하다

八十種好ᄂᆞᆫ 여든 가짓 됴ᄒᆞ신 相이시니 첫 相ᄋᆞᆫ 머릿 뎡바기ᄅᆞᆯ 보ᅀᆞᄫᆞ리 업스며 둘차힌 뎡바깃 ᄃᆡ고리 구드시며 세차힌 니마히 넙고 平正ᄒᆞ시며 네차힌 눈서비 놉고 기르시고 初生ㅅᄃᆞᆯ ᄀᆞ티 엇우브시고 감ᄑᆞᄅᆞᆫ 瑠璃ㅅ빗 ᄀᆞᄐᆞ시며 다ᄉᆞᆺ차힌 누니 넙고 기르시며 <月釋2:56ㄱ>
여슷차힌 곳ᄆᆞᆯ리 놉고 두렵고 고ᄃᆞ시고 굼기 아니 뵈시며 닐굽차힌 귀 두텁고 넙고 기르시고 귓바회 세시며 여듧차힌 모미 ᄀᆞ장 구드샤미 那羅延 ᄀᆞᄐᆞ시며 那羅延ᄋᆞᆫ 金剛이라 ᄒᆞᆫ 마리라 아홉차힌 모미 구더 허디 아니ᄒᆞ시며 열차힌 모맷 ᄆᆞᄃᆡ 굳고 칙칙ᄒᆞ시며

–

법륜, 만자, 삼보표가 있는 불족적, 2~3세기, 아마라바티 출토, The British Museum, London.

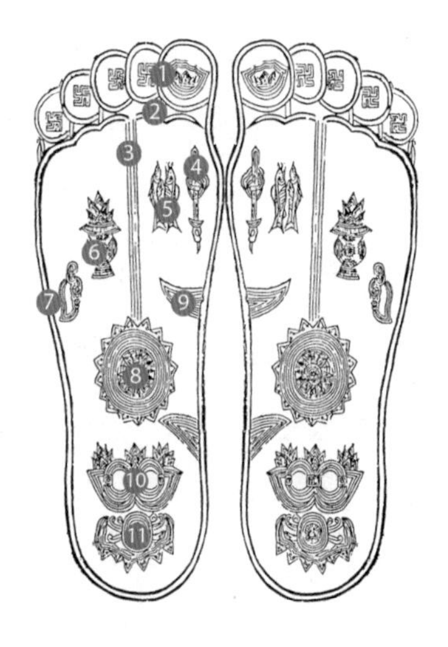

봉은사의 목판에 새간 불족적, 조선, 봉은사 소장 ①만자 ②망만(網輓) ③통신(通身) ④보검(寶劍) ⑤쌍어(雙魚) ⑥화병 ⑦나왕(螺王) ⑧천폭륜 ⑨상아(象牙) ⑩월왕(月王) ⑪범왕정

팔십종호(八十種好)는 부처께서 갖추신 여든 가지의 좋으신 상(相)이시다.

첫 상은 머리의 정수리를 볼 수 있는 이가 없는 것이다 (一 無能見頂)

둘째는 정수리의 머리통이 굳으시다 (二 頂骨堅實)

셋째는 이마가 넓고 평평하며 바르다 (三 額廣平正)

넷째는 눈썹이 높고 길어 초생달처럼 어슷하신데 감파란 유리(瑠璃)의 빛깔 같다 (四 眉高而長 形如初月紺琉璃色)

다섯째는 눈이 넓고 길다 (五 目廣長)

여섯째는 코마루가 높고 둥글며 곧으시고 콧구멍이 보이지 않는다 (六 鼻高圓直而孔不現)

일곱째는 귀가 두텁고 넓고 기시고 귓바퀴는 셋이다 (七 耳厚廣長埵輪成就)

여덟째는 몸이 아주 견고하신데 나라연(那羅延) 같으시다

나라연은 금강(金剛)이라 하는 말이다 (八 身堅實 如那羅延)

아홉째는 몸이 굳어 헌 데가 없으시다 (九 身分不可壞)

열째는 몸의 마디마디가 굳고 촘촘하시다 (十 身節堅密)

'삼십이상'은 발바닥부터 시작하였는데 '팔십종호'는 정수리 머리 끝부터 시작한다. 처음부터 열 번째까지는 머리와 정수리, 눈썹과 눈, 코, 귀, 몸에 대한 이야기이다. 여기까지는 그다지 어렵거나 이해가 되지 않는 표현은 없는 것으로 보인다. 첫번째는 '법화경언해'와 비교하면 66번째로 등장하는 '정상무능견자(頂相無能見者)'에 해당하는데 존귀하신 분이라서 정수리를 범부가 볼 수 없다는 의미이다. 둘째는 '정골견실원만(頂骨堅實圓滿)'으로 정수리뼈가 견고하고 '원만'하다는 표현이 생략되어 있다. 네 번째는 법화경의 두 가지 좋은 상호를 합쳐 놓았다.[1] 아홉 번째에 해당되는 몸이 견고하여 헌 데가 없다는 표현은 법화경 스물다섯 번째에서 '옴과 버짐, 사마귀 같은 허물이 없는 것이라고 구체적으로 설명하고 있다.[2] 월인석보만으로는 도대체 의미가 전달되지 않는 이런 표현을 법화경에서 자세히 풀어놓은 구절을 만날 때 궁금증이 풀리는 희열을 맛보게 된다.

> 열ᄒᆞ나차힌 몸 오ᄋᆞ로 도라보샤미 象이 ᄀᆞᄐᆞ시며 열둘차힌 모매 光明 겨시며 열세차힌 모미 고ᄃᆞ시며 열네차힌 長常애 져머 늙디 아니ᄒᆞ시며 열다ᄉᆞᆺ차힌 양ᄌᆡ 長常 흐웍흐웍ᄒᆞ시며 <月釋2:56ㄴ>
> 열여슷차힌 모ᄆᆞᆯ ᄌᆞ개 이대 가져 ᄃᆞᆫ니샤 ᄂᆞᆷ 기드리디 아니ᄒᆞ시며 열닐굽차힌 모미 주굴위디 아니ᄒᆞ시며 열여ᄃᆞᇑ차힌 아ᄅᆞ샤미 至極ᄒᆞ샤 기튼 배 업스시며 열아홉차힌 擧動이 ᄀᆞᄌᆞ시며 스믈차힌 威嚴과 德괘 먼 ᄃᆡ 다 드러치시며

–

열한째는 몸을 오른쪽으로 완전히 돌려 돌아보시는 모습이 코끼리(象)와 같으시다 (十一 合身迴顧猶如象王)

---

1) 두 눈서비 빗내 次第로 紺琉璃色이 第四十이시고 두 눈서비 노피 나ᄃᆞ시고 빗나시고 축축ᄒᆞ시고 初生ㅅ ᄃᆞᆯ ᄀᆞᆮᄒᆞ샤미 四十一이시고〈法華2:17ㄱ〉

2) 갓과 ᄉᆞᆯ콰 疥癬을 머리 여희시며 [疥癬은 옴 버즈미라] ᄯᅩ 사마괴 혹 트렛 허므리 업스샤미 二十五ㅣ시고〈法華2:16ㄱ〉

3) 龍象王 ᄀᆞ티 몸 오로 조쳐 두르ᅘᅧ샤미 第十一이시고〈法華2:15ㄴ〉ᄀᆞᆮᄒᆞ샤미 四十一이시고〈法華2:17ㄱ〉

열한번째 해석은 '오ᄋᆞ로'가 관건이다. 법화경에서는 '오로'라고 표현한다.[3] 온전하다는 뜻이다. '온전하다'에서 '옳다'로, '옳다'에서 '오른쪽'으로 의미가 파생되어 가는 것을 볼 수 있다. 한문에서는 '오른쪽으로 돌다'(迴顧必皆右旋)로 나타나 있다. 그리하여 부처의 좋은 상은 '몸을 오른쪽으로 완전히 돌려 돌아보시는 모습이 코끼리(象)와 같으시다'로 번역하였다.

열둘째는 몸에 광명이 있으시다 (十二 身有光明)
열셋째는 몸이 곧으시다 (十三 身調直)
열넷째는 항상 젊어 늙지 않으시다 (十四 常少不老)
열다섯째는 모습이 항상 흐웍흐웍(윤택)하시다 (十五 身恒潤澤)

열다섯번째 '흐웍흐웍하다'라는 표현도 오늘에 되살리고 싶은 우리 말이다. 윤택하다라는 뜻인데 뭔가 흐뭇하고 수분감넘치는 느낌이 든다. 나이가 먹는다는 것 늙어간다는 것은 감정이 메마르고 살갗의 윤기도 점점 바래진다는 어감과 상통한다. 사실 계절의 여왕이라고 하는 5월을 예로 들자면 만물이 생동하고 '흐웍흐웍한' 계절이 아닌가.

열여섯째는 몸을 스스로 잘 간수하여 지니시고 남들의 호위를 기다리지 않으신다.〈月釋2:56ㄴ〉 (十六 身自將衛 不待他人)
열일곱째는 몸이 쭈그러지지 않으신다 (十七 身分滿足)
열여덟째는 아는 것이 지극하시어 남은 바가 없으시다 (十八 識滿足)
열아홉째는 거동(擧動)이 갖추어지시다 (十九 容儀具足)

팔십종호(八十種好)는 부처께서 갖추신 여든 가지의 좋으신 상(相)이시다.

서른넷째는 다니실 적에 발바닥 금이 땅에 반드시 박히신다

스무째는 위엄과 덕이 먼 곳까지 다 진동하시다 (二十 威德遠震)

스믈ᄒᆞ나차힌 ᄂᆞᄆᆞᆯ 向ᄒᆞ야 다 委曲히 ᄒᆞ시고 ᄆᆡ야히 아니ᄒᆞ시며 스믈둘차힌 겨신 ᄯᅡ히 便安ᄒᆞ야 바ᄃᆞ랍디 아니ᄒᆞ시며 스믈세차힌 이비 맛가ᄫᆞ샤 크디 아니ᄒᆞ고 기디 아니ᄒᆞ시며 스믈네차힌 ᄂᆞ치 넙고 平ᄒᆞ시며 스믈다ᄉᆞᆺ차힌 ᄂᆞ치 두렵고 조호미 보롮ᄃᆞᆯ ᄀᆞᄐᆞ시며

<月釋2:57ㄱ>

–

스물한째는 남을 향하여 다 굽혀 사정을 잘 들으시고 매정하게 하지 않으시다 (二十一 一切向 不背他)

스물둘째는 계신 곳이 편안하여 위태롭지 않으시다 (二十二 住處安隱 不危動)

스물셋째는 입이 알맞아서 크지 않고 길지 않으시다 (二十三 面門如量)

스물넷째는 얼굴이 넓고 평평하시다 (二十四 面廣而平)

스물다섯째는 얼굴이 둥글고 깨끗함이 보름달 같으시다 (二十五 面圓淨如滿月)

스믈여슷차힌 셩가신 양ᄌᆡ 업스시며 스믈닐굽차힌 擧動ᄒᆞ야 ᄃᆞᆫ니샤미 象 ᄀᆞᄐᆞ시며 스믈여ᄃᆞᆲ차힌 양ᄌᆞᅵ 싁싁ᄒᆞ샤미 獅子ㅣ ᄀᆞᄐᆞ시며 스믈아홉차힌 거름 거루미 곤 ᄀᆞᄐᆞ시며 셜흔차힌 머리 摩陁那ㅅ 여르미 ᄀᆞᄐᆞ시며

–

스물여섯째는 초췌한 모습이 없으시다(二十六 無顦容)

스물 일곱째는 거동하여 다니심이 코끼리 같으시다 (二十七 進止 如象王)

스물여덟째는 모습의 엄숙하심이 사자와 같으시다 (二十八 容儀 如師子王)

스물아홉째는 걸음걸이가 고니와 같으시다 (二十九 行步如鵝王)

서른째는 머리가 마타나(摩陁那)의 열매 같으시다 (三十 頭如摩陁那果)

아직 마타나 열매가 무엇인지 찾지 못하였다. 인도에서 나는 빈랑이나 아편같은 중독성이 있는 식물이고 '악마의 나팔'이라고 불린다는 정도의 설명을 찾았다. 'Datura metel'이라고 불린다. '대방등대집경' 55권에도 '마타나과'가 나온다. 혹시 머리카락이 길고 감파라며 숱이 많고 희지 않은 것을 뜻하는 것일까.

셜흔ᄒᆞ나차힌 몺비치 빗나 됴ᄒᆞ시며 셜흔둘차힌 밠드이 두터ᄫᅳ시며 셜흔세차힌 토비 赤銅葉 ᄀᆞᄐᆞ시며 赤銅葉은 藿葉香이라 셜흔네차힌 ᄃᆞ니싫 저긔 ᄯᅡ해 ᄠᅳ샤ᄃᆡ 밠바닰 그미 ᄯᅡ해 반ᄃᆞ기 바키시며 셜흔다ᄉᆞᆺ차힌 숁가라개 文이 莊嚴ᄒᆞ야 겨시며 셜흔 여슷차힌 숁가락 文이 ᄀᆞᆯ히나시며 셜흔닐굽차힌 숁그미 ᄀᆞᆯ히나고 고ᄃᆞ시며 셜흔여듧차힌 숁그미 기르시며 셜흔아홉차힌 숁그미 굿디 아니ᄒᆞ야 니ᅀᅳ시며 마ᅀᆞᆫ차힌 손바리 ᄩᅳᆮ ᄀᆞᄐᆞ시며 마ᅀᆞᆫᄒᆞ나차힌 손과 발왜 븕고 히샤미 蓮ㅅ 고지 ᄀᆞᄐᆞ시며

–

서른한째는 몸의 빛이 나서 좋으시다 (三十一 身色光悅)

서른둘째는 발등이 두터우시다 (三十二 足趺厚)

서른셋째는 손톱발톱이 적동엽(赤銅葉)과 같으시다

적동엽은 곽엽향(藿葉香)이다 (三十三 爪如赤銅葉)

곽엽향(藿葉香)은 법화경 법사공덕품에 따르면 〈다마라발(多摩羅跋)〉이 나오는데 잎이 콩잎 같고 향기가 좋은 꽃으로, 곽엽향(藿葉香)이라고 한다고 되어 있다. 법화경에는 좀더 구체적으로 설명이 되어 있다. '손톱이 좁고 길며 엷고 촉촉하며 빛나고 깨끗한' 것이 화적동(花赤銅)같다는 것이다.

서른넷째는 다니실 적에 땅에 닿지 않고 뜨지만 발바닥 금이 땅에 반드시 박히신다 (三十四 行時印文現地)

약간 모순되는 표현이다. 부처께서는 허공에 떠서 걸어다니시는데 손금처럼 발금은 땅에 박힌다는 것이다. 지금도 인도 보드가야에는 발자국이 새겨진 돌이 보리수 아래 놓여 있다.

서른다섯째는 손가락에 무늬(文)가 장엄(莊嚴)하여 있으시다 〈月釋 2:57ㄴ〉 (三十五 指文莊嚴)

여기서 '무늬'가 문(文)에서 나왔다는 것을 알 수 있다

서른여섯째는 손가락의 무늬가 갈려서 생기신다 (三十六 指文明了不暗)

서른일곱째는 손금이 갈라져서 생기고 곧으시다 (三十七 手文明直)

서른여덟째는 손금이 길다 (三十八 手文長)

서른아홉째는 손금이 끊어지지 않고 이어진다 (三十九 手文不斷)

서른 여섯 번째 손가락의 지문이 분명하게 난다는 표현을 한문 내용과 대조해야 정확히 알 수 있다.

마흔째는 손발이 뜻과 같으시다 (四十 手足如意)

마흔한째는 손과 발이 붉고 흰 모습이 연꽃과 같으시다 (四十一 手足紅白)

손과 발이 뜻대로 된다는 것은 무슨 뜻일까. 아름답고 자유자재하다는 것일까. 허웅의 역주에는 '뜻 모름'(역주 월인석보 110쪽)이라고 하며 불교사전을 참고하여 비슷하다로 해석한다고 하였다. 법화경에는 '손발이 원만하여 뜻답게 보드랍고 깨끗하며 빛나서 색깔이 연꽃같다고 하였다.[4] 월인석보 마흔 한번째 내용과 합쳐서 설명하고 있다.

4) 손바리 圓滿ᄒᆞ샤 ᄠᅳᆮ다이 보ᄃᆞ라오시고 조ᄒᆞ시고 빗나시고 비치 蓮花 ᄀᆞᆮᄒᆞ샤미 第四ㅣ시고〈法華2:14ㄴ〉

〈월인석보〉의 '팔십종호'에 해당하는 한문 원문이 몇 가지 있는데 '승천왕반야바라밀경(勝天王般若波羅蜜經)'도 해당한다. 〈월인석보〉의 40번째와 41번째의 한문이 일치함을 확인할 수 있다.

四十、手足'如意' / 四十一、手足紅白

〈월인석보〉의 마흔 번째 'ᄠᅳᆮ ᄀᆞᄐᆞ시며'가 여기서도 '여의(如意)'라는 일차 추정이 확인되었다. 아울러 〈법화경 언해〉의 'ᄠᅳᆮ다이'도 동의어로 언해되고 있음을 확인할 수 있다. 15세기의 '여의(如意)'라는 한자어는 이와 같이 훈민정음으로 '뜻과 같으시며'와 '뜻답게' 두 해석이 가능하다.

이제 이 15세기 문장을 알맞은 현대어로 번역하는 일이다. 김영배(2001:17)의 역주 〈법화경 언해〉에서는 이 문장을 '뜻대로'라고 번역하였다. '표준국어대사전' 정의에 따르면 '뜻대로'는'마음먹은 대로, 마음대로, 제멋대로'의 의미로 풀이하고 있다. 이 설명은 '손과 발을 자칫 아무렇게나 내 마음대로 부린다'는 부정적 의미가 함의될 수도 있다. 15세기와 21세기의 600년간의 간극이 주는 결과이다. 의미는 비슷하지만 때로는 아주 반대로 해석될 소지가 있는 것이다.

이럴 때 전통적으로 불가에 내려오는 비슷한 용례의 표현에서 도움을 받을 수 있다. '법다이(如法), 실다이(如實)'의 경우가 그것이다. 이로 '여의(如意)'를 해석하건대 '뜻다이' 정도로 번역할 수 있을 것이다. 때로는 기본형으로 '법답다, 실답다'로도 활용되는데'여법하다, 여실하다'의 우리

말 표현이다. 이들의 의미는 '원만하고 완성도 높게 어떤 법문이나 의식을 거행하거나, 내용이 알차다'는 의미가 함축되어 있다. '여의(如意)하다, 뜻답다'도 그 연장선상에서 '석가모니 부처의 의지대로 여여(如如)하게 손과 발도 수순한다'의 의미로 해석할 수 있다. 이와 같이 불가에서 일상적으로 쓰는 전통적인 표현과 용례를 곁들여 주석을 달거나 보충설명을 하면 좀더 충실한 번역에 가깝게 된다. 이러한 과정을 거쳐 〈월인석보〉의 마흔 번째 '팔십종호'는 '여래의 손발이 여래의 '뜻답게'나 '뜻다이' 움직이시며' 정도로 번역하는 것을 제안하게 되는 것이다.

마ᅀᆞᆫᄒᆞ나차힌 손과 발왜 븕고 ᄒᆡ샤미 蓮ㅅ 고지 ᄀᆞᄐᆞ시며 마ᅀᆞᆫ둘차힌 귀 눈 입 고히 됴ᄒᆞᆫ 相이 다 ᄀᆞᄌᆞ시며 마ᅀᆞᆫ세차힌 거름거리 더디 아니ᄒᆞ시며 마ᅀᆞᆫ네차힌 거름거리 넘디 아니ᄒᆞ시며 마ᅀᆞᆫ다ᄉᆞᆺ차힌 거름거리 便安ᄒᆞ시며 마ᅀᆞᆫ여ᄉᆞᆺ차힌 ᄇᆡᆺ보기<月釋2:58ㄱ> 깁고 둗겁고 ᄇᆡ얌 서린 ᄃᆞᆺᄒᆞ야 두려ᄫᅵ 올히 도ᄅᆞ시며 마ᅀᆞᆫ닐굽차힌 터릿 비치 ᄑᆞ라ᄇᆞᆯ가ᄒᆞ샤미 孔雀ᄋᆡ 모기 ᄀᆞᄐᆞ시며 마ᅀᆞᆫ여듧차힌 터릿 비치 흠흠ᄒᆞ고 조ᄒᆞ시며 마ᅀᆞᆫ아홉차힌 모맷 터리 올ᄒᆞᆫ녀그로 ᄡᅳ렛ᄒᆞ시며 쉰차힌 입과 터리예 다 됴ᄒᆞᆫ 香내 나시며

-

마흔둘째는 귀, 눈, 입, 코가 좋은 상(相)을 다 갖추신 것이다 (四十二 孔門相具)

이목구비가 잘 생겼다는 뜻이니 ' 불광사전 ' 에서는 얼굴이 잘 생겼다

는 의미로 보는 사람들이 절로 사랑하고 존경하다는 문구를 가져왔다(四四 容儀令見者皆生愛敬).

마흔셋째는 걸음걸이가 더디지 않으시다 (四十三 行步不減)
마흔넷째는 걸음걸이가 도를 넘지 않으시다 (四十四 行步不過)
마흔다섯째는 걸음걸이가 편안하시다 (四十五行步安平)
마흔여섯째는 배꼽이 깊고 두꺼워 뱀이 서린 것처럼 둥글게 오른쪽으로 도는 모양이다〈月釋2:58ㄱ〉 (四十六 臍深厚 狀如盤蛇 團圓右轉)
마흔일곱째는 털의 빛깔이 파랗고 붉음이 공작(孔雀)의 목과 같으시다(四十七 毛色青紅 如孔雀項)
마흔여덟째는 털의 빛깔이 보드랍고 반지르르하여 함함한데 깨끗하시다 (四十八 毛色潤淨)

마흔여덟 번째 '함함하다'는 15세기에 '흠흠하다'였는데 '소담하고 탐스럽다, 털이 보드랍고 반지르르하다'하다는 뜻이었다. 다시 살려쓰고 싶은 우리 말이다. '고슴도치도 제 자식은 함함하다 한다' 할 때 쓰는 표현으로 남아있다.

마흔아홉째는 몸의 털이 오른쪽으로 쏠린다 (四十九 身毛右靡)

'ᄡᅳ렛ᄒᆞ다'를 '쏠린다'로 번역하였다 두시언해에서 '미(靡)'라는 뜻으로

'쓰러진다, 비스듬하다'로 나타난다 그 중 적절한 표현은 한쪽으로 쏠린다는 것이라 생각한다.

쉰째는 입과 털에서 다 좋은 향내가 난다 (五十 口出無上香 身 毛 皆爾)

쉰 번째는 법화경의 61번과 62번을 합하여 팔십종호의 하나로 설명하고 있는 점이 다르다. 이와 같이 법화경과 월인석보의 80종호의 미세한 차이를 발견할 수 있다.

쉰ᄒᆞ나차힌 입시욼 비치 븕고 흐웍흐웍ᄒᆞ야 頻婆羅ㅣ라 홀 여르미 ᄀᆞᄐᆞ시며 쉰둘차힌 입시울 축축호미 맛가ᄫᆞ시며 쉰세차힌 혜 열ᄫᅳ시며 쉰네차힌 一切ㅅ 衆生이 다 즐겨보ᅀᆞᄫᆞ며 쉰다ᄉᆞᆺ차힌 衆生ᄋᆡ ᄠᅳ들<月釋2:58ㄴ> 조차 和悅히 더브러 말ᄒᆞ시며 和悅은 溫和히 깃거ᄒᆞ실씨라 쉰여슷차힌 니ᄅᆞ시ᄂᆞᆫ 곧마다 됴ᄒᆞᆫ 마리시며 쉰닐굽차힌 사ᄅᆞᄆᆞᆯ 보아시든 몬져 말ᄒᆞ시며 쉰여듧차힌 소리 놉도 ᄂᆞᆽ갑도 아니ᄒᆞ샤 衆生이 즐겨 듣게 ᄒᆞ시며 쉰아홉차힌 說法호ᄆᆞᆯ 衆生ᄋᆡ 제 말로 조차 ᄒᆞ시며 여쉰차힌 說法호ᄆᆞᆯ ᄒᆞᆫ 그에 브터 아니ᄒᆞ시며

–

쉰한째는 입술의 색깔이 붉고 윤택하여 흐웍흐웍하며 빈바라(頻婆羅) 열매와 같으시다 (五十一 脣色赤潤 如頻婆果)

'빈바라'는 흰색의 꽃과 붉은색의 열매를 가지고 있는데 씨는 기름으로

쓰고 고무의 원료가 되는 식물이라고 한다. 한문에는 빈바라 표현이 나타나지 않는다.

쉰둘째는 입술이 촉촉함이 알맞으시다 (五十二 脣潤相稱)

쉰셋째는 혀가 얇으시다 (五十三 舌形薄)

쉰넷째는 일체의 중생들이 모두 즐거이 바라본다 (五十四 一切樂觀)

쉰다섯째는 중생의 뜻을 좇아 온화한 모습으로 기뻐하시며 더불어 말씀하신다 <月釋2:58ㄴ> (五十五 隨衆生意 和悅與語)

쉰여섯째는 말씀하시는 것마다 좋은 말씀이시다 (五十六 於一切處 無非善言)

쉰일곱째는 사람을 보시면 먼저 말씀하신다 (五十七 若見人 先與語)

쉰여덟째는 소리가 높지도 낮지도 않아서 중생이 즐겨 듣게 하신다 (五十八 音聲不高不下 隨衆生樂)

쉰아홉째는 설법하시매 중생의 말로 그들에게 맞게 하신다 (五十九 說法隨衆生語言)

예순째는 설법하시매 한쪽에 치우치게 아니 하신다 (六十 說法不著)

여쉰ᄒᆞ나차힌 衆生ᄋᆞᆯ 다 ᄒᆞᆫ가지로 어엿비 너겨 보시며 여쉰둘차힌 몬져 보고 後에 ᄒᆞ시며 여쉰세차힌 ᄒᆞᆫ 소릴 내샤 한 소릴 對答ᄒᆞ시며
<月釋2:59ㄱ> 여쉰네차힌 說法 次第 다 因緣이 겨시며 여쉰다ᄉᆞᆺ차힌 됴ᄒᆞ신 양ᄌᆞᄅᆞᆯ 몯내 보ᅀᆞᄫᆞ며 여쉰여슷차힌 보ᅀᆞᄫᆞᆶ 사ᄅᆞ미 슬믫 뉘 모ᄅᆞ며 여쉰닐굽차힌 一切ㅅ 소리 다 ᄀᆞᄌᆞ시며 여쉰여듧차힌 됴ᄒᆞᆫ 비치 나다나시며 여쉰아홉차힌 모딘 사ᄅᆞ문 보ᅀᆞᄫᆞ면 降服ᄒᆞ야 저ᅀᆞᆸ고 ᄆᆞᅀᆞᄆᆞᆷ ᄐᆞᆫ 사ᄅᆞ문 보

ᄉᆞᄫᆞ면 ᄆᆞᅀᆞ미 便安ᄒᆞ며 닐흔차힌 소리 ᄆᆞᆰ고 조ᄒᆞ시며

–

예순한째는 중생을 다 한가지로 어여삐 생각하여 보신다 (六十一 等觀衆生)

예순둘째는 먼저 보고 나중에 하신다 (六十二 先觀後作)

불광사전에는 먼저 근기를 관찰하시고 근기에 맞게 행하시는데 궤범이 갖추어지셨다고 부연하고 있다(七六 所爲先觀後作 具足軌範).

예순셋째는 하나의 소리를 내셔서 많은 소리에 대답하신다 〈月釋 2:59ㄱ〉 (六十三 發一音，答衆聲)

예순넷째는 설법의 차례가 다 인연에 따라 순서대로 하신다 (六十四 說法次第 皆有因緣)

예순다섯째는 좋으신 모습을 끝끝내 보여주신다 (六十五 無有衆生能見相盡)

예순여섯째는 부처를 뵙는 사람은 싫고 미운 세상을 모른다 (六十六 觀者無厭)

예순일곱째는 일체의 소리를 다 갖추셨다 (六十七 具足一切音聲)

예순여덟째는 좋은 빛이 나타나신다 (六十八 顯現善色)

예순아홉째는 모진 사람은 부처를 뵈오면 항복하여 두려워하고 무서움 타는 사람은 부처를 뵈오면 마음이 편안하다 (六十九 剛强之人見則調伏，恐怖者見卽得安隱)

일흔째는 소리가 맑고 깨끗하시다 (七十 音聲明淨)

'예순아홉 번째는 모진 사람이 여래를 뵈오면 항복하여 두려워하고 무서움 타는 사람이 여래를 뵈오면 마음이 편안하다'는 것이 〈월인석보〉의 '팔십종호' 표현이다. 〈승천왕반야경〉 한문본도 '강강(剛强)한 사람이 부처를 보면 즉시 조복하고 공포에 떠는 사람이 부처를 보면 곧 편안함을 얻는다'고 직역할 수 있다. 여기서 '강강(剛强)'은 '모질다'의 의미로 악하거나 나쁜 사람으로 생각할 수도 있지만 굳세고 억센 모습에서 이차적으로 파생된 의미로 해독할 수도 있다. '모진 놈 옆에 있다 벼락맞는다'와 같은 속담에서 유추된 표상이라 할 수 있다.

반면에 〈법화경 언해〉와 〈대반야경〉은 반대로 풀이하고 있다.

> 威德이 一切예 머리 震動ᄒᆞ샤 모딘 ᄆᆞᅀᆞᄆᆞᆫ 보숩고 깃고 두리ᄂᆞᆫ 사ᄅᆞᄆᆞᆫ 보숩고 便安호미 第七十이시고 <法華2:19ㄱ>
>
> (七十) 威德遠震一切, 惡心見喜, 恐怖見安:대반야경)
>
> –
>
> **예순아홉째는 위덕이 일체 멀리까지 진동하여 모진 마음은 부처를 보면 기뻐하고 두려워하는 사람은 부처를 뵙고 편안하다〈법화경언해2:19〉**

처음에는 법화경의 해석이 오독이라 생각하였으나 〈월인석보〉의 항복(調伏)을 일차적 두려움으로 풀이한 것이라면 〈법화경 언해〉의 기쁨(喜)은 이차적으로 부처의 위덕에 감화된 것을 나타내는 것으로 볼 수도 있다고 해석하였다.

이 또한 네 가지 텍스트의 상보적인 작용과 비교 분석에 의한 번역의 분화라 할 수 있다.

닐흔ᄒᆞ나차힌 모미 기우디 아니ᄒᆞ시며 닐흔둘차힌 모미 ᄂᆞᄆᆞᆯ 조차 크시며 닐흔세차힌 모미 ᄂᆞᄆᆞᆯ 조차 기르시며 닐흔네차힌<月釋2:59ㄴ>
모매 더러븐 것 묻디 아니ᄒᆞ시며 닐흔다ᄉᆞᆺ차힌 모맷 光明이 各各 열자콤 ᄒᆞ시며 닐흔여ᄉᆞᆺ차힌 光明이 비취어든 ᄃᆞᆫ니시며 닐흔닐굽차힌 모미 淸淨ᄒᆞ시며 닐흔여듧차힌 비치 흐웍흐웍호미 瑠璃 ᄀᆞᄐᆞ시며 닐흔아홉차힌 손바리 염그르시며 여든차힌 손바래 德字 겨샤미라

–

일흔한째는 몸이 기울지 않으시다 (七十一 身不傾動)
일흔둘째는 몸이 사람에 맞추어 커지신다 (七十二 身分大)
일흔셋째는 몸이 사람에 맞추어 길어지신다 (七十三 身長)
일흔넷째는 몸에 더러운 것이 묻지 않으신다 〈**月釋**2:59ㄴ〉 (七十四 身不染)
일흔다섯째는 몸의 광명이 각각 열자씩 뻗치신다 (七十五 光遍身各一丈)
일흔여섯째는 광명을 비추시며 다니신다 (七十六 光照身而行)
일흔일곱째는 몸이 청정하시다 (七十七 身淸淨)
일흔여덟째는 몸의 빛이 윤택(흐웍흐웍)하심이 유리(瑠璃) 같으시다 (七十八 光色潤澤猶如靑珠)

일흔아홉째는 손발이 여무시다 (七十九 手足滿)

여든째는 손발에 덕(德)이라는 글자가 있다 (八十 手足德字)

대망의 여든 번째는 덕(德)이라는 길상의 모양을 갖추고 있는데 곧 '절만(卍)'자의 의미라는 것이다. 손발이 원만하고 훌륭하다는 뜻이 아닐까. 그렇다면 의역하여 '손발이 원만하고 섬섬옥수처럼 곱고 길며 유연하다' 정도로 표현할 수 있지 않을까.

이처럼 우리가 잘 알고 있다고 생각하는 80가지 부처의 모습은 이렇게 시대마다 책마다 다르게 표현되고 있다는 사실을 새롭게 알게 되었다. 세상에 정확한 것은 무엇이 있을까. 내가 잘 알고 있다고 생각한 것이 과연 맞기는 한 것일까. 오늘 이렇게 공부한 '팔십종호'는 과연 어떻게 시대에 따라 달라질까. 부처의 팔십종호를 공부하며 오히려 세상의 모든 것은 변한다는 '삼법인'을 깨우치는 시간이다.

열 네번째 이야기

○

십지를 비롯한 보살이 되는 길

●

어느 해 어느 하루 난생 처음 아닌 적이 있으리오마는 2020년 그리고 2021년 만큼은 정말 하루도 그날이 그날 같지 않은, 한 번도 경험해 본 적 없는 나날의 연속이다. 북극의 빙하가 녹아 벌어지는 이상 기후와 이변은 2020년 미국 캘리포니아의 산불과 중국의 산샤댐 붕괴 위기의 홍수, 2021년 독일의 홍수, 백신을 맞아도 4차 팬데믹으로 증가하는 지구촌 코로나19 환자들… 이러다 내 살아생전에 지구의 종말을 경험하는 건 아닐지 마음 속도 장마와 홍수로 축축해지고 있다.

그럴수록 그 마음을 추슬러 기도하는 마음으로 월인석보를 한 자 한 자 읽는다. 깨달음을 얻는 보살의 수행 계위를 한 계단 한 계단 오르며 그 언저리 그림자라도 닮아가는 것이다. 세상 모퉁이에서 아무도 모르게 올리는 이 작은 기도의 명훈가피력으로 세간과 출세간 모두 건강하고 행복하기를 두 손 모은다.

우리는 월인석보 두 번째 책의 대미를 향하고 있다. 그동안 석가모니 태어나신 날의 중국에서 일어난 상서들을 이야기하고 중국에 시절인연이 무르익은 천 년 후 부처의 화신이 중국에 교화하러 간다. 그 부처의 상호에 대하여 훈민정음으로 쓴 '32상'과 '80종호'를 법화경언해와 찬찬히 대조해 읽어보았다. 이번 글에서는 보살의 수행 계위에 대하여 이야기 하고 있다. 총 58단계의 구성으로 보고 있는 월인석보에서는 '십지'와 관련된 열 단계 보살의 층위를 어떻게 풀이하고 있을까.

> 十地ᄂᆞᆫ 부텨 ᄃᆞ외시ᄂᆞᆫ 層이 열흐로 ᄒᆞ야 닐굽찻 層이니 ᄆᆞᆺ 처ᅀᅥ믄 乾慧地오 둘차힌 十信이오 세차힌 十住ㅣ오 네차힌 十行이오 다ᄉᆞᆺ차힌 十廻向이오<月釋2:60ㄱ> 여ᄉᆞᆺ차힌 四加行이오 닐굽차힌 十地오 여ᄃᆞᆲ차힌 等覺이오 아홉차힌 金剛慧오 열차힌 妙覺이라
>
> –
>
> **십지(十地)는 부처 되시는 층위가 열 단계로 해서 일곱째 층위이다. 가장 처음은 간혜지(乾慧地)요 둘째는 십신(十信)이요 셋째는 십주(十住)요 넷째는 십행(十行)이요 다섯째는 십회향(十廻向)이요 여섯째는 사가행(四加行)이요 일곱째가 십지(十地)요 여덟째는 등각(等覺)이요 아홉째는 금강혜(金剛慧)요 열째는 묘각(妙覺)이다.**

'화엄경'에서는 53위로 구성된 수행의 지위를 '능엄경'에서는 '사가행'

등의 지위를 더하여 57위로 세분하였다. 그런데 '월인석보'에서는 '금강혜'를 더하여 58위로 구분하고 있는 점이 특징이다.

간혜지

乾慧地ᄂᆞᆫ ᄆᆞᄅᆞᆫ 智慧ㅅ 地位니 欲愛 ᄆᆞᆯ라 업고 ᄆᆞᅀᆞ미 ᄆᆞᆯ가 고ᄅᆞᆫ 智慧언마ᄅᆞᆫ 첫 地位ᄅᆞᆫ 젼ᄎᆞ로 當時ᄅᆞᆫ 如來ㅅ 法流水예 븓디 몯ᄒᆞᆯᄊᆡ ᄆᆞᄅᆞᆫ 智慧라 ᄒᆞ니라

–

간혜지는 마른 지혜의 지위이니 애욕이 말라서 없고 마음이 맑아 고른 지혜이지만 첫 번째 지위인 까닭에 당시로는 여래의 법류수에 붙지 못하므로 마른 지혜라고 한다.

'건혜지'가 아니라 '간혜지'라고 월인석보는 표현하고 있다. 불교 용어는 우리가 알고 있는 발음이 아닌 익어져 온 전통적인 발음이 많다. '菩提'를 '보제'가 아니라 '보리'로 읽는 것이 대표적이다. '乾'은 '하늘 건'과 '마를 간'으로 구분해서 쓰인다고 사전에 등재되어 있기도 하다. 우리는 여기서 불가의 전통적인 표현의 원류를 발견하는 기쁨을 맛보게 되는 것이다.

사전에 의하면 간혜지는 지혜는 있지만 아직 선정(禪定)의 물이 스며들어 있지 않은 단계라고 한다. 또 지혜는 깊으나 아직도 온전한 진제 법성의 이치를 깨닫지 못했다고도 한다. '법류수'를 찾다가 보니 법흥왕의 왕비 보도부인의 법명이 '책부원귀'에 '법류'로 나와 있다. 삼국유사에는 '묘법'이라고 하고 영흥사에 출가했다고 전하고 있는데 말이다. 새롭게 알

면서 새삼 당시의 불교에 대한 이해와 적용은 우리의 상상을 뛰어넘는다는 것을 확인하게 된다.

십신

信ᄋᆞᆫ 섯근 것 업시 眞實ᄒᆞ야 거츠디 아니ᄒᆞᇙ씨며 또 서르 마ᄌᆞᇙ씨라 聖人ㅅ 地位예 드ᄅᆞᇙ딘댄 信ᄋᆞ로 쳣 因ᄋᆞᆯ 삼ᄂᆞ니 모로매 몬져<月釋2:60ㄴ> 圓妙ᄒᆞᆫ 道理ᄅᆞᆯ ᄉᆞᆯ펴 섯근 것 업시 眞實ᄒᆞ야 거츤 것 업게 ᄒᆞᆫ 後에ᅀᅡ 힝뎌글 發ᄒᆞ야 ᄆᆞᅀᆞᆷ과 法괘 서르 맛게 ᄒᆞ면 等覺 妙覺이 머러도 어루 바ᄅᆞ 나ᅀᅡ가리라

–

신(信)은 섞인 것 없이 진실하여 거칠지 아니한 것이며 또 서로 맞는 것이다. 성인의 지위에 들게 되면 '신'으로 첫 인연을 삼는다. 반드시 먼저 원만하고 미묘한 도리를 살펴 섞인 것 없이 진실하고 거친 것이 없게 한 후에야 행적을 시작하고 마음과 법이 서로 맞게 되면 등각과 묘각의 경지가 멀어도 바로 나아갈 수 있다는 것이다.

십신에 대한 설명인데 그 열 가지 마음을 십신심(十信心)이라고도 한다.[1] '신(信)'에 대한 정의를 보았는가. 섞인 것이 없이 순일하다. 진실하여 거칠지 않으며 서로 부합하는 것이다. 사람이든 종교든 이러한 마음이 우러나와야 믿는다고 할 수 있는 것임을 새롭게 안다. 종교의 경지까지는 잘 모르겠고 보통 첫 사랑이 이런 마음이지 않을까 싶다. 또는 아기와 엄마의 관계가 이러할 것이다. 그 마음을 확장하면 성인의 경지로 나아가는

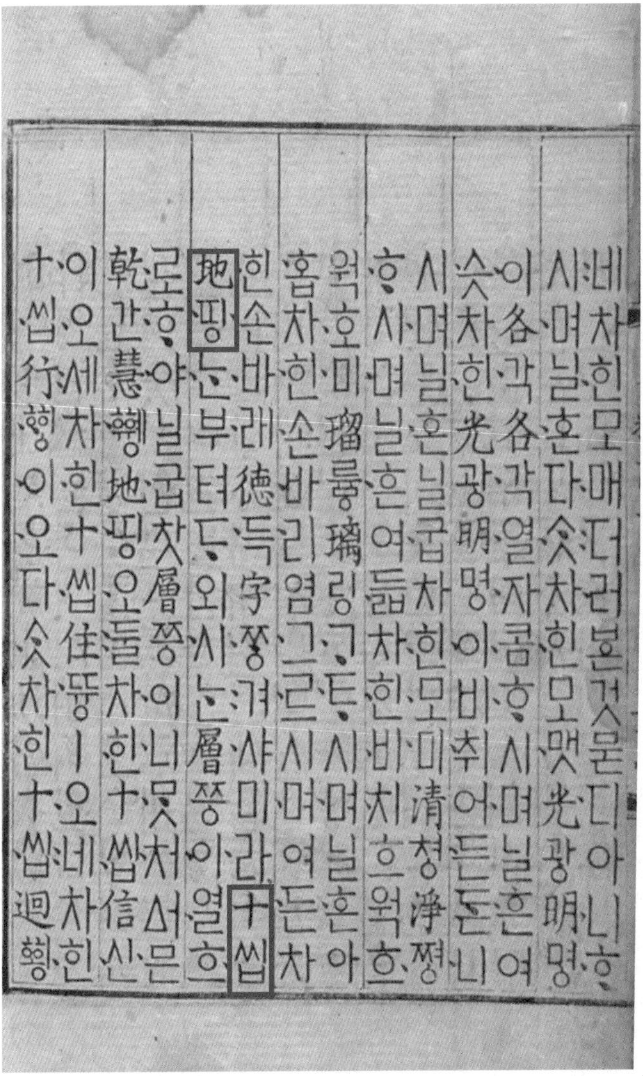

네차힌 모매 더러본 것 몯디 아니ᄒᆞᆫ
시며 닐흔다ᄉᆞᆺ차힌 모맷 光광明명
이 各각各각 열자ᄅᆞᆷᄒᆞ시며 닐흔여
ᄉᆞᆺ차힌 光광明명이 비취어든 ᄃᆞᆫ니
시며 닐흔닐굽차힌 모미 淸청淨쪙
ᄒᆞ시며 닐흔여듧차힌 비치 흐웍ᄒᆞ
웍ᄒᆞ미 瑠륳璃링 ᄀᆞᄐᆞ시며 닐흔아
ᄒᆞᆷ차힌 손바리 염그르시며 여든차
힌 손바래 德득字쭝 겨샤미라 十씹
地띵ᄂᆞᆫ 부텨ᄃᆞ외시논 層쯩이 열ᄒᆞ
로ᄒᆞ야 닐굽찻 層쯩이니 ᄆᆞᆺ처ᅀᅥ믄
乾간慧휑地띵오 둘차힌 十씹信신
이오 세차힌 十씹住뜡ㅣ오 네차힌
十씹行ᅘᆡᇰ이오 다ᄉᆞᆺ차힌 十씹迴ᅘᅬᇰ

십지十地는 부처 되시는 층위가 열 단계로 해서 <月釋 2:60ㄱ>

모양이다.

십주

住는 머므러 이실씨니 信ㅇ로셔 드러 如來ㅅ 지븨 나아 부텻 智慧예 브터 니르리 믈러나디 아니홀씨라

—

주(住)는 머물러 있는 것이니 신(信)으로부터 들어가 여래의 집에

1) 십신: 십신심(十信心)·십심(十心)이라고도 함. 보살이 처음 닦아야 할 열 가지 마음.
(1) 신심(信心). 부처의 가르침을 믿음.
(2) 염심(念心). 부처의 가르침을 명심하여 잊지 않음.
(3) 정진심(精進心). 힘써 정진함.
(4) 정심(定心). 마음을 한곳에 모아 흐트러지지 않게 함.
(5) 혜심(慧心). 모든 현상의 본성을 꿰뚫어 앎.
(6) 계심(戒心). 계율을 지켜 청정함.
(7) 회향심(廻向心). 자신이 쌓은 공덕을 깨달음으로 향하게 함.
(8) 호법심(護法心). 마음을 다스려 번뇌가 일어나지 않게 함.
(9) 사심(捨心). 재물을 아끼지 않고 베풀어 줌.
(10) 원심(願心). 원하는 것을 이루기 위해 수행함.(시공 불교사전, 2003. 곽철환. 이하 같은 사전 인용)
2) 십주: 보살이 닦는 열 가지 수행 단계. 진리에 안주하는 단계라는 뜻으로 주(住)라고 함.
(1) 발심주(發心住). 공(空)을 주시하여 청정한 지혜를 일으킴.
(2) 치지주(治地住). 공(空)을 주시하면서 마음의 바탕을 청정하게 다스림.
(3) 수행주(修行住). 온갖 선행(善行)을 닦음.
(4) 생귀주(生貴住). 부처의 기운이 생겨 성품이 청정해짐.
(5) 방편구족주(方便具足住). 한량없는 방편을 원만하게 닦음.
(6) 정심주(正心住). 지혜를 성취하여 바른 마음에 안주함.
(7) 불퇴주(不退住). 공(空)의 이치를 체득하여 거기에서 물러나지 않음.
(8) 동진주(童眞住). 깨달음을 구하는 마음을 깨뜨리지 않는 것이 마치 동자의 천진함과 같음.
(9) 법왕자주(法王子住). 부처의 가르침에 따르므로 지혜가 생겨 미래에 부처가 될 만함.
(10) 관정주(灌頂住). 공(空)을 주시함으로써 생멸을 떠난 지혜를 얻음.

나아가서 부처의 지혜에 의지함에 이르러 물러나지 않는 것이다.[2]

이 계위에 있는 수행자를 보살이라고 한다. 진제는 '십해(十解)'라고 번역하였다. 대체로 진실한 공의 이치에 안주하는 보살들을 말한다. 진리에 머무는 단계이다.

십행

> 行ᄋᆞᆫ 힝뎌기니 ᄒᆞ마 智慧ᄅᆞᆯ 브터 부텨 住ᄒᆞ시ᄂᆞᆫ ᄃᆡ 住ᄒᆞ고 이제 微妙ᄒᆞᆫ 힝뎌글 만히 니ᄅᆞ와다 ᄌᆞ개 利ᄒᆞ고 ᄂᆞᆷ 利케 ᄒᆞᆯ씨라
>
> –
>
> **행(行)은 행적이니 이미 지혜를 의지하여 부처께서 머무시는 곳에 머물고 이제 미묘한 행적을 많이 일으켜 자기를 이롭게 하고 남을 이롭게 하는 것이다.**

그야말로 자리이타(自利利他)를 말하고 있는 것이 십행이다.[3] 내 인생의 모토요 우리 집 가훈이기도 할 만큼 좋아하는 말이다. 이 말은 나를 이롭게 함이 남을 이롭게 함이요, 내가 행복하고 건강해야 세상 또한 그렇다는 말로 풀이하고 있다. 나 자신을 누추하게 여기고 자칫 남에게 잘한다는 것이 시간이 흐르면 나의 희생에 방점이 찍히고 분노의 결과로 돌아올 소지가 많기 때문이다.

십회향

廻向ᄋᆞᆫ 도ᄅᆞ혀 向ᄒᆞᆯ씨니 몬졋 十住<月釋2:61ㄱ> 十行ᄋᆞᆫ 世俗애 날 ᄆᆞᅀᆞ미 하고 大悲行이 사오나ᄫᆞ니 이ᄂᆞᆫ 모로매 悲願으로 일워 世俗애 이셔 衆生ᄋᆞᆯ 利케 ᄒᆞ야 眞ᄋᆞᆯ 두르혀 俗ᄋᆞᆯ 向ᄒᆞ며 智ᄅᆞᆯ 두르혀 悲ᄅᆞᆯ 向ᄒᆞ야 眞과 俗괘 어울며 智와 悲왜 ᄒᆞᆫ가지에 ᄒᆞᆯ씨 이 일후미 廻向이며 또 十願이라 ᄒᆞᄂᆞ니 닷가 나ᅀᅡ가ᄂᆞᆫ 힝뎌기 이어긔 다ᄃᆞ라 ᄀᆞᄌᆞ니라

–

회향(廻向)은 돌이켜 향하는 것이니 먼저 십주와 십행은 세속에 태어날 마음이 많고 대비행(大悲行)이 아직 사나운 경지이다.

회향 곧 돌이켜 향하는 것이 언제부터인가 화두로 자리잡고 있다. 인문학은 인간을 사유하는 학문이라 시간이 오래 걸린다. 그러다보니 평생 들입다 지식을 쌓기만 하고 그것을 곰삭여 밖으로 상품화하는 것이 쉽지 않다. 아직 덜 익고 서툴고 시고 떫어서 오래 묵은 장맛이 나지 않는데 어설

---

3) 십행:보살이 수행하는 열 가지 이타행.
(1) 환희행(歡喜行). 남에게 베풀어 기쁘게 함.
(2) 요익행(饒益行). 모든 중생을 이익되게 함.
(3) 무에한행(無恚恨行). 인욕을 닦아 성내지 않고 참음.
(4) 무진행(無盡行). 끊임없이 가르침을 구하고 중생을 제도함.
(5) 이치란행(離癡亂行). 바른 생각을 하여 어리석지 않고 혼란스럽지 않음.
(6) 선현행(善現行). 청정한 행위를 하여 중생을 교화함.
(7) 무착행(無著行). 모든 것에 집착하지 않음.
(8) 존중행(尊重行). 행하기 어려운 청정한 행위를 존중하여 그것을 성취함.
(9) 선법행(善法行). 바른 가르침을 지키고 보호함.
(10) 진실행(眞實行). 가르친 대로 행하고 행한 대로 가르쳐 말과 행동이 일치함.

픈 지식 나부랑이로 나의 서푼어치도 안 되는 깜냥을 내보이는 것을 망설여 왔다. 그러다 보니 이생에는 아무 것도 시작도 못한 채 끝나는 것이 아닌가 하는 생각이 미쳤다. 모자라도 지금의 내가 공부한 것을 다른 이들에게 돌이켜 향하자고 결심하였다. 얼마되지 않은 일이다. 이 글을 쓴 것도 돌이켜 향하는 중이다.

사납다고 하는 말은 여기서 거칠고 나약(懦弱)하고 하열(下劣)하다는 뜻으로 쓰였다. 물론 사납고 모질고 억세고 나쁘다는 현대어의 의미도 물론 가지고 있다. 15세기의 표현이 어감이 훨씬 풍부함을 확인할 수 있다.

이는 반드시 자비의 발원(悲願)으로 이루어 세속에 있어 중생을 이롭게 하여 진(眞)을 돌이켜 속(俗)을 향하고 지(智)를 돌이켜 비(悲)를 향하여 진과 속이 어우러져야 한다. 지와 비가 한 가지가 되므로 이 이름이 회향(廻向)이고 또 시원(十願)이라 하니 닦아서 나아가는 행적이 여기에 다다라야 갖추어지는 것이다.[4]

원효도 십회향품을 쓰고 저자거리로 뛰어들어 그야말로 진과 속을 부합하고 왕실과 귀족 불교에서 백성에게 돌이켜 향하였다고 하지 않는가. 우리 모두는 우리의 근기만큼 매일매일 회향하고 살아야할 것이다.

세 賢人位 至極거든 이어긔 쏘 功夫 힝뎌글 더ᄒᆞ야ᅀᅡ 聖人ㅅ 地位예 들리라

세 賢人位ᄂᆞᆫ 十住<月釋2:61ㄴ> 十行 十廻向이라

–

세 현인의 지위가 지극하면 여기에 또 공부의 행적을 더해야만 성인의 지위에 들 것이다. 세 현인위는 십주(十住) 십행(十行) 십회향(十廻向)이다.

삼현인위(三賢人位)는 십주·십행·십회향 지위의 세 보살을 일컫는다.[5]

여섯 번째 지위인 사가행(四加行) 대신에 삼현인위에 대한 설명을 하고 있다. 사가행은 부처가 되는 층을 열로 쳐서 여섯째 층으로 십회향의 지위가 원만하여, 다음 통달위(通達位)에 이르기 위하여 특히 애써서 수행하는

---

4) 십회향:보살이 닦은 공덕을 널리 중생에게 돌리는 열 가지.

(1) 구호일체중생 리중생상회향(救護一切衆生離衆生相廻向). 공덕을 중생에게 돌려 모든 중생을 차별하지 않고 구제하고 보호함.

(2) 불괴회향(不壞廻向). 굳은 믿음을 중생에게 돌려 중생이 이익을 얻게 함.

(3) 등일체불회향(等一切佛廻向). 모든 부처가 한 것과 같이 공덕을 중생에게 돌려 줌.

(4) 지일체처회향(至一切處廻向). 자신이 닦은 청정한 일을 두루 중생에게 이르게 함.

(5) 무진공덕장회향(無盡功德藏廻向). 끊없는 공덕을 중생에게 돌려 중생이 그 공덕을 얻도록 함.

(6) 수순평등선근회향(隨順平等善根廻向). 자신이 닦은 청정한 일을 중생에게 돌려 중생이 청정한 일을 하게 함.

(7) 수순등관일체중생회향(隨順等觀一切衆生廻向). 자신이 닦은 모든 청정한 일을 중생에게 돌려 모든 중생을 이익되게 함.

(8) 여상회향(如相廻向). 자신이 닦은 청정한 일을 있는 그대로 중생에게 돌려 줌.

(9) 무박무착해탈회향(無縛無著解脫廻向). 모든 대상에 집착하지 않고 해탈한 마음으로 자신이 닦은 청정한 일을 중생에게 돌려 줌.

(10) 법계무량회향(法界無量廻向). 한량없는 청정한 일을 거듭 닦아 이를 중생에게 돌려 중생을 진리의 세계에 들게 함.

5) 유식학에서 말하는 오위(五位)의 하나로 번뇌가 없는 지혜를 얻기 위해 모든 대상과 그것을 인식하는 주관은 모두 허구라고 주시하는 수행 단계로 보기도 한다. 자량위(資糧位)에서 선근과 공덕을 닦고 통달위(通達位)로 나아가기 위해 더욱 힘써 수행하므로 가행이라 한다.

지위이다.

십지

十地ᄂᆞᆫ 몬졋 法을 모도아 眞實 ᄃᆞ외요매 니르러 一切佛法이 이ᄅᆞᆯ 브터 날씨 地라 ᄒᆞ니라

–

십지(十地)는 먼저 법을 모두어 진실이 됨에 이르러 일체 불법이 이로부터 생기므로 지(地)라 한다.

십지는 앞에서 설명을 했고 그 차제에 따르면 일곱 번째 수행의 지위이다. 십지를 위하여 1번부터 10번까지 수행 계위를 차례로 풀이하고 있는 것이다.

등각

等覺ᄋᆞᆫ ᄀᆞᆮᄒᆞᆫ 아로미라 ᄒᆞᆫ 마리니 十地菩薩이 世俗ᄋᆞᆯ 섯거 衆生 利케 ᄒᆞ샤ᄆᆞᆫ 如來와 ᄀᆞᆮ거시니와 오직 如來ᄂᆞᆫ 生死流를 거스려 나샤 衆生과 ᄀᆞᆮᄒᆞ시고 菩薩ᄋᆞᆫ 涅槃流를 조차 妙覺ᄋᆡ 드르시니 이ᄂᆞᆫ 다ᄅᆞ시니라 覺 ᄀᆞ새 ᄒᆞ마 다ᄃᆞᄅᆞ샤 覺이 부텨와 다ᄅᆞ디 아니ᄒᆞ실씨 等覺이라<月釋2:62ㄱ> ᄒᆞ니라

–

등각(等覺)은 부처와 같은 깨달음이라 하는 말이니 십지보살이 세속에 섞여 중생을 이롭게 하심은 여래와 같으시다. 다만 오직 여래

만이 생사류(生死流)를 거슬러 태어나심이 중생과 같으시고 보살은 열반류(涅槃流)를 좇아 묘각에 드시니 이것이 다른 점이다. 각의 가장자리에 이미 다다라서 각이 부처와 다르지 아니하므로 등각이라 하는 것이다.

등각은 바르고 원만한 부처의 깨달음이라는 뜻으로 일반적으로 보살의 수행 과정 가운데 십지(十地) 다음의 단계이고, 묘각(妙覺)의 앞 단계로 사전에 정의되어 있다. '석보상절'에서는 등각을 '일생보처보살(一生補處菩薩)'이 거기에 옮겨 와 한 번 다른 지위(地位)에 난 뒤면 묘각(妙覺) 지위에 오른다는 말이니, 등각에서 금강간혜(金剛乾慧)에 한 번 나면 뒤에 묘각(妙覺)의 지위에 오르는 것으로 풀이하고 있다. 곧 등각을 일생보처로 보는 것이다. 그곳은 미륵불이 사는 도솔천을 말한다.

묘각

이 비록 等ᄒᆞ샤도 잘 드르싫 부니오 妙애 다ᄃᆞᆮ디 몯ᄒᆞ시니 모로매 큰 寂滅 바ᄅᆞ래 므를 거스려 나샤 衆生과 ᄀᆞᆮᄒᆞ샤ᅀᅡ 妙覺이라 ᄒᆞ리라

–

이렇게 비록 등각은 깨달음과 같은 경지에 있어도 잘 들을 뿐이지 묘(妙)에 다다르지 못하시니 반드시 큰 적멸 바다에 물을 거슬러 태어나셔서 중생과 같고서야 묘각이라 할 것이다.

묘각은 모든 번뇌를 끊고 지혜를 원만히 갖춘 부처의 경지로 열 번째

마지막 경지이다. 월인석보에서는 등각과 묘각의 깨달음이 같기 때문에 비교하기 쉽게 함께 풀이하고 있는 것 같다.

금강혜

金剛慧ᄂᆞᆫ 金剛 ᄆᆞᅀᆞ맷 첫 乾慧라 ᄒᆞᆫ ᄠᅳ디니 첫 乾慧브터 等覺ᄋᆡ 다ᄃᆞᆮ고 ᄯᅩ 金剛心ᄋᆞᆯ 니ᄅᆞ와다 처ᅀᅥᆷ브터 여러 地位ᄅᆞᆯ 다시 디내야 ᄀᆞ장 ᄀᆞᄂᆞᆫ 그림제 ᄆᆞᆺ 後ㅅ 無明을 ᄒᆞ야ᄇᆞ려 죠고맛 드틀도 업게 ᄒᆞ야ᅀᅡ 妙覺애 들리라 처ᅀᅥᆷ브터 다시 始作ᄒᆞᆯᄊᆡ 일후미 金剛心中初乾慧地라

<月釋2:62ㄴ> 첫 乾慧ᄂᆞᆫ 如來ㅅ 法流水예 븓디 몯고 이 乾慧ᄂᆞᆫ 如來ㅅ 妙莊嚴海예 븓디 몯ᄒᆞ리라 流는 흐르ᄂᆞᆫ 므리라 처ᅀᅥᆷ브터 잇ᄀᆞ자이 因이오 妙覺이 果ㅣ시니라

–

금강혜는 금강 마음에 첫 번째 간혜(乾慧)라 하는 뜻이다. 58위의 첫 간혜부터 등각에 다다르고 또 다시 처음부터 금강심을 일으켜 수행의 여러 지위를 다시 지내야 가장 미세한 그림자가 가장 나중의 무명을 헐어버려 조그만 티끌도 없게 하여야 묘각에 들게 되는 것이다. 처음부터 다시 시작하므로 이름을 금강심 중 초간혜지라 한다.

첫 번째 지위인 간혜는 여래의 법류수에 붙지 못하고 여기서의 금강간혜는 여래의 묘장엄해(妙莊嚴海)에도 붙지 못한 것이다.[6] 류(流)는 흐르는 물이다. 처음부터 여기 금강혜까지가 인(因)이요 묘각이 과(果)이다.

간혜지의 간혜와 금강혜의 간혜를 구분하는 풀이인데 마침 백용성스님의 '귀원정종'에 이 내용이 나와 문장을 풀이할 수 있었다. 이처럼 월인석보는 불교의 내용을 정확히 알아야 바른 번역을 할 수 있다.

우리는 흔히 '십신, 십주, 십행, 십회향, 십지'하며 50위의 보살 수행단계를 읊조리곤 한다. 그러나 그 50단계의 지위 앞에 '간혜지'라는 보살의 첫 수행단계가 있고 십지 전후에는 사가행, 등각, 금강혜, 묘각이라는 수행 차제가 존재하고 있다는 것을 아는 사람은 그다지 많지 않을 것이다. 이렇게 58단계의 보살의 수행차제를 공부하였다. '건혜'가 아니라 '간혜'라고 읽는다는 친절한 훈민정음 표기도 확인하였다. 또한 기쁘지 아니한가.

불교의 경전을 읽을 때마다 어떻게 이 많은 층위를 일목요연하게 정리하고 그 많은 용어에 철학적인 설명을 빈틈없이 할 수 있을까를 생각하게 된다. 정말 선조들의 지적인 편력에 놀랍기만 하다. 그러면서 다음 생에 태어나도 이 수행단계 언저리에도 못 갈 것을 생각하면 의기소침을 지

---

6) 아난아, 간혜심에서 시작해 등각에 이르고 나면 이 깨달음이 비로소 금강심 가운데 첫 번째 간혜를 획득한다. 이것을 '등각 다음의 마음'이라 하고 '묘각으로 가는 숨겨진 길'이라 한다. 묘각으로 가는 길은 특별한 행상이 없다. 다만 최초 간혜지부터 등각지까지 이르고 나서 다시 금강심을 일으켜 처음부터 거듭 모든 지위를 거치면서 미세한 인연의 그림자인 최후의 무명까지 타파하고 끊어 작은 티끌조차 존립하지 못하게 해야 비로소 묘각에 들어갈 수 있다. 다시 첫 번째 지위부터 시작하기 때문에 '금강심 가운데 첫 번째 간혜지'라 하였다. '식음이 완전히 없어진 자라야 보살의 금강 건혜에 들어갈 수 있다'는 것이 곧 이것이다. 앞에서 '간혜'라고 한 것은 여래의 법이 흐르는 강물과 아직 접하지 못했다는 뜻이고, 여기에서 '간혜'라고 한 것은 여래의 오묘하고 장엄한 바다와 아직 접하지 못했다는 뜻이다. 명칭은 비록 같지만 뜻은 완전히 다르다.『귀원정종(歸源正宗)』(YS, MBC0001_0002_0001 v1, p.89a01)

나 포기하는 심정이 든다. 그러다가 이 중 단 한 마디에도 '몰록' 깨칠 수 있다는 데서 희망을 발견하게 한다. 자리이타의 십행이 마음에 들면 그저 깜냥껏 오늘의 나를 돕고 그 에너지를 다른 이에게 전할 뿐이다. 오직 그 뿐이다. 오직 할 뿐이다.

열 다섯번째 이야기

○

용이 된 자동제군과 도교 도사의 불교 귀의

●

월인석보 2권의 대장정이 이번 이야기로 끝이 난다. 2017년부터 월인석보 강좌와 1권 연재로 시작해 2020년까지 꼬박 3년이 걸렸다. 2019년에 1권을 묶어낸 단행본 '월인석보, 훈민정음에 날개를 달다'는 '올해의 불서' 우수상에 선정되는 기쁨도 누렸다. 30년전 우연히 석보상절에 나오는 부처님의 가계를 물으려 찾아온 인생의 첫 절 법련사에서 이렇게 월인석보 번역으로 회향할 수 있도록 물심양면 도와준 공덕주가 법련사 사부대중들이시다. 시절인연이 닿는 한 현존하는 월인석보 스무 권을 차근차근 번역할 지면이 주어지기를 발원한다.

마지막 이야기는 월인천강지곡 27장부터 29장 3장에 걸친 내용인데 인도의 불교가 주나라 소왕 때 중국에 들어와 연못의 용인 도교의 자동제군을 교화하고 중국에 널리 퍼져있던 도교 도사들과의 한판 겨루기 끝에 도사들이 불교에 귀의하는 내용을 담고 있다. 그 사이에 월인석보 책 속의 책이라 할 수 있는 석가모니 팔십종호의 설명과 보살의 수행단계인 십지, 십주, 십행, 십회향, 등각, 묘각 등 보살의 53지위를 공부하느라 본문의 내용은 기억이 가물가물하다.

월인석보 사전이라 부를 수 있는 월인석보 협주, 조선대장경의 대백과가 이렇게 장대하고 도도하게 펼쳐지고 있음을 눈밝은 독자 한 분이라도 알아채셨으면 더 이상의 보람이 없겠다. 이제 다시 자동제군의 이야기로 돌아가보자.

其二十七

周昭王 嘉瑞ᄅᆞᆯ 蘇由ㅣ 아라 ᄉᆞᆯᄫᆞ놀 南郊애 돌ᄒᆞᆯ 무드시니

漢明帝ㅅ 吉夢ᄋᆞᆯ 傅毅 아라 ᄉᆞᆯᄫᆞ놀 西天에 使者 보내시니<월인11ㄱ>

其二十八

여윈 못 가온ᄃᆡ 몸 커 그우닐 龍ᄋᆞᆯ 현맛 벌에 비늘을 ᄲᆡ라뇨

五色雲ㅅ 가온ᄃᆡ 瑞相 뵈시ᄂᆞᆫ 如來ㅅ긔 현맛 衆生이 머리 좃ᄉᆞᄫᆞ뇨

其二十九

世尊 오샤ᄆᆞᆯ 아ᅀᆞᆸ고 소사 뵈ᅀᆞᄫᆞ니 녯 ᄠᅳ들 고티라 ᄒᆞ시니

世尊ㅅ 말ᄋᆞᆯ 듣ᄌᆞᆸ고 도라보아 ᄒᆞ니 제 몸이 고텨 ᄃᆞ외니

–

이십칠장

주나라 소왕(周昭王 24년 갑인 B.C 1027)께 아름다운 상서를
신하 소유(蘇由)가 알고 아뢰거늘 남교(南郊)에 돌을 묻으시니
한나라 명제(漢明帝)의 길몽을 부의(傅毅)가 알고 아뢰거늘
인도(西天)에 사자(使者)를 보내시니

이십팔장

마른 연못 가운데 몸이 커서 뒹구는 용(龍)을 얼마나 많은 벌레가 그 비늘을 빨아대는가
오색 구름 가운데 상서(瑞相) 보이시는 여래께 얼마나 많은 중생이 머리를 조아리는가

이십구장

세존께서 태어나심을 아시옵고 용이 몸을 솟구쳐 뵈오니 옛 뜻을 고치라 하시니
세존의 말을 듣자옵고 돌아보고 그대로 하니 제 몸이 고쳐지게 되오니

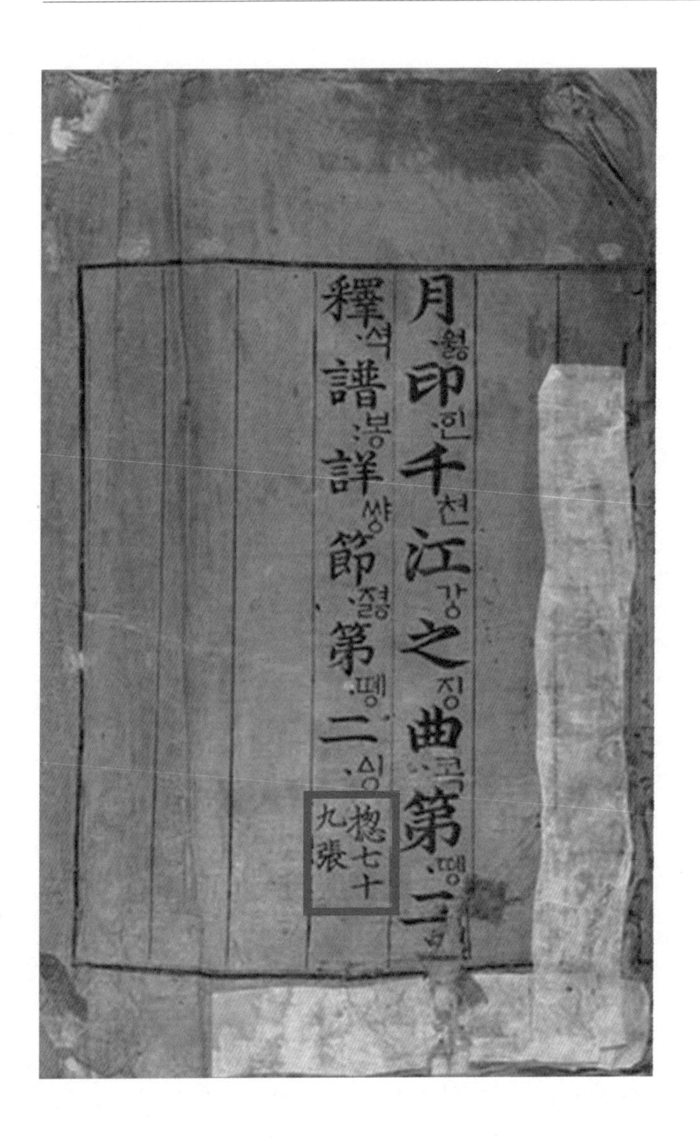

월인천강지곡 제2 석보상절 제2 총 79장<월인석보 2권 끝장>

자동제군의 전생과 교화

네 ᄒᆞ마 맛나ᅀᆞ바니 前生ㄱ 罪業을 어루 버스리라 ᄒᆞ실ᄊᆡ 내 모미 自然히 솟ᄃᆞ라 하ᄂᆞᆳ 光明中에 드러 아랫 果報<月釋2:63ㄱ> 겻니단 주를 ᄉᆞᆯᄫᆞ니 世尊이 對答ᄒᆞ샤ᄃᆡ 됴타 네 아래 어버ᅀᅵ 孝道ᄒᆞ며 님금긔 忠貞ᄒᆞ고

님금 셤기ᅀᆞᄫᆞ몰 힚ᄀᆞ장 ᄒᆞᆯᄊᆡ 忠이라 貞은 正ᄒᆞᆯᄊᆡ라

또 世間앳 衆生ᄋᆞᆯ 어엿비 너겨 護持ᄒᆞᆯ ᄆᆞᅀᆞ몰 내ᅘᅧᄃᆡ 因果ㅣ 몯다 ᄆᆞ차 이실ᄊᆡ 因果ᄂᆞᆫ 因緣果報ㅣ라

<月釋2:63ㄴ> 怨讐와 ᄒᆞ야 ᄃᆞ토맷 ᄆᆞᅀᆞ몰 두어 人相我相ᄋᆞ로 모딘 ᄠᅳ들 내ᅘᅧ

人相ᄋᆞᆫ ᄂᆞᄆᆡ 相이오 我相ᄋᆞᆫ 내 相이니 ᄆᆞᅀᆞ미 뷔디 몯ᄒᆞ야 내 몸 닫 혜오 ᄂᆞᄆᆡ 몸 닫 혜요

ᄆᆞᆯ 人相我相이라 ᄒᆞᄂᆞ니라 ᄂᆞᄆᆡ 그에 怒ᄅᆞᆯ 옮길ᄊᆡ 그 罪業의 갑ᄉᆞ로 果報 겻구미 次第러니 이제<月釋2:64ㄱ> 다시 뉘으처 버서나고져 ᄒᆞᄂᆞ니 네 이제도 ᄂᆞ외야 ᄂᆞᆷ ᄆᆡᄫᅳᆫ ᄠᅳ들 둘따 ᄒᆞ야시ᄂᆞᆯ

–

'자동제군 네가 이미 세존을 만났으니 전생의 죄업을 능히 벗어나리라' 하시므로 내 몸이 자연히 솟아올라 하늘의 광명 가운데 들어가 지난 과보를 겪은 것을 사뢰었다.
세존이 대답하셨다. "훌륭하다. 네가 과거에 어버이께 효도하고 임금을 섬기기를 힘껏 충성하고 바르게 충정하였구나. 또 세간의 중생을 어여삐 여겨서 호지할 마음을 내키게 하되 인연과보를 아직 못다

마쳤기 때문에 원수와 함께 다투는 마음을 두어 인상, 아상으로 모진 마음을 내서 남에게 분노를 옮기므로 그 죄업의 값으로 과보를 겪는 차례이다."

인상(人相)은 남의 상이요 아상(我相)은 내 상이니 마음을 비우지 못해 내 몸을 따로 헤아리고 남의 몸을 따로 헤아리는 것이다.

이제 다시 뉘우쳐 벗어나고자 하니 네가 이제도 다시 남 미워하는 마음을 두겠느냐.

자동제군은 '재동제군'이라고도 한다. 도교의 신 중에 하나인데 월인석보에서는 '자동제군'이라 표기하고 있다. 고유명사이므로 월인석보 표기를 따른다. 여기서 주목할 것은 아상과 인상의 월인석보 풀이이다. 금강경에 특히 많이 나오는 이 두 상을 간단명료하게 풀이하고 있다. 나의 상과 남의 상인데 마음을 비우지 못해 나와 남을 따로 헤아린다는 것이다. 번역을 하다가 이런 단순명쾌한 논리에 반하게 되고 만다. 이 우주 자연의 섭리를 하나의 커다란 나무로 비유할 때가 있다. 나라는 가지를 위해 다른 가지를 상하게 하면 결국 한 뿌리의 나무는 죽고 마는 것이다.

내 至極ᄒᆞᆫ 말ᄊᆞ믈 듣ᄌᆞᄫᆞ니 ᄆᆞᅀᆞ미 ᄆᆞᆯ가 안팟기 훤ᄒᆞ야 虛空 ᄀᆞᆮ더니 내 모ᄆᆞᆯ 도라ᄒᆞ니 즉자히 스러디고 男子ㅣ ᄃᆞ외야 灌頂智ᄅᆞᆯ 得ᄒᆞ야 부텨ᄭᅴ <月釋2:64ㄴ> 歸依ᄒᆞᅀᆞᄫᆞ라 ᄒᆞ더라

灌頂은 十住엣 열찻 住ㅣ니 灌ᄋᆞᆫ 브슬씨오 頂은 머릿 뎡바기니 德이 ᄀᆞᆺ자 부텻 이ᄅᆞᆯ 맛뎜직ᄒᆞ미 나랏 이ᄅᆞᆯ 쟝ᄎᆞ 世子ᄭᅴ 맛됴리라 ᄒᆞ야 바ᄅᆞᆳ 믈로 머리예

브ᅀᅮᆷ ᄀᆞ토미 灌頂住ㅣ라 바ᄅᆞᆳ믈 브ᅀᅮ믄 한 智慧ᄅᆞᆯ ᄡᅳ리라 ᄒᆞᆫ ᄠᅳ디라

–

자동제군이 지극한 말씀을 듣자오니 마음이 맑아져 안팎이 훤하여 허공과 같았다. 내 몸을 달라하니 즉시 용의 모습이 스러지고 남자가 되어서 관정지(灌頂智)를 얻어 부처께 귀의하옵고자 하였다.

관정은 십주 중 열 번째 주이다. 관은 붓는 것이요 정은 머리 정수리이니 덕을 갖추어 부처의 일을 맡음직함이 나라의 일을 장차 세자에게 맡기리라 하여 바닷물을 머리에 붓는 것과 같다. 바닷물을 붓는 것은 많은 지혜를 쓰리라 하는 것이다.

관정지의 해설 역시 멋지다. 덕을 갖추어 부처의 일이나 나라를 다스릴 만하여 바닷물을 머리 정수리에 붓는 것인데 바닷물만큼 많은 지혜를 쓰라는 뜻임을 그동안 몰랐다. 사월초파일 아기부처에게 관정식을 하느라 물을 부으면서 지혜를 바다만큼 쓰게 하소서라는 의미인 줄 안다면 마음가짐이 달라질 것이다.

후한 명제의 서역 구법

그ᄢᅴ 東土애 後漢明帝 셔아 겨시더니 明帝 ᄭᅮ메 ᄒᆞᆫ 金 사ᄅᆞ미 ᄠᅳᆯ헤 ᄂᆞ라오시니 <月釋2:65ㄱ> 킈 크시고 머리예 ᄒᆡᆺ 光 잇더시니 아ᄎᆞ미 臣下ᄃᆞ려 무르신대

太史傅毅 ᄉᆞᆯᄫᅩᄃᆡ 周昭王ㄱ 時節에 西天에 부톄 나시니 그 킈 丈六이

오 金ㅅ 비치러시니 陛下 ᄭᅮ샤미 당다이<月釋2:65ㄴ> 긔샤시이다

丈ᄋᆞᆫ 열 자히니 丈六은 열여슷 자히라 陛下ᄂᆞᆫ 버텅 아래니 皇帝ᄅᆞᆯ 바ᄅᆞ 몯 ᄉᆞᆯ바 버텅 아래ᄅᆞᆯ ᄉᆞᆲᄂᆞ니라

–

그때 중국에 후한 명제가 즉위하여 계셨다.[7] 명제 꿈에 어떤 금으로 된 사람이 뜰에 날아오셨는데 키가 크시고 머리에 흰 광명이 있었다. 이튿날 아침에 신하에게 물으시니 태사 부의가 아뢰었다.
주나라 소왕 시절에 인도에 부처께서 태어나시니 그 키가 열여섯 자인 장육이요 금빛이시니 폐하의 꿈에 나온 분은 마땅히 부처이십니다.[8]
폐하(陛下)는 층계 아래이니 황제를 바로 부르지 못하고 층계 아래라고 부르는 것이다.

明帝 中郞蔡暗과 博士秦景돌 열여듧 사ᄅᆞᄆᆞᆯ 西域에 브리샤 佛法을 求ᄒᆞ더시니 세 ᄒᆡᆺ자히 蔡暗돌히 天竺國 이웃나라 月支國에 다ᄃᆞ라 梵僧 攝摩騰과 竺法蘭이 經과 佛像과 舍利ᄅᆞᆯ 白馬애 시러나오거늘

中郞과 博士ᄂᆞᆫ 벼스리오 域은 나라히니 부텻 나라히 中國에셔 西ㅅ녀길씨 西域이라 ᄒᆞᄂᆞ니라

永平<月釋2:66ㄱ> 여슷찻 ᄒᆡ 癸亥라 天竺은 西天나라히라 僧은 쥬이니 梵僧은 조ᄒᆞᆫ ᄒᆡᇰ뎍 ᄒᆞᄂᆞᆫ 쥬이라 經은 ᄌᆞᇙ길히니 經 ᄇᆡ화 부텨 ᄃᆞ외욤<月釋

---

7)후한 명제는 서기 58년에서 75년까지 18년 동안 재위하였다. 영평(永平)은 중국 후한(後漢) 명제(明帝)의 연호이다.
8)주 소왕(周 昭王)은 주나라의 제4대 왕으로 기원전 995년 ~ 기원전 977년까지 재위하였다.

2:66ㄴ> ᄲᆞᆯ로미 먼 길헤 ᄌᆞᄅᆞᇝ길 ᄀᆞᄐᆞᆯᄊᆡ 經이라 ᄒᆞᄂᆞ니 이 經은 四十二章經이라 像ᄋᆞᆫ ᄀᆞᄐᆞᆯᄊᆡ니 부텻 양ᄌᆞᄅᆞᆯ ᄀᆞᄐᆞ시긔 그리ᅀᆞᆸ거나 ᄆᆡᆼᄀᆞᅀᆞᆸ거나 ᄒᆞᆯᄊᆡ라 舍利ᄂᆞᆫ 靈ᄒᆞᆫ ᄢᅧ라 ᄒᆞᆫ 마리니 戒定慧 닷가 나신 거시니 ᄆᆞᆺ 위두ᄒᆞᆫ 福 바티라

白馬ᄂᆞᆫ ᄒᆡᆫ ᄆᆞ리라

맛나아 ᄒᆞᆫ ᄢᅴ 도라오니 ᄯᅩ 읻ᄒᆡᆺ자히ᅀᅡ 셔울 드러오니라

永平 여듧찻 ᄒᆡ 乙丑ㅣ라

–

명제가 중랑 채암과 박사 진경 등 열여덟 사람을 서역 인도에 보내셨다. 중랑과 박사는 벼슬이요 역(域)은 나라이니 부처의 나라가 중국에서 서쪽이므로 서역이라 하는 것이다.

불법을 구하시더니 세 해가 지난 후 영평 6년 계해(63년)에 채암 등이 천축국 인도의 이웃나라 월지국에 다다라 범승 섭마등과 축법난이 경전과 불상과 사리를 백마에 실어 나오거늘 만나서 함께 돌아오니 또 두 해가 지난 영평 팔년 을축이다.

승(僧)은 중이니 범승은 깨끗한 행적을 닦는 중이다. 경(經)은 지름길이니 경을 배워 부처가 되는 것이 빠름이 마치 먼 길의 지름길과 같은 것이다. 이 경은 사십이장경이다. 상(像)은 같은 모습이니 부처의 모습을 똑같게 그리거나 만드는 것이다. 사리는 신령한 뼈라는 말이니 계정혜를 닦아 생기는 것이니 가장 으뜸인 복밭이다. 백마는 흰 말이다.

여기서도 주옥같은 월인석보 사전의 훈민정음 우리 말이 빛을 발한다. 경전의 경(經)이라는 글자가 지름길이라는 해석, 부처가 되는 지름길이

경을 배우는 일이라 한다. 조선대장경의 효시 월인석보를 배우는 일이 부처가 되는 지름길임을 잊어서는 안 될 것이다. 사리는 계정혜를 닦아서 생기는 가장 으뜸의 복밭이라서 우리가 예경하는 것이다. 문득 불보사찰 통도사의 불사리탑이 1400년간 우리가 지킨 것이 아니라 부처의 복밭이 우리를 지킨 것이 아닌가 하는 생각이 든다.

서역승 섭마등과 백마사 창건

摩騰이 大闕에 드러 進上ᄒᆞᅀᆞᄫᆞᆫ대 <月釋2:67ㄱ> 明帝 ᄀᆞ장 깃그샤 城ㄱ 西門 밧긔 白馬寺ㅣ라 ᄒᆞᇙ 뎔 이르샤 두 쥬을 살에 ᄒᆞ시고 그 뎌레 行幸ᄒᆞ신대

뎔 이르샤미 永平 열찻 ᄒᆡ 丁卯ㅣ라 經을 ᄒᆡᆫ ᄆᆞᆯ게 시러 올씨 白馬寺ㅣ라 ᄒᆞ니 寺ᄂᆞᆫ 뎌리라

行ᄋᆞᆫ 녈씨오 幸ᄋᆞᆫ 아니 너균 깃븐 일이실씨니 님금 가신 ᄯᅡᄒᆞᆫ 百姓을 수을 밥 머기시며 쳔량도 주시며<月釋2:67ㄴ> 벼슬도 ᄒᆡ실씨 님금 녀아 가샤ᄆᆞᆯ 行幸이라 ᄒᆞᄂᆞ니라 行幸ᄒᆞ샤미 永平 열ᄒᆞᆫ찻 ᄒᆡ 戊辰이라

–

서역승 섭마등이 대궐에 들어와 불경과 불상, 사리를 후한 명제 임금께 진상하였다. 명제가 아주 기뻐하여 성의 서문 밖에 백마사라는 절을 짓고 두 중을 살게 하셨다. 절이 이루어진 것이 영평 십년(67년) 정묘이다. 경을 흰 말에 실어 왔으므로 백마사라고 하였으니 사(寺)는 절이다.

그 절에 명제가 행차(行幸)하셨다. 행(行)은 간다는 것이요, '행(幸)'은 생각지 못한 기쁜 일이니 임금이 가신 곳에는 백성에게 술과 밥을 먹이시며 재물도 주시며, 벼슬도 시키시므로 임금이 다녀 가심을 행행이라고 한다. 행행하신 것이 영평 십일년 무진(68년)이다.

백마사 동쪽 불사리 언덕에 탑 조성

두 쥬이 ᄉᆞᆯᄫᆞᄃᆡ 뎘 東녀긔 잇던 지비잇고 明帝 니ᄅᆞ샤ᄃᆡ 아래 ᄒᆞᆫ 두듥기 절로 되오와ᄃᆞ니 바ᄆᆡ 奇異ᄒᆞᆫ 光明이 이실씨 百姓이 일훔 지호ᄃᆡ 聖人<月釋2:68ㄱ> 무더미라 ᄒᆞ더라

奇異ᄂᆞᆫ 常例ᄅᆞᆸ디 아니ᄒᆞᆯ씨라

摩騰이 ᄉᆞᆯᄫᆞᄃᆡ 녜 阿育王이 如來ㅅ 舍利ᄅᆞᆯ 天下애 八萬四千 고ᄃᆞᆯ 갈ᄆᆞ니 이 震旦國中에 열아홉 고디니 이 그 ᄒᆞ나히니이다

阿育은 시름 업다 ᄒᆞ논 ᄠᅳ디니 처섬 낧 저긔 어마니미 便安히 나ᄒᆞ실씨 일후믈 阿育이라 지ᄒᆞ니라

明帝 ᄀᆞ장 놀라샤 즉자히 그 두듥게 가 절ᄒᆞ시니 두려ᄫᅳᆫ 光明이 두듥우희 現ᄒᆞ시고 그 光明中에 세 모미 뵈여시ᄂᆞᆯ 明帝 깃그샤 그 우희 塔 세시니라

–

두 중이 여쭈었다. "절의 동쪽에 있는 집이 무슨 집입니까?"
명제가 대답하셨다. "전에 한 둔덕이 절로 불거지니 밤에 기이한 광명이 있으므로 백성이 이름짓기를 성인의 무덤이라 하였다"
기이는 예사롭지 아니한 것이다.

마등이 여쭈었다. "아육왕이 여래의 사리를 천하에 팔만 사천 곳에서 갈무리하니, 이 중국 가운데에도 열아홉 곳이 있으니 여기가 그 하나입니다."

아육은 시름이 없다는 뜻이니, 처음 태어날 때 어머님이 편안히 낳으셨으므로 이름을 아육왕이라고 지었다.

명제가 깜짝 놀라시어 곧 그 둔덕에 가서 절하시니 둥그런 광명이 둔덕 위에 나타나시고 그 광명 중에 세 분의 몸이 보이시므로 명제가 기뻐하시어 그 위에 탑을 세우셨다.

섭마등과 축법난은 이미 중국에 아쇼카왕(아육왕)이 석가모니부처의 사리를 갈무리한 것을 알고 명제에게 짐짓 물었던 것이다. 그들이 시절인연이 되어 자신들이 불교로 교화해야 할 당위성과 불사리탑을 세우도록 완곡하게 그러나 곡진하게 펼치고 있는 것이다.

삼국유사에 기이편이 있다. 월인석보에서 그야말로 적확한 그 말의 뜻을 발견한다. 상네롭지 않은 것, 예사롭지 않은 것이 '기이'라는 것이다. 우리는 기이하다면 이상하고 괴상망칙한 것을 떠올리기 십상인데 정작 기이는 비정상이 아니라 정상을 초월한 신령스럽고 대단한 일이었던 것이다. 이럴 때 월인석보와 삼국유사의 상보적 연구가 '흐웍흐웍'하다. 서로가 윤택하게 빛나 흐뭇하다는 말이다.

도교 도사들의 불교 반대

舍利 나오신 여슷 힛 마내 永平 열네찻히 辛未라

道士둘히 서레 님금<月釋2:69ㄱ> 뵈ᅀᆞᄫᆞ라 모다 왯다가 서르 닐오ᄃᆡ 天子ㅣ 우리 道理란 ᄇᆞ리시고

天子ᄂᆞᆫ 하ᄂᆞᇙ 아ᄃᆞ리니 東土애셔 皇帝ᄅᆞᆯ 天子ㅣ시다 ᄒᆞᄂᆞ니라

먼 ᄃᆡᆺ 胡敎ᄅᆞᆯ 求ᄒᆞ시ᄂᆞ니

胡ᄂᆞᆫ 되니 中國이 西域 사ᄅᆞᄆᆞᆯ 胡ㅣ라 ᄒᆞᄂᆞ니라

오ᄂᆞᆯ 朝集을 因ᄒᆞ야 엳ᄌᆞᆸ져 ᄒᆞ고

朝ᄂᆞᆫ 아ᄎᆞᄆᆡ 님금 뵈ᅀᆞᄫᆞᆯ씨오 集은 모ᄃᆞᆯ씨니<月釋2:69ㄴ> 朝集ᄋᆞᆫ 님금 뵈ᅀᆞᄫᆞ려 모ᄃᆞᆯ씨라

表지ᅀᅥ 엳ᄌᆞᄫᆞ니

–

사리가 나온 여섯 해째 영평 십사년 신미(71년)에 도교의 도사들이 설날에 임금 뵈오려 모두 왔다가 서로 말하였다.
"천자께서 우리 도교의 도리를 버리고 먼 곳의 오랑캐(胡) 종교를 구하시니 오늘 조회(朝集) 때 기회를 타 여쭙시다" 하고 상소문(表)을 지어 여쭈었다.

월인석보 협주 사전은 풀이한다.

천자는 하늘의 아들이니 중국에서 황제를 천자라고 한다. 호는 되(오랑캐)이니, 중국이 서역 사람을 되라고 한다. 조는 아침에 임금

뵙는 것이요, 집은 모이는 것이니 조집은 임금을 뵈려고 모이는 것이다.

여기서 재미있는 것은 우리가 중국을 낮잡아 '되'라고 불렀는데 중국은 서쪽의 인도를 '되'라고 부르고 있는 것이다. 어쩌면 서쪽 나라나 서쪽을 되라고 부르다가 그 지역 사람을 낮추어 '뙤놈'이라고 부르게 되었는지도 모르겠다.

도교 도사들의 상소문

그 表애 ᄀᆞ로ᄃᆡ

臣下ㅣ 님긊긔 ᄉᆞᆲ논 글와ᄅᆞᆯ 表ㅣ라 ᄒᆞᄂᆞ니라

五岳 十八山 觀大山 三洞 弟子 褚善信ᄃᆞᆯ히 주긇 罪로 말ᄊᆞᄆᆞᆯ 엳ᄌᆞᆸ노이다 우린 드로니 ᄆᆞᆺ 처ᅀᅥ믜 形體 업스며

形體ᄂᆞᆫ<月釋2:70ㄱ> 얼구리라

일후미 업스며 至極호미 업스며 우히 업서 虛無自然ᄒᆞᆫ 큰 道理ᄂᆞᆫ 하ᄂᆞᆯ롯 몬져 나니 녜브터 다 위와ᄃᆞ며 님금마다 고티디 몯ᄒᆞ시ᄂᆞ니 이제 陛下ㅣ 道理ᄂᆞᆫ 伏羲에 더으시고 德은 堯舜에 느르샤ᄃᆡ

伏羲와<月釋2:70ㄴ> 堯舜과ᄂᆞᆫ 녯 어딘 皇帝시니라

根源을 ᄇᆞ리고 그틀 조ᄎᆞ샤 敎化ᄅᆞᆯ 西域에 가 求ᄒᆞ샤 셤기시논 거시 胡神이오 닐온 마리 中國에 븓디 아니ᄒᆞ니 願ᄒᆞᆫᄃᆞᆫ 우리 罪ᄅᆞᆯ 쇼ᄒᆞ샤 뎌와 겻구아 맛보게 ᄒᆞ쇼서

—

신하가 임금께 여쭙는 글월을 '표'라고 하는데 그 표에서 말하였다.
"오악 십팔산 관대산 삼동 제자 저선신들이 죽을 죄로 말씀을 여쭙습니다. 우리가 듣기로 가장 처음에 형체가 없고 이름이 없으며 지극함이 없고 위없는 허무자연한 큰 도리는 하늘로부터 먼저 생겼으니 옛날부터 다 받들며 임금마다 고치지 못하셨습니다. 이제 폐하께서 도리는 복희씨보다 더하시고, 덕은 요순보다 늘었지만 근원을 버리고 끄트머리 불교를 좇으시어 교화를 서역에 가서 구하여 섬기시는 것이 오랑캐의 신인 부처이고 하시는 말씀이 중국에 속한 것이 아닙니다. 원컨대 우리 죄를 용서하시어 저들과 겨루기 위해 만나게 해 주십시오."
형체는 모습이다, '복희'와 '요순'은 옛날의 어진 황제이시다.

지금은 우리가 얼굴이라고 하면 안면만을 가리키지만 예전에는 얼과 꼴이 다 합쳐진 더 큰 의미의 형체나 꼴로 불렀음을 알 수 있다. 세월이 흘러 21세기에는 기독교가 세를 얻고 있다. 기존의 종교를 물리치고 새로운 종교가 들어올 때 신라의 이차돈처럼 순교를 하든지 섭마등이나 사리불처럼 기량을 겨루든지 해야 하는 것은 어쩌면 인지상정이다. 중국에 만연했던 도교의 도사들의 반대와 상소문이 일리있는 이유이다.

우리 諸山앳 道士돌히<月釋2:71ㄱ>
諸山은 여러 山이라

ᄉᆞ못 보며 머리 드르며 經을 만히 아라

이 經은 道士ᄋᆡ 經이라

太上群錄과 太虛符呪를 ᄉᆞ못 모ᄅᆞᄂᆞᆫ ᄃᆡ 업스며

太上群錄과 太虛符呪ㅣ 다 道士ᄋᆡ 經 일후미라

시혹 鬼ㅅ것도 브리며 시혹 브레 드러도 아니 ᄉᆞᆯ이며 시혹 <月釋 2:71ㄴ> 므를 ᄇᆞᆯ바도 아니 ᄲᅥ디며 시혹 나ᄌᆡ 하ᄂᆞᆯ해 오ᄅᆞ며 시혹 몯 얻긔 수므며 術法이며 藥材ᄒᆞ기 니르리 다 몯ᄒᆞ논 일 업스니 願ᄒᆞᆫᄃᆞᆫ 뎌와 ᄌᆡ졸 겻구면 ᄒᆞ녀고론 陛下ㅅ ᄠᅳ디 便安ᄒᆞ시고 둘차힌 眞實와 거즛 이ᄅᆞᆯ ᄀᆞᆯᄒᆡ시고 세차힌<月釋2:72ㄱ> 큰 道理 一定ᄒᆞ고 네차힌 中國 風俗ᄋᆞᆯ 흐리우디 아니ᄒᆞ리니

風ᄋᆞᆫ ᄇᆞᄅᆞ미오 俗ᄋᆞᆫ ᄇᆡᄒᆞ시라 님긊 德은 ᄇᆞᄅᆞᆷ ᄀᆞᆮ고 효ᄀᆞᆫ 百姓은 플 ᄀᆞᆮᄒᆞ니 ᄇᆞᄅᆞ미 플 우희 불면 다 ᄒᆞᆫᄢᅴ ᄡᅳ렛호미 님금 ᄒᆞ시논 이ᄅᆞᆯ 百姓이 다 본받ᄌᆞᄫᅩ미 ᄀᆞᄐᆞᆯᄊᆡ 百姓의 모다 ᄇᆡ화 ᄒᆞ논 이ᄅᆞᆯ 風俗이라 ᄒᆞᄂᆞ니라

우리옷 계우면 큰 罪ᄅᆞᆯ 닙ᄉᆞᆸ고 ᄒᆞ다가 이긔면<月釋2:72ㄴ> 거즛 이ᄅᆞᆯ 더르쇼셔 ᄒᆞ야ᄂᆞᆯ

–

“우리 여러 산에 있는 도사들은 꿰뚫어 보며 멀리 들으며 도교의 경을 많이 알아 도교의 태상군록경과 태허부주경을 사무쳐 모르는 데가 없습니다. 혹은 귀신도 부리며 혹은 불에 들어가도 타지 않으며 혹은 물을 밟아도 빠지지 않고 혹 낮에 하늘에 올라 가기도 하며 혹 찾을 수 없게 숨고, 술법이며 약재 쓰기에 이르도록 모두 못하는 일이 없습니다.

원컨대 저들(불교의 중들)과 재주를 겨루면 한편으로는 폐하의 뜻이 편안하시고 둘째는 진실과 거짓된 일을 가리게 될 것입니다. 셋째는 큰 도리가 하나로 정해지고 넷째는 중국의 풍속을 흐리지 않게 할 것이니 우리 도사들이 지면 큰 죄를 입고 만약 이기면 거짓된 일을 덜어 버리십시오" 라고 하였다.

친절한 월인석보 사전은 이렇게 풀이한다.

제산은 여러 산이다. 여기서 이 경은 도교의 경이다. '태상군록'과 '태허부주'는 다 도교의 경 이름이다. '풍'은 바람이고, '속'은 버릇이다. 임금의 덕은 바람과 같고 작은 백성은 풀과 같다. 바람이 풀 위에 불면 다함께 한 쪽으로 기울어지는 것이, 임금이 하시는 일을 백성이 다 본받음과 같으므로 백성이 모두 배워서 하는 일을 풍속이라고 한다.

풍속을 이렇게 멋지게 풀이하는 것을 본 적이 없다. 임금의 하는 일을 바람에 비유해서 바람이 부는대로 풀이 쓰러지는 모양이라니... 이런 절묘한 김수영 시인의 싯구같은 비유는 여기서 연원하렷다. 정치인들이 월인석보를 필독하는 세상이 오면 작히나 좋으랴.

明帝 니ᄅᆞ샤ᄃᆡ 이 ᄃᆞᆳ 열다쐣 날 白馬寺애 모ᄃᆞ라 ᄒᆞ시니 道士ᄃᆞᆯ히 세 壇ᄋᆞᆯ ᄆᆡᆼᄀᆞᆯ오

壇ᄋᆞᆫ ᄯᅡᄒᆞᆯ 닷가 도도온 거시라

스믈네 門 내오 道士 六百 아ᄒᆞᆫ 사ᄅᆞ미 各各 靈寶眞文과 太上玉訣와 <月釋2:73ㄱ> 三元符 等 五百 아홉 卷을 자바

靈寶眞文과 太上玉訣와 三元符ㅣ 다 道士ᄋᆡ 經 일후미라

西ㅅ녁 壇 우희 엱고 茅成子와 許成子와 老子 等 三百 열다ᄉᆞᆺ 卷으란 가온ᄃᆡᆺ 壇 우희 엱고

茅成子와 許成子와<月釋2:73ㄴ> 老子왜 다 道士ᄋᆡ 그리라

됴ᄒᆞᆫ 차반 ᄆᆡᆼᄀᆞ라 버려 百神 이바도ᄆᆞ란 東녁 壇 우희 엱고

百神ᄋᆞᆫ 온 神靈이라

威儀ᄅᆞᆯ ᄀᆞ장 싁싀기 ᄭᅮ미고 부텻 舍利와 經과 佛像과란 긼 西ㅅ녀긔 노ᅀᆞᆸ고

–

명제가 말씀하시기를 “이 달 열닷새 날 백마사에 모여라”라고 하셨다. 도사들이 세 개의 땅을 닦아 돋운 단을 만들고 스물네 개의 문을 만들었다. 도사 육백 아흔 사람이 각각 영보진문경과 태상옥결경, 삼원부경 등 오백 아홉 권을 잡아 서쪽 단 위에 얹고, 모성자와 허성자와 노자 등 도사의 글 삼백 열 다섯 권은 가운데 단 위에 얹었다. 좋은 음식을 만들어 펼쳐 놓고 온갖 신을 이바지할 것은 동쪽 단 위에 놓았다. 백신은 온갖 신령이다. 위의를 가장 엄숙하게 꾸미고 부처의

사리와 경과 불상은 길가 서쪽에 놓았다.

'백'의 순 우리말은 '온'이었다. 온은 완전한 수이기도 하고 많다는 뜻도 된다. 그리하여 지금은 '온갖 잡새가 날아든다'의 새타령에만 '온'이 남아 있다고 생각하지만 '바보 온달'도 보름달의 뜻으로 완전히 둥근달을 의미하기도 한다. 월인석보를 공부하면 잊고 있었던 우리 토박이말의 직관력이 살아나고 사유의 힘이 생긴다.

도교의 경과 글은 단 위 높은 곳 좋은 곳에 놓고 불교의 경전은 서쪽 길가에 놓았다는 표현도 재미있다. 기득권의 세계란 동서고금, 종교라고 할지라도 다를 게 없다.

道士ᄃᆞᆯ히 沈香홰 받고 제 經 연ᄌᆞᆫ 壇ᄋᆞᆯ<月釋2:74ㄱ> 돌며 울오 닐오ᄃᆡ 우리ᄃᆞᆯ히 大極大道 元始天尊ᄭᅴ와

大極大道元始ᄂᆞᆫ 道家애셔 니ᄅᆞ논 ᄆᆞᆺ 위두ᄒᆞᆫ 天尊ㅅ 일후미라

衆仙百靈ᄭᅴ 연ᄌᆞᆸ노니 이제 되 中國ᄋᆞᆯ 어즈리거늘 天子ㅣ 邪曲ᄒᆞᆫ 마ᄅᆞᆯ 올히 드르시ᄂᆞ니 正ᄒᆞᆫ 教化ㅣ<月釋2:74ㄴ> 길흘 일허 貴ᄒᆞᆫ 風俗이 그처디릴씨 우리ᄃᆞᆯ히 블로 效驗을 내여 모ᄃᆞᆫ ᄆᆞᅀᆞᄆᆞᆯ 여러뵈야 眞實와 거즛 이ᄅᆞᆯ ᄀᆞᆯᄒᆡ에 코져 ᄒᆞ노니 우리 道理의 닐며 믈어듀미 오ᄂᆞᆳ나래 잇ᄂᆞ니이다 ᄒᆞ고 브를 브티니 道士ᄋᆡ 經은 다 ᄉᆞ라<月釋2:75ㄱ> ᄌᆡ ᄃᆞ외오 부텻 經은 그저 겨시고 舍利 虛空애 올아 五色放光ᄒᆞ샤 ᄒᆡᆺ 光ᄋᆞᆯ ᄀᆞ리ᄢᅵ시니 그 光明이 두려ᄫᅥ 모ᄃᆞᆫ 사ᄅᆞᄆᆞᆯ 다 두프시고 摩騰法師ㅣ 虛空애 소사올아

法師ᄂᆞᆫ 法 받ᄂᆞᆫ 스스이라

神奇ᄒᆞᆫ 變化ᄅᆞᆯ<月釋2:75ㄴ> 너비 뵈오 하ᄂᆞᆯ해셔 보ᄇᆡ옛 곳비 오고

하ᄂᆞᆳ 풍류 들여 사ᄅᆞᄆᆡ ᄠᅳ디 感動ᄒᆞᆯᄊᆡ

–

도사들이 침향 횃불을 받들고 저들의 경을 얹은 단을 돌며 울면서 말하였다.

"우리들이 태극대도 원시천존께와 중선백령께 여쭙습니다.

이제 오랑캐(되놈)가 중국을 어지럽히므로 천자께서 삿된 말을 옳게 여기시니 바른 교화가 길을 잃어 귀한 풍속이 끊어질 것입니다. 우리들이 불로 효험을 내어 모든 마음을 열어 보여 진실과 거짓 일을 가리게 하고자 하오니 우리 도교의 도리가 일어나고 무너짐이 오늘날에 달렸습니다" 하고 불을 붙였다. 태극대도 원시는 도가에서 이르는 가장 으뜸되는 천존의 이름이다.

도교 도사의 경은 다 타서 재가 되고 부처의 경은 그대로 남아있었다. 부처의 사리가 허공에 올라 오색 빛을 내비치시어 해의 빛을 가리시니 그 광명이 둥글어 모인 사람을 다 덮으셨다. 법 만드는 스승 마등법사가 허공에 솟아올라 신기한 변화를 널리 보이니 하늘에서 보배로 된 꽃비가 오고 하늘의 풍악이 울려 사람의 마음이 감동하였다.

그렇게 도사들이 간절히 기도를 하고 단을 꾸미고 잔칫상을 벌려놓고 빌었지만 승리는 불교와 서역승 섭마등과 축법난에게 돌아갔다. 불사리

가 해를 가릴만큼 방광을 하고 하늘에서 꽃비 오고 풍악이 울려 세상 사람들을 감동시키는 신묘한 세레모니가 펼쳐진 것이다.

불교의 한판 승

모ᄃᆞᆫ 사ᄅᆞ미 다 깃거 다 法蘭法師ᄭᅴ 圍繞ᄒᆞ야 說法ᄒᆞ쇼셔 ᄒᆞ야ᄂᆞᆯ 法師ㅣ 큰 淸淨ᄒᆞᆫ 소릴 내야 부텻 功德을 讚歎ᄒᆞᅀᆞᆸ고 說法ᄒᆞ고<月釋2:76ㄱ> 偈 지ᅀᅥ 닐오ᄃᆡ

偈ᄂᆞᆫ 마ᄅᆞᆯ 글 지ᅀᅥ 니ᄅᆞᆯ씨라

엿이 獅子ㅣ 아니며 燈이 日月이 아니며

日ᄋᆞᆫ ᄒᆡ오 月은 ᄃᆞ리라

모시 바ᄅᆞ리 아니며 두들기 뫼히 아니라 法雲이 世界예 펴면 됴ᄒᆞᆫ ᄡᅵ 내ᅘᅧᄂᆞ니 쉽디 몯ᄒᆞᆫ 法을 神通ᄋᆞ로 나토샤 곧곧마다<月釋2:76ㄴ> 衆生ᄋᆞᆯ 敎化ᄒᆞ시ᄂᆞ니라

–

모인 사람이 다 기뻐하여 모두 축법난법사를 둘러싸고 "설법하여 주십시오"라고 하였다.

법사가 크고 청정한 소리를 내어 부처의 공덕을 찬탄하옵고 설법하고 게를 지어 말하였다.

"여우가 사자가 아니며

등불이 해와 달이 아니며

연못이 바다가 아니며

둔덕이 산이 아니니라
불교의 법운이 세계에 펴지면 좋은 씨를 생기게 하나니
쉽지 않은 법을 신통으로 나타내어 곳곳마다 중생을 교화하시느니라."

친절한 월인석보 주석은 '게'는 말을 글로 지어 하는 것이요 '일'은 해이고, '월'은 달이라고 하였다. 우리가 게송이라고 하는 것은 법문을 시로 요약해 노래부르는 것이다. 도교가 여우라면 불교는 사자, 도교가 등불에 불과하다면 불교의 해와 달을 어떻게 이기랴. 연못에 불과한 도교가 바다 같은 불교와 상대가 되리오. 결단코 언덕은 산이 아닐세.

도교의 불교 귀의

그저긔 臣下ㅣ며 百姓ᄃᆞᆯ 一千나ᄆᆞᆫ 사ᄅᆞ미 出家ᄒᆞ고 道士 六百 스믈여ᄃᆞᆲ 사ᄅᆞᆷ도 出家ᄒᆞ며 大闕ㅅ 각시내 二百 설흔 사ᄅᆞ미 出家ᄒᆞ니 褚善信ᄋᆞᆫ 애와텨<月釋2:77ㄱ> 죽고 그 中에 出家 아니ᄒᆞᇙ 道士 ᄉᆡ나ᄆᆞ니러라 明帝佛法을 더욱 恭敬ᄒᆞ샤 城 밧긔 닐굽 뎔 일어 즁 살이시고 城 안해 세 뎔 일어 승 살이시니라

–

그때에 신하와 백성들 천 명남짓한 사람이 불교로 출가하고, 도교의 도사 육백 스물여덟 사람도 출가하였다. 대궐의 여인들 이백 서른 사

람이 출가하니 도교의 저선신은 분하여 죽고, 그 중에 출가 안 한 도사가 쉰 남짓이었다. 명제는 불법을 더욱 공경하시어 성 밖에 일곱 개의 절을 지어 중이 살게 하고 성안에는 세 개의 절을 지어 승이 살게 하시었다.

여기서 중과 승을 구분하여 쓰고 있다. 같은 뜻으로 보이지만 혹시 성안에는 승가라 할 만한 더 큰 단위의 절이 있었던 것은 아닌지 생각해본다.

<月釋2:77ㄴ> 月印千江之曲第二

釋譜詳節第二 摠七十九張

–

월인천강지곡 제2

석보상절 제2 총 79장

월인천강지곡 2권과 석보상절 2권을 아우른 월인석보 2권의 번역이 표지까지 하여 총 79장으로 끝났다. 약간 마라톤을 완주한 느낌이 이럴까. 마음만 먹으면 한달음에 써내려갈 수 있을 것 같았던 월인석보를 한 글자 한 글자 사경하는 마음으로 들여다보고 또 들여다보고 미진하면 생각을 궁글려 보면서 유창돈과 한글학회, 남광우의 고어사전과 세종대왕기념사업회의 직역한 옛스승들의 번역을 등불삼아 여기까지 왔다.

안타깝게도 월인석보 3권은 전하지 않는다. 그럼에도 불구하고 석보상절 3권이 전하고 월인천강지곡 상권에 다음 30장부터 노래가 전한다. 그

두 책을 나름대로 합편하면 불완전하나마 월인석보 3권의 모양새를 꾸릴 수 있을 것이다. 이제 21세기 월인석보 3권을 함께 만들고 공부할 눈밝은 독자제현을 기다린다. 오늘은 여름내 팔이 아파 못하고 있던 108배를 하며 회향의 의식을 치러야겠다. 이 월인석보의 무량한 가피와 공덕이 법련사 불자들과 이 글을 읽는 모든 분께 두루하시기를 서원한다.

에필로그

○

여행하는 인간을 위하여

●

이 풍진 세상 코로나19를 만나다

3년여에 걸쳐 월인석보 권1과 권2를 연재하는 동안 세상은 조용한 3차 대전이 시작되었다. 연재가 끝나고 책으로 출간하는 과정 속에서도 인간과의 전쟁이 아닌 이 새로운 바이러스와의 전쟁은 현재 진행형이다.

정말 내 인생에 한 번도 상상해 본 적 없고 꿈에도 생각지 못한 일을 2년째 경험하고 있는 지금 내가 정말 오래 살았나 별의 별 일을 다 겪는구나 싶다.

문재인정부의 '한 번도 경험하지 못한 세상' 공약은 진정 우리가 바라는 세상에 대한 청사진이었을텐데 이 또한 '역경보살'의 의미로 받아들여 반면교사로 삼아야 할 것이다.

좋은 점이 분명 있다. 일단 사람들이 건강에 대하여 주의하는 일이 일상화 되었다. '마스크'는 필수이고 손을 자주 씻어서 웬만한 잔병치레가 없어졌다고 한다. 사람들은 이 두 가지가 건강에 그렇게 중요한 것이었어 하며 새삼 감탄하고 있다. 동네 병원에 환자가 없어 울상이라 한다.

한편 세상잡사가 정리되기 시작하였다. 결혼식과 장례식은 인원이 최소화되어 정말 가야할 최소 정족수만 참석하게 되었다. 이렇게도 살 수 있었구나. 주말마다 가던 결혼식이 일과였다면 이제는 장례식이 줄을 잇는다. 가까운 사람이라서이기보다는 이런저런 반연으로 때로는 천리길도 마다 않아야할 때가 많았다면 이제는 꼭 가야 할 곳도 가지 못하고 있다. 그래서 부디 이 팬데믹 시절만큼은 나의 가까운 분들이 돌아가시지 않기를 기도하게 된다.

오늘 미룰 수 있는 것을 내일 미루지 말라

천성이 게으른 내가 드디어 월인석보 제2권 '월인석보, 그대 이름은 한글대장경'의 에필로그를 쓰고 있다. 또 하나의 작은 기적이다. 이것도 2021년 9월 터키의 국립 에르지예스대학교 한국어문학과로 부임하게 되어서야 발등에 불이 붙었다. 내 인생 모토는 미룰 수 있을 때까지 미루는 것이다. 그렇게 해찰을 부리며 머릿 속을 궁글린다. 전혀 쓸데없는데 관심이 폭발하고 쓰지 않던 일기를 하루에 몇 번씩 쓰게 되면 이제 곧 폭풍처럼 쓸 시간이 다가왔다는 전조이다.

2000년 터키에 한국학 관련 학과를 만들어 놓은지 22년만에 다시 복귀하게 된다. 이런저런 시절인연을 거쳐 가까운 미래에 다시 부르겠다는 약속을 잊지 않고 지킨 오스만 터키 대제국의 후예들에게 감사할 뿐이다.

그러나 그동안 나름 착실히 해오고 있던 '인문고전의 대중화' 작업은 이제 어떻게 하나. 두 번째 박사논문을 쓰면서 두 가지 서원을 하였으니 하나가 'K Classic 콘텐츠의 대중화 '그것이었다. 나의 두 전공인 '삼국유사'와 '월인석보 '에 대하여 이번에 다섯 번째 책을 출간하고 있는데 당분간 멀어지게 되지 않을까. 그 '당분간'이 내 게으름의 속도로 환산할 때 다음 생이 될 확률이 높다.

또 하나는 'K Classic 콘텐츠의 세계화'이다. 이제 그것을 하러 떠나는 것이다. 한국학의 뿌리가 인문고전에 있다는 것을 세계 만방에 알려야 할 시간이다.

이 절묘한 진도를 누가 계획한 것일까. 절대로 나 자신은 아니다.

여러분이 각자 생각하는 바로 그분이시다. 나는 그저 장기의 말처럼 월인석보에 뜻을 두고 문학박사를 한 다음 삼국유사에 꽂혀 철학박사를 하며 20년동안 꾸준히 유럽학회에서 한국학의 콘텐츠로 발표해 왔다. 오직 그뿐이다. 반드시 하고야 말겠다고 '기필(期必)'하지도 않았고 다섯 권의 책을 내리라 계획하지도 않았다. 어쩌다보니 그렇게 되었을 뿐이다. 그리고 한국학을 처음 펼친 터키로 훌쩍 떠나게 되었다. 이 또한 기대하지 않았던 일이다.

다만 삼국유사와 월인석보의 가피라고 확신한다. 한국에서 여성 인문 학자로 사는 일은 녹록치 않다. 수많은 수식이 붙는 여러 직함의 교수를 역임하였지만 정규직은 아니었다. 그 말은 늘 준백수로 살아왔다는 것이다. 그러나 신기하게도 굶지 않았다. 어린 시절 엄마가 자주 쓰던 '산 입에 거미줄 치겠니', '목구멍이 포도청', '하늘이 무너져도 솟아날 구멍이 있다'라는 말을 들으며 자란 나는 언젠가 끼니를 거를지도 모른다는 가난을 늘 염두에 두고 살았더 것 같다. 나는 최소한 겉으로 보기에 가난한 삶은 살지 않았고 오히려 부자처럼 살려고 노력했다. 물론 엄마의 헌신적인 뒷바라지와 남편의 외조 덕분이다. 이제는 그저 '라이센스'정도가 되어버린 박사학위증서지만 내 인생을 허투루 살지않게 해 준 보증수표이다.

선생을 못 할 때에는 학생이 되었다. 역지사지의 공부가 되었다. 나는 자신있게 이야기한다. 선생으로 어느 정도 입지가 굳은 사람들은 반드시 학생이 되어 책상에 앉아 보라고. 그러면 자신이 얼마나 매너리즘에 빠져 있는지 올챙이적 생각을 잊고 사는지 알게 된다고. 아울러 세상에 얼마나 많은 신선한 지식과 지혜가 가득한 우주가 존재하는지 그곳에 발을 딛은 순간 다시 태어나는 기분이 드는지 경험하게 되리라고.

선생을 할 수 없던 두 번의 시간이 있었다. 터키에서 정교수 직함을 받고 열심히 일하고 돌아왔을 때 다시 한국의 시간강사로 돌아가고 싶지 않았다. 그러나 학교는 다니고 싶어 불교학과의 대학원생이 되어 12년을 지냈다. 그 열매로 '삼국유사의 한국학콘텐츠 개발연구'라는 두 번째 박사논문이 탄생되었다. 박사를 수료하고 헝가리 국립 엘떼대학교 한국학과 정교수로 근무하였다. 그때는 돌아와 다시 시간강사가 되었다. 당시에는 다시 강의를 한다는게 즐거웠지 더 이상 직함은 중요하지 않았다. 내가 직접 경험한 '한류'에 힘입어 비약적인 발전을 이룬 한국학 현장을 알리고 콘텐츠를 개발하는게 지상과제였기 때문이다.

그런데 2018년 비정규직 교수들을 보호한다는 명분으로 소위 '시간강사법'이 발효되면서 나는 내가 좋아하던 대학강의를 그만두었다. 그 법은 한 명의 시간강사에게 10명의 시간강사료를 몰아주는 악법이었다. 나를 그런 악법의 틀에 맞추는 것은 나에 대한 예의가 아니었다.

그리하여 대학 밖으로 나와 대중강의에 집중하였다. 세상에서 가장 진지하고 열심인 50대부터 80대인 학생들을 만나게 되었다. 이 또한 자리 바꾸면 내 인생의 스승이요 선지식인 분들이시다.

학교 놀이하는 인간

헝가리에 있을 때 만난 북한 김일성대학 유학생 출신 헝가리인 한국학자들을 만났다. 남북을 공히 경험한 80대 전후의 한국학자들로부터 정말 많은 것을 배웠다. 1950년대부터 1980년대까지 냉전 시대의 북한과 교류했던 동유럽에는 많은 북한 어린이들이 위탁교육을 받았고 많은 지적,

인적 관련 기록들이 남아 있었다.

나는 다시 북한학과 대학원에 입학하였다. 2019년 박사과정에 들어가 수료했지만 나름대로 여전히 청강을 하며 석박사 통합과정을 열심히 공부하고 있다.

이런 나를 보고 중진화가인 동생이 자신도 박사과정에 들어가고 싶다 하였다. 불과 1년전만 해도 석사는 박사가 되기 위한 징검다리이니 반드시 하라고 독려하던 나였다.

인생을 학교에서 선생 아니면 학생으로 보낸 나는 지금은 결사 반대이다. 팬데믹 시대에 우울증이 생긴건지도 모르겠지만 내 인생 박사 두 개 반을 하느라 보낸 것이 이즈음 아깝고 아깝고 아깝다는 생각이 들기 시작하였다.

이 종잇장이 나에게는 나의 인생을 증명하는 목표이자 증명서였지만 그림으로 승부를 거는 화가에게 학위는 군더더기일 뿐이다. 과연 누구에게나 전 인생을 바칠만한 것인가 곱씹게 된 것이다. 좀더 재미있게 때로는 허랑방탕하게 살아도 좋았으련만 늘 선생이라는 직업병에 걸려 연애도 마음대로 못하였다. 남의 시선을 의식하며 살았다. 그래서 현재 결과적으로 좋았지만 가지 않은 길에 대한 아쉬움을 2년의 코로나 감옥 생활에서 크게 느끼게 되었다.

인생을 여행하는 시인으로 살고 싶다

나는 애초에 시인이 되고 싶었고 문학을 하는 사람이 되려고 대학에 들어갔다. 가서 어쩌다가 훈민정음 해례본을 배우게 되었다. 어려서 처음 엄마에게 한글을 배웠다. 'ㄲ'과 'ㄸ'만 가르쳐 주고 'ㅃ'은 가르쳐 주지 않던 엄마에게 'ㅃ'을 쓰고 읽어 달라고 해 혼났던 기억이 있다. 훈민정음 해례본에는 그런 글자가 있었던 것이다.

유레카. 바로 이거야. 궁금증을 해소하게 되자 앞뒤 재지 않고 국어학자의 길에 입문하게 된 것이다. 다시 태어나도 지금 이 길이 좋고 선택한 것을 후회하지 않지만 좀더 유연하게 즐겁고 재미있게 살아보고 싶기 때문에 그림으로 승부를 거는 동생한테는 내 종잇장을 더 이상 권하지 않게 된 것이다.

'월인석보' 2권을 탈고한 후기가 내 인생 자아비판문이 되어가고 있지만 앞으로 가늘고 길게 오래 어영부영 어슬렁거리며 살겠다고 다짐한다. 이제부터는 나의 청춘과 열정을 쏟았던 터키와 이슬람문화를 소개하고 어릴 적 꿈이었던 지구를 내 발로 배회하며 많은 이들과 교감하며 살 것이다. 글이든 강의든 영화든 연극이든 그림이든 노래든 모든 것을 시도하는 예술가로서 말이다. 인간의 정의를 다시 확장하는 시간이다. 나는 한마디로 예술하는 인간이다. Homo Artis!

월인석보, 그대 이름은 한글 대장경

초판 인쇄 2021년 07월 01일
초판 발행 2021년 07월 14일

지은이 정진원
펴낸이 박찬익
책임편집 심재진
편집 정봉선 유동근 모수진
마케팅/영업 박부하 노희정 강수빈
펴낸곳 ㈜박이정
경기도 하남시 조정대로45 미사센텀비즈 F749호
전화 031)792-1193, 1195 | 팩스 02)928-4683
홈페이지 www.pjbook.com | 이메일 pijbook@naver.com
등록 2014년 8월 22일 제2020-000029호

ISBN 979-11-5848-626-6 03810

* 책값은 뒤표지에 있습니다.